LE PRINCE NOIR

LES ANGES DÉCHUS

LIVRE 4

TRADUIT DE L'ANGLAIS PAR
JEAN-MARC LIGNY

AUTEURES À SUCCÈS D'USA TODAY
LEXI C. FOSS & J.R. THORN
ALIAS
JENNIFER THORN

Anglais : Noir Reformatory : Third Offense

Français : Les anges déchus : Le prince Noir

Copyright © 2022 J.R. Thorn & Lexi C. Foss

Édité par Outthink Editing, LLC

Révisé par Jean Bachen & Katie Schmal

Traduit de l'anglais (US) par Jean-Marc Ligny

Traduction révisée par Thomas Bauduret

Photo de la couverture : Wander Aguiar

Modèles de la couverture : Zack, Ive, Wayne & Daniel

Publié par Ninja Newt Publishing, LLC

ISBN (édition numérique) : 978-1-68530-289-4

ISBN (édition papier) : 978-1-68530-290-0

LE PRINCE NOIR

LES ANGES DÉCHUS

LIVRE 4

Donc, j'ai un troisième compagnon
Rien de bien grave.

Sauf qu'Auric a frappé en pleine figure mon royal descendant des dieux.

Le regard de Novak brûle de folie meurtrière, plus que d'habitude.

Mon corps me crie d'apprendre à ces trois mâles qui est le chef ici.

Parce que je sais la vérité maintenant. Je suis une Noir royale, descendante des dieux eux-mêmes et destinée à corriger l'histoire que mon faux père a forgée. Celle où les anges aux ailes noires étaient le résultat du péché et du scandale, au lieu de la vérité.

Mes ailes noires sont la marque d'un être supérieur, celui qui ramènera les anges à la gloire qu'ils avaient autrefois. Mais d'abord, je dois mettre mes trois compagnons au pas et les empêcher de s'entretuer.

Ketos, un prince aux ailes aux pointes dorées, dispose d'une légion de Noir et de la technologie et le pouvoir dont nous aurons besoin pour jouer le jeu de Sayir. Sans oublier qu'il a toujours été destiné à être mon compagnon, une certitude aussi incontestable que le soleil et les étoiles.

Novak, mon arme fatale, a été béni par les dieux, choisi pour se tenir à nos côtés et tuer nos ennemis.

Et Auric, mon commandant, mon Nora, représente tout ce que je désire pour créer un nouveau monde, un monde où Nora et Noir œuvrent ensemble comme il se doit.

Il faudra un miracle, ou une intervention divine, pour convaincre ces trois mâles de travailler ensemble.
C'est mon test ultime.
Une épreuve que je dois réussir.
Car si je ne peux pas réconcilier mes compagnons, comment suis-je censée unir un monde perdu ?

Note : *Les Anges déchus – livre 3* est une romance paranormale de type « pourquoi choisir » dont l'intrigue s'étend sur six romans. Il y aura des cliffhangers, des situations adultes, de la violence et du contenu MM/MF/MMF/MMFM.

Ordre de lecture suggéré :

Ordre de lecture suggéré :

PROLOGUE

KETOS

M*MMH, cerises,* pensai-je, inspirant à fond le parfum qui formait une volute attirante sous mon nez. *Cuir. Fumée. Gaulthérie.*

Une combinaison enivrante qui n'aurait pas dû me séduire en tant que parfum collectif, mais elle m'appelait à un niveau profond qui me disait que ma compagne était enfin arrivée.

Je savais que nous serions compatibles en raison de nos origines. Toutefois je ne m'attendais pas à ce que son odeur me consume à ce point.

Cela rendait la marche difficile, tout mon corps tendu par le besoin de *revendiquer*.

Ce n'était pas comme ça que je voulais que cette présentation se passe. Quoique, je ne serais pas déçu si elle finissait nue sous moi après un bref bonjour.

Mes lèvres se retroussèrent à cette perspective. Je ne savais même pas encore à quoi elle ressemblait, mais je la voulais. Parce que ce parfum me mettait l'eau à la bouche.

Je le suivis du nez, l'inhalai, le laissai m'envelopper dans un nuage de *désir. Ma compagne. Ma Layla. Ma future reine.*

Son essence augmentait à chacun de mes pas dans la maison de ses parents. Ils m'avaient appelé dès qu'ils avaient appris son arrivée imminente. J'étais venu directement de mon domaine à Dublin, prenant l'un de mes jets privés plutôt qu'en me servant de mes ailes. Je voulais être bien reposé pour cette rencontre.

Juste au cas où ma compagne voudrait s'amuser, songeai-je.

Je marquai un arrêt à la porte d'entrée pour admirer la beauté qui se tenait dans l'allée traversant la pelouse.

Mmmh, elle était aussi éblouissante que je l'avais imaginée, avec de longs cheveux fuchsia, une peau pâle, des courbes appétissantes et une élégance toute royale dans ce menton délicat fièrement dressé.

Elle ressemblait à sa mère sur de nombreux points, et pourtant je trouvais Layla unique. Aucune femme ne m'avait jamais touché de cette manière, me coupant le souffle avant même que j'aie tenté de parler.

Mais ce n'était pas seulement son apparence.

C'était *elle*, la femelle, l'esprit séduisant qui donnait vie à son corps.

Elle dégageait une aura douce et une gentillesse innée que j'admirais déjà.

Je n'avais pas besoin de la connaître pour sentir notre connexion intime. C'était là, dans son parfum, la preuve que nous étions destinés à être ensemble.

Sauf que les deux mâles dans son dos étaient… inattendus. Enfin, j'avais anticipé l'un d'eux. Les parents de Layla m'avaient prévenu du lien potentiel entre elle et Novak. Il avait sauvé Vasilios autrefois, le marquant comme digne d'une compagne royale.

Je l'avais accepté car il était certainement capable de protéger Layla.

Cependant, la présence du Nora me surprit. Était-il un compagnon forcé ou légitime ?

Il n'y a qu'une seule façon de le savoir, décidai-je.

Je quittai le seuil et m'approchai.

— On dirait que j'ai raté la fête, dis-je doucement, sachant que le vent porterait ma voix jusqu'à la personne qui comptait le plus.

Layla.

Ses yeux d'un bleu éclatant trouvèrent aussitôt les miens, ses narines se dilatèrent alors que mon parfum s'enroulait autour d'elle en un accueil chaleureux.

Oui, ma douce. De toute évidence, tu me reconnais, pensai-je, avec un sourire en coin d'amusement devant le délicieux soupçon d'excitation qui adoucissait son parfum de cerise. Il couvrait la gaulthérie et le cuir, et je salivai d'envie de la déguster d'une façon décadente – une réaction que je lui laissai voir dans mon regard.

Il était inutile de se cacher d'elle.

Nous savions tous deux comment cela se terminerait.

Nus. Chauds. Plaisir, songeai-je en m'approchant d'elle. Mes plumes picotaient d'impatience, j'avais déjà envie de sentir ses ongles s'enfoncer dans mes ailes pendant que je l'embrasserais.

Patience, me dis-je, très conscient des compagnons hérissés dans son dos. Ils seraient bien capables de me sentir, eux aussi.

Ce qui expliquait la gaulthérie et le cuir.

C'était leur ajout à la saveur de cerise de Layla.

Surprenant, m'étonnai-je. Je m'arrêtai devant eux avec un sourire. Je n'avais jamais été attiré par le parfum d'un autre homme auparavant. Ni par celui d'une femme, d'ailleurs, mais les hommes étaient beaucoup plus nombreux parmi notre espèce que les femmes.

Kyril se racla la gorge. Ce Noir était un vieux conseiller que j'avais admiré pendant la majeure partie de ma vie, bien plus courte que la sienne. Je n'étais pas jeune, loin de là, mais pas non plus aussi vieux que lui.

— Princesse Layla, dit-il, permettez-moi de vous présenter le prince Ketos. Votre fiancé.

Ses lèvres s'écartèrent, me faisant esquisser un sourire.

J'étais sur le point de lui souffler ma propre version d'une salutation quand le poing du Nora s'abattit sur ma mâchoire.

1

LAYLA

— Auric ! criai-je.

Trop tard.

L'enfer se déchaîna dans la seconde — des gardes se précipitèrent pour maîtriser mon compagnon Nora.

Ce qui, bien sûr, fit réagir mon compagnon Noir.

Ils n'avaient pas d'armes, et l'élixir que les Noir nous avaient donné en venant ici — celui qui devait nous aider à nous fondre dans la population humaine — empêchait les ailes mortelles de Novak d'apparaître. Toutefois, les deux mâles étaient tout aussi habiles de leurs mains, passant en mode hyperdéfensif quand les gardes brandirent des armes destinées à soumettre et à *tuer*.

— Arrêtez ! ordonnai-je.

J'attrapais mes deux compagnons par les épaules, quand une vague de puissance se propagea derrière moi.

Je frissonnai et mes genoux se dérobèrent tandis que l'énergie me forçait à m'agenouiller, ainsi que tous ceux qui nous entouraient.

Cela me rappela l'époque où mon père — *euh, le roi*

Sefid… qui n'est apparemment pas mon père ? – prenait le commandement de la Cour royale Nora.

À cette idée, un frisson parcourut mon échine, la perplexité jouant au ping-pong avec mes nerfs.

Vasilios et Gaia étaient mes vrais parents, mais pas ceux que je connaissais. J'avais grandi en tant que princesse Nora aux ailes blanches, me préparant à diriger un royaume d'anges sympathiques.

Puis j'avais Chuté. Mes ailes étaient devenues noires.

J'étais allée en prison pour me réformer.

Et maintenant, j'étais à genoux par terre devant mes vrais parents, le roi et la reine des Noir.

Cette prise de conscience me fit tourner la tête, ma vision vacilla pendant que mon père prenait les commandes et demandait le silence.

Comment cela peut-il arriver ? Est-ce réel ? Un rêve ? Une fausse réalité ? Mes pensées s'emballaient, me laissant froide et soumise. *Quel est mon chemin ? Qui suis-je ? Qui suis-je censée être ?*

— Ce sont mes terres, déclara Vasilios – *mon vrai père* – d'une voix tonitruante qui résonna jusque dans mes os. Et le prince Ketos est un invité estimé et honoré chez moi. Et tu oses lever la main sur lui ? Comme si tu étais un être supérieur ayant assez de prestige pour toucher un Noir, sans parler de le regarder ?

Son ton dégoûté me fit frissonner de nouveau. Il me rappelait un autre homme, qui parlait souvent des Noir de façon similaire.

Le roi Sefid.

— Tu as de la chance que je t'aie même autorisé à venir sur mon domaine, *Nora*, poursuivit mon père d'un ton humiliant qui fouetta mes sens. Tu n'es pas digne de l'air que tu respires, et encore moins de la vie que tu as revendiquée en t'accouplant avec *ma fille*.

Si dur. Si froid. Si *haineux*.

Tout comme à la Cour royale Nora, quand on y parlait des Noir.

Tout comme mon... *roi Sefid*... lorsqu'il abordait la nécessité de réformer ceux qui avaient péché.

Les parallèles me donnaient le vertige, mais par réflexe, je posai la main sur l'épaule d'Auric. Il m'avait parlé de cette façon juste après ma Chute, me faisant me sentir si petite, seule et indigne.

Je ne recommencerais pas maintenant.

Je serais la plus forte entre nous. Je ferais preuve de solidarité. Je *protégerais* mon compagnon de l'injustice de ce ton.

Un silence plana, comme si mon toucher avait été ressenti par tout notre entourage.

— Auric est à moi, dis-je lentement – *sévèrement* – avec une force qui m'était propre.

Puis je répétai le geste avec mon autre compagnon, mes bras alourdis par l'énergie qui me maintenait à genoux, et à laquelle je résistais pour revendiquer mes compagnons, pour montrer que je les avais *choisis*.

L'épaule de Novak tremblait sous ma main, sa rage à peine contenue par l'enchantement que mon père avait tissé sur nous tous. Je soupçonnais que s'il le pouvait, il surmonterait cette énergie invisible et forcerait ses ailes à annihiler l'élixir.

Mais la pression de ma main parut le calmer. Il tourna la tête vers moi comme si mon toucher lui permettait de bouger.

Je croisai son regard glacé et hochai la tête.

— Novak aussi est à moi.

Puis je trouvai la volonté de me lever, démantelant le sort qui m'avait forcée à m'agenouiller, et me tournai vers mon père. La fierté brillait dans ses iris d'obsidienne, et il retroussait les coins de ses lèvres comme s'il était impressionné que j'aie réussi à me libérer de son emprise.

Ma mère arborait une expression similaire, mais ses yeux bleus étaient un peu plus tristes, comme si elle s'inquiétait pour moi malgré ma démonstration de force.

Le Prince Ketos était le seul à être resté debout, les mains dans le dos, les épaules carrées, dans une attitude toute royale. Il avait l'air bizarrement contrit, comme s'il n'avait pas voulu que tout cela arrive. Mais je n'étais pas sûre d'y croire. Il s'était pointé ici comme une sorte de dieu du sexe, me submergeant de son parfum d'ambroisie.

Un compagnon tout à fait compatible, songeai-je, encore abasourdie par cette révélation. *Et un très beau garçon, aussi.*

Des cheveux bruns cascadant sur ses épaules. Des iris d'un violet presque noir. Grand. D'une minceur athlétique. Des ailes d'obsidienne aux pointes dorées. Une ossature parfaite. *À croquer.*

Je réfrénai l'envie d'inhaler trop fort, consciente que Ketos sentirait tout aussi bon qu'avant. Et son odeur mélangée à celles de mes compagnons me ferait sûrement retomber à genoux.

Une pointe d'appréhension sous-tendait son expression, comme s'il s'inquiétait de ce que j'allais dire. Ou peut-être de l'émotion qui se lisait sur mon visage.

Dégoût ? Colère ? Contrariété ? Confusion ? Je ne saurais dire. Je ressentais tout un méli-mélo de sentiments en mon for intérieur.

Ce sont mes vrais parents.

Et mon père déteste déjà Auric.

Je faillis rire. Je m'étais attendue à ce que mon père – *le roi Sefid*, pas le roi Vasilios – haïsse Novak, pas Auric. Maintenant les rôles s'étaient inversés.

Je me raclai la gorge, mon envie de fou rire continuant à titiller mes nerfs. Tout cela était tellement insensé.

J'étais passée du statut de princesse Nora à celui de princesse Noir en un rien de temps.

Et j'ai un fiancé. Que mon compagnon vient de cogner en pleine face.

Eh bien, c'était une façon de se livrer à une réunion de famille.

— Vous croyez qu'on pourrait recommencer ? lançai-je d'une voix forte, cherchant à revenir à une sorte de normalité. Ça fait vraiment longtemps… quelques… mois ?

Je laissai cette question en suspens car je n'avais aucune idée de la durée de mon incarcération. Des semaines ? Des mois ? Des années ? Tout cela n'avait été qu'un tourbillon de mort, de violence et de sang.

Avec un peu de sexe brûlant saupoudré par-dessus.

Et une sacrée dose de politique que je ne comprenais pas.

Kyril avait affirmé que les Noir étaient une race, et non une classe de Nora déchue qu'on m'avait appris à craindre toute ma vie.

Mes parents étaient la preuve vivante de cette vérité.

Mais je n'avais toujours aucune idée de ce que tout cela signifiait. Avaient-ils l'intention de retourner dans leur royaume et reprendre celui de… ?

Je clignai des yeux et soupirai en me forçant à l'appeler roi Sefid, mais j'avais passé vingt et un ans à le désigner comme mon père.

Pourtant, maintenant, mon vrai père se tenait devant moi.

Tout était confus. Mon esprit. Ma vie. Mon but.

Je secouai la tête, essayant de clarifier mes pensées. Mais les similitudes étaient partout autour de moi, car tout le monde restait à genoux, tout comme le *roi Sefid* le ferait lors d'une présentation à la cour.

Est-ce que ça les rend semblables ? Quels sont leurs objectifs ? Que…

Le Prince Ketos fit un pas en avant et tendit la main.

— Salut. Je m'appelle Ketos, dit-il, rompant le silence.

Je le fixai un moment, avant de réaliser qu'il faisait ce que j'avais demandé : *recommencer*. Je baissai les yeux sur sa main, puis les remontai vers son visage, et je captai une lueur dans son regard violet. Il se prêtait au jeu, pas pour se moquer mais pour essayer de détendre l'ambiance.

Je déglutis et glissai mes doigts sur les siens.

— Salut. Je m'appelle Layla.

Il porta ma main à ses lèvres et déposa un chaste baiser sur mon poignet.

— C'est un plaisir de te rencontrer, Layla, murmura-t-il en me relâchant.

Un agréable picotement s'attarda dans son sillage, réchauffant mes veines.

— Moi de même, soufflai-je, incapable de cacher ma réaction naturelle à être touchée par un homme à la compatibilité évidente.

Ses lèvres se retroussèrent de nouveau, mais dans l'ensemble, son expression demeura vraiment polie. Pas de séduction ni de regard complice comme à son arrivée, juste une note subtile de curiosité qui me mit un petit peu plus à l'aise.

Mon père s'éclaircit la gorge et tendit aussi la main, suivant l'exemple de Ketos et se présentant comme si nous venions de nous rencontrer.

Puis ma mère m'étreignit comme elle l'avait fait à mon arrivée, serra ses bras autour de mon cou comme si elle craignait que je m'envole à tout moment.

Le poids de la situation s'allégea lentement, le pouvoir oppressant de mon père permettant à tout le monde de se relever, y compris Auric.

Mon compagnon ne s'excusa pas, ses yeux bleus étrécis par la méfiance envers tous ceux qui l'entouraient. Novak adoptait une posture similaire, tout comme Raven et ses compagnons.

— Maintenant vous comprenez pourquoi je suggérais de les laisser en arrière, marmonna Iston en me dépassant sur les marches de l'entrée.

— Ils sont ma famille, lui lançai-je, irritée par son commentaire intempestif. Je ne les laisserais jamais en arrière.

Il s'arrêta sur la dernière marche, les traits durs.

Je l'ignorai et jetai un coup d'œil à Raven. Elle inclina la tête en signe de reconnaissance, approuvant mes paroles en silence.

Nous n'étions peut-être pas souvent d'accord, et nous n'étions peut-être même plus de vraies cousines, mais nous avions établi un terrain d'entente au cours de ces dernières semaines. Ce n'était pas tant une amitié qu'un lien familial.

Quoi qu'il se passe, nous étions tous dans le même bateau.

— Mmh, bourdonna ma mère, dont le regard passa de moi à tous les autres avant de se fixer sur mon père. Il va falloir préparer d'autres chambres d'amis.

Il l'étudia un moment, et une sorte de conversation silencieuse circula entre eux, qui s'acheva par une inclinaison du menton en signe d'accord à la question tacite qu'elle avait posée.

Elle esquissa un sourire, lui indiquant muettement que son acquiescement était la bonne décision. Puis elle se tourna vers moi avec excitation.

— Puis-je te montrer ta chambre ?

J'allai accepter, mais jetai un coup d'œil à mes compagnons.

— Notre chambre, c'est ça ? lui demandai-je.

Elle suivit mon regard, hochant lentement la tête.

— Euh, oui. Je vais être honnête : on ne s'attendait pas à ce que tu arrives avec... des *compagnons*... alors elle a été préparée exclusivement pour toi. Mais je pense que ça ira.

— J'aimerais d'abord dire un mot à Novak et Auric, intervint mon père. S'il te plaît.

Ces derniers mots devaient m'être destinés car il capta mon regard et le soutint.

— Oh, euh...

— C'est bon, Layla, s'interposa Novak, posant la main au bas de mon dos. J'aimerais moi aussi dire un mot au roi Vasilios.

Je croisai son regard bleu glacé, me mordillant la lèvre. Je n'avais pas trop envie d'être exclue de cette discussion. Nous étions une équipe, et cela me paraissait mal de nous séparer maintenant.

— Sans moi ? demandai-je, lui laissant entendre ma confusion.

Novak se pencha sur moi, ses lèvres effleurant mon oreille.

— On ne va rien te cacher, petite cerise, promit-il d'une voix destinée à moi seule. Mais j'ai beaucoup de questions, et je veux te laisser un moment avec ta mère.

Oh.

Pour Novak, c'était l'équivalent d'un long discours. Mon compagnon aux ailes noires parlait rarement, ce qui rendait ses mots d'autant plus puissants. En regardant ma mère, je réalisai que j'avais aussi mes propres questions. Des questions auxquelles seule une mère pouvait répondre. Et ce serait bien de... d'avoir un entretien avec elle. *Seule.*

— D'accord, murmurai-je, acceptant cette séparation temporaire. Mais viens me retrouver dès que tu auras terminé.

Toujours, promit Novak dans un regard, sa bouche effleurant ma joue.

Auric nous rejoignit et glissa sa main dans ma nuque.

— On va te rejoindre, dit-il doucement, ses lèvres effleurant ma joue en un geste similaire à celui de Novak. Tu peux préparer le lit pour nous.

Cette dernière phrase me fut chuchotée à l'oreille, mais je sentis qu'il soutenait le regard de Ketos. Car le prince sourit en retour, comme s'il n'était pas affecté par la nette démonstration de possession de mon compagnon.

Novak attrapa mon menton et m'attira pour un baiser qu'Auric termina avec sa langue. Leur revendication commune me laissa tout étourdie quand ils s'écartèrent.

Mon père n'avait pas l'air content.

Cependant, Ketos paraissait intrigué.

Et ouais, c'est mon signal pour, euh, décoller, décidai-je en me raclant la gorge.

— La ch-chambre ? balbutiai-je à ma mère.

— Oui, opina-t-elle, en glissant son bras sous le mien. Et on peut aussi visiter le reste.

Je fis quelques pas, puis m'arrêtai.

— Et pour Raven et ses compagnons ?

Tous trois se tenaient gauchement sur la pelouse, ne sachant clairement pas où aller.

— Si je leur faisais visiter le domaine pendant qu'Iston et Netiri préparent leur chambre ? suggéra Kyril.

L'expression d'Iston me dit qu'il n'avait pas du tout envie de faire ça.

Mais la femme Noir – la seule que j'aie jamais vue à part Raven et ma mère – parut ravie d'avoir une tâche à accomplir.

— Avec plaisir, dit-elle.

Elle rejoignit Iston sur le perron et lui prit la main. Il serra les lèvres en réponse.

Mais son regard glacial fondit quelque peu, cette femme ayant de toute évidence une emprise sur lui. J'ignorais si c'était dû à la rareté de son existence ou à leur potentiel d'accouplement. Ils avaient tous deux une odeur un peu aigre, mais je préférais nettement cela à certaines senteurs âcres du pénitencier Noir. Cela ne faisait que renforcer le fait qu'aucun Noir n'arrivait à la cheville d'Auric ou de Novak.

Ou de Ketos, pensai-je, en jetant un nouveau regard au beau prince.

Il répondit par un clin d'œil, comme s'il lisait dans mes pensées.

Ce qui provoqua un grognement d'Auric derrière moi.

Les ignorant tous les deux, je me reportai sur ma mère.

— Un tour des lieux, ça me dit bien.

Elle sourit d'un air entendu.

— D'accord. (Elle lança un regard à Kyril.) Et merci d'avoir proposé une visite aux amis de Layla.

— Famille, corrigea Raven. Nous sommes sa *famille*.

— Oui, bien sûr, acquiesça ma mère. (Son ton était légèrement tranchant, mais son expression demeura aimable.) Je vais mettre les cuisiniers au courant de l'augmentation du nombre des convives pour le dîner.

— Je vais m'en occuper, ma reine, proposa en s'inclinant un garde aux cheveux roux flamboyants.

— Merci, Limerick, répondit-elle. J'apprécierais beaucoup. (Elle donna une petite tape sur mon bras, m'attirant vers les marches.) On va commencer par l'intérieur, puis nous sortirons un peu.

— OK, acquiesçai-je.

Je lançai par-dessus mon épaule un regard à Auric et Novak. Tous deux fixaient Ketos, demeuré aux côtés de mon père. Apparemment, il avait l'intention de participer à leur *discussion*.

Ce n'est pas bon signe, me dis-je en déglutissant. *Pas du tout.*

2

NOVAK

Les chevelux fuchsia de Layla disparurent par la porte d'entrée, mais son parfum de cerise s'attarda dans l'air.

Je dus faire un gros effort pour m'empêcher de la suivre, tant mon désir de la protéger était fort. Mais il y avait trop de gardes. Trop d'inconnus. Trop de pouvoir inexpliqué.

À commencer par la source qui se tenait devant moi – le roi Vasilios.

Je le connaissais comme *le Noir rebelle* que j'avais épargné un siècle plus tôt.

C'était à cause de *lui* que j'avais Chuté.

Sa compagne – la mère de Layla – avait été brutalement violentée, violée et laissée pour morte, et il avait voulu la venger. J'avais été envoyé pour le capturer et l'arrêter. Au lieu de quoi je l'avais laissé faire, respectant son besoin de vengeance.

Je n'avais pas non plus estimé que les Nora qui l'avaient violée méritaient de vivre.

J'avais donc Chuté pour avoir désobéi à un ordre

direct. Ou du moins, j'avais cru que c'était la raison de ma Chute.

Jusqu'à ce que nous arrivions ici et que je réalise que le mâle devant moi en était la véritable raison. Kyril avait appelé ça un *Baiser des Dieux*, déclarant qu'un puissant Noir m'avait désigné comme quelqu'un de valable et méritant.

Parce que je l'ai laissé vivre ce jour-là, comprenais-je à présent. *Il m'a fait une faveur pour lui avoir laissé la vie.* Ce qui était la vraie cause du noircissement de mes ailes.

Je croisai les bras et soutins le regard du roi, attendant que tout le monde autour de nous se disperse. Zian et moi échangeâmes un bref coup d'œil et hochement de tête, tous deux sur la même longueur d'onde. S'il arrivait quelque chose, nous nous soutiendrions l'un l'autre.

Pas de questions à poser. Aucune explication nécessaire.

S'il fallait se battre, nous serions toujours du même côté.

En attendant, il examinerait les lieux lors de leur petite visite, et je me ferais une idée du Noir que tout le monde appelait roi.

Ketos resta avec nous, ce à quoi je m'attendais puisqu'il était apparemment le fiancé de ma compagne.

La tension irradiait d'Auric, je ressentais au plus profond de mon être à quel point ce nouveau développement le mécontentait. Parce que ouais, non. Ça n'arriverait pas. Layla avait deux compagnons. Elle n'avait pas besoin d'un troisième. Le *prince Ketos* pouvait aller se faire foutre.

Vasilios m'étudia un long moment après que tout le monde soit parti, les lèvres retroussées.

— Je vois que mes dons ont servi comme prévu. (Ses yeux sombres me parcouraient avec intérêt.) Tu es encore plus redoutable à présent que tu l'étais ce jour-là.

Je grognai. Il n'avait pas tort. Mais je n'aimais pas trop qu'on parle de mes talents comme de ses *dons*.

Son attention se porta sur Auric.

— Et tu es tout aussi arrogant et borné qu'avant.

Le commandant Nora ricana à ces mots.

— Vous ne savez rien de moi.

— Je sais que tu penses avec tes poings plutôt qu'avec ton cerveau, rétorqua-t-il en désignant le mâle à ses côtés.

— Ça va, nous assura Ketos. Je vais bien.

Auric le toisa.

— Pour le moment.

Ketos se contenta de sourire et reporta son attention sur Vasilios.

— Je ne suis pas offensé.

Auric paraissait prêt à contester cette opinion avec un autre coup de poing, mais je saisis son poignet avant qu'il ne passe à l'acte. C'était moi la personne explosive dans cette relation. Pas lui.

Ressaisis-toi, lui transmis-je d'un regard.

Puis je fixai Vasilios avec impatience, arquant un sourcil. Je voulais qu'il continue à parler, me donne du grain à moudre.

J'avais compris toute l'histoire grâce aux leçons de Kyril. Les Noir étaient des êtres divins qui vivaient pacifiquement avec les Nora jusqu'à ce qu'une maladie mortelle élimine quatre-vingt-dix pour cent de la race Noir. Kyril prétendait que le roi Sefid avait créé la Peste stygienne en réponse au rejet de son père Noir et de sa mère Nora.

La vérité sur ce point restait à vérifier.

Mais l'existence des Noir était clairement réelle, et je faisais face au roi sans aucun doute. Le dernier des Noir originels. Un dieu essentiel, si l'on en croyait Kyril.

L'étalage de puissance qu'il avait exsudé et qui nous

avait tous mis à genoux semblait en phase avec l'explication de Kyril.

Donc ma compagne était une déesse. Ce que mon esprit avait perçu bien avant que je connaisse tous les faits. C'était pourquoi je me sentais obligé de la protéger. De la vénérer. De *la posséder*.

Parce qu'elle était à moi. À moi et à Auric.

Pas à toi, émis-je en direction de ce connard aux ailes noires à pointes dorées.

Vasilios plissa les yeux, détectant aussitôt mon agressivité. Il semblait me considérer comme la plus grande menace. À juste titre. Auric était un guerrier admirable, mais le roi Vasilios savait de première main de quoi j'étais capable.

— Nous avons manifestement pas mal de choses à discuter, dit-il. (Son pouvoir invisible tira sur mes muscles pour que je le suive quand il se retourna.) Marchons ensemble.

Il nous conduisit à l'écart de la maison. Loin de Layla. Loin de mon cousin et de ses compagnons.

Mes muscles se tendirent. Je n'appréciais pas d'être éloigné de ceux que je considérais comme les miens. Je n'appréciais pas non plus d'être conduit vers une destination inconnue dans un lieu que je n'avais pas encore exploré.

Surtout que je ne pouvais pas accéder à mes ailes.

Putain d'élixir.

J'avais ressenti le potentiel de combattre la magie quand le chaos s'était installé, mais je n'avais pas réussi à me libérer complètement de l'enchantement.

Il s'était relâché, cependant. Un peu. Suggérant que je pourrais le briser si je me concentrais assez fort.

Je lançai un regard à Auric pour connaître son avis sur

la question. Nous avions développé depuis longtemps un moyen de communiquer sans parler.

Il était mon commandant et j'étais son guerrier, celui qu'il ne parvenait jamais à tenir en laisse. Nous étions encore en train de comprendre la hiérarchie entre nous, mais nous nous écoutions l'un l'autre quand il le fallait.

Comme en ce moment.

Auric voulait parler avec ses poings, mais nos adversaires comportaient trop d'inconnues. L'émotion devait être canalisée, ce que je pratiquais souvent lorsque ma rage et ma soif de sang s'avéraient utiles. Auric le savait, mais Ketos était un challenger inattendu concernant notre déesse.

Je ne leur fais pas confiance, transmit Auric par une subtile flexion de la mâchoire.

Moi non plus, répondis-je en luttant contre la contrainte de Vasilios qui me tirait en avant.

Auric ne pouvait pas entendre mes pensées, mais il savait lire mon langage corporel. Je bloquai ma cuisse un instant avant de faire un autre pas à contrecœur.

Lorsque Ketos m'adressa un sourire d'aise, je compris qu'il me montrait son pouvoir.

Soit Vasilios ne le contraignait pas… *soit il ne le pouvait pas.*

Quoi qu'il en soit, je jouais le jeu pour l'instant.

Je croisai les yeux d'Auric une fois de plus et lui signalai mon intention d'un seul regard.

Jouons le jeu le temps d'en apprendre davantage sur notre situation et notre position. Puis nous enverrons à ce joli garçon aux plumes à pointe d'or un message qu'il n'oubliera jamais. De préférence dans le sang.

Auric parut satisfait du meurtre qui s'insinuait dans mes yeux, car il m'emboîta le pas et cessa de lutter contre l'attraction de Vasilios.

Le puissant ange nous conduisit à une falaise, un endroit qui, normalement, me ferait me sentir libre : beaucoup d'espace pour s'échapper ; pas de barreaux masquant le paysage.

Sauf que je n'avais pas mes ailes.

Ce qui rendait cette vue sur le vaste océan et la surface rocheuse en dessous plus menaçante qu'autre chose, ce que la lueur dans les yeux noirs de Vasilios me dit qu'il savait.

Il voulait que nous sachions que c'était son territoire, où il avait le contrôle.

Ketos se contenta de contempler le paysage, ses narines s'évasant en respirant la brise salée. Ses plumes s'ébouriffaient de contentement. Ce Noir royal était l'image même de l'aisance et du confort, sans doute parce qu'il fréquentait souvent cet endroit.

Donc il connaissait bien ce territoire.

Et il avait aussi ses ailes, ce dont j'étais de plus en plus jaloux.

Vasilios nous amena tout au bord de la falaise.

Alors seulement, il leva sa contrainte, son message rugissant encore plus fort qu'avant : *Cet endroit m'appartient. Et je peux vous posséder, vous aussi.*

Il n'avait pas d'ailes non plus, ses plumes formant une ombre falote derrière lui car le puissant élixir les dissimulait. Cependant, cela ne semblait pas affecter son assurance dans notre situation, une révélation qui suggérait que j'avais raison quant à ma capacité à briser l'emprise de l'élixir.

Ou peut-être était-ce le fait d'être sur son propre territoire qui permettait à Vasilios de paraître si sûr de lui.

Il roula les épaules devant nous, un mouvement plus angélique qu'humain. Bien que le Noir vive depuis longtemps parmi les mortels, selon les informations de

Kyril, il y avait encore des signes subtils de ce qu'était Vasilios pour qui savait les décrypter.

Cela me poussa à me demander combien de temps il avait *réellement* passé parmi les humains. Il avait une jolie petite forteresse nichée sur cette falaise, et il était fort possible qu'il ne connaisse pas les gens de ce monde aussi bien que Kyril l'avait suggéré.

Peut-être que Vasilios préférait se cacher.

C'était une faiblesse potentielle dont je pris note pour plus tard. Car s'il ne connaissait pas ce monde, alors nous pourrions nous échapper et nous y cacher. En supposant que nous soyons capables de collecter les bons renseignements et les bonnes ressources pour cela.

— Comme je suis sûr que Kyril l'a mentionné, attaqua Vasilios, votre version de l'histoire est faussée.

Auric fixa le roi des yeux.

— Il nous a dit que les Noir sont une race divine d'anges, pas des Nora déchus.

Le ton d'Auric n'était pas incrédule, mais je sentis qu'il avait du mal à gober cette explication.

Il refusait de me regarder, et je soupçonnais que c'était parce qu'il ne voulait pas que je découvre la réalité de son malaise.

Si ce que Kyril nous avait dit était exact, alors tout ce que mon noble commandant avait fait au cours des derniers siècles était du côté du mal, non du bien. Or Auric était un Nora honorable, un ange qui croyait à la prédominance du bien sur le mal. Ce serait une réalité difficile à croire pour lui, semblable à la façon dont il avait eu du mal à comprendre les plumes noires de Layla. Il prétendait les accepter maintenant, mais je soupçonnais qu'il se débattait encore avec cette situation. Avec *notre* situation.

Vasilios considéra Auric pendant un moment avant de déclarer :

— Nous sommes les enfants des dieux. Et les Nora ont été créés pour nous servir.

Cette dernière phrase s'accompagna d'un léger ricanement tandis qu'il toisait mon commandant.

— Et pour nous protéger, ajouta Ketos avec une douceur qui me parut fausse.

Il y avait quelque chose de différent chez lui. Quelque chose d'autre.

De divin, peut-être, maintenant que je savais quoi chercher.

Il me rappelait Layla d'une manière que je ne voulais pas admettre. Il avait une présence qui exigeait le respect.

Seule Layla avait gagné ma dévotion. Pas lui. Et il ne l'aurait jamais.

Quand ses puissants yeux violets croisèrent brièvement les miens, je ne les détournai pas.

Peu importe ce que tu es, teste-moi et tu vas saigner.

Ketos sourit comme s'il avait perçu mes pensées.

— Oui, pour nous protéger, opina Vasilios au commentaire de Ketos. Mais à la place, ceux d'entre nous qui ont survécu à la peste ont été contraints de fuir de chez eux parce que les Nora se sont tous retournés contre nous. Et maintenant, ils sont obsédés par l'idée de nous *réformer*.

Il cracha le mot *réformer* comme si c'était une malédiction.

— Mais les dieux renversent la situation, murmura Ketos pensivement, soutenant toujours mon regard. Tes ailes en sont la preuve.

— Mes ailes ont été marquées par Vasilios, lui rappelai-je.

Je reportai mon attention sur le roi, le défiant de nier.

Mais cet enfoiré imbu de lui-même se contenta de sourire.

Il est tout aussi mauvais que l'enfant chéri.

— Tu as prouvé ta valeur ce jour-là, Novak, dit Vasilios avec un sourire au coin des lèvres. Je t'ai donné ma bénédiction. Mes ancêtres divins ont choisi d'aller jusqu'au bout, et ils ont également marqué vos deux amis. (Son admiration s'estompa quand il se tourna vers Auric.) Mais pas toi.

Si Auric fut offensé, il ne le montra pas.

— Parce que je croyais en une cause que je commence maintenant à remettre en question.

— Tu commences seulement ? releva Vasilios en arquant un sourcil. Mmh. Eh bien, c'est décevant.

Auric plissa les yeux, tout comme moi.

Car son ton n'avait pas seulement été condescendant, il avait été provocateur.

Et le regard que Vasilios lança ensuite à ses gardes suggérait que c'était aussi une sorte de signe.

Les poils de mes bras se hérissèrent, mon envie de briser l'élixir et de m'envoler fit battre mon pouls d'impatience.

Mais une brise légère rafraîchit l'air, offrant une pause à Auric, les mèches de ses longs cheveux blancs balayant ses yeux turquoise.

— Si j'ai appris quelque chose au cours des derniers mois, c'est que rien n'est ce qu'il paraît, dit-il d'un ton calme. Je vais donc réserver mon jugement sur toute cette situation jusqu'à ce que j'en sache davantage.

3

NOVAK

J'ATTENDIS, curieux de voir comment ce dieu allait réagir.

Il jaugea Auric d'un regard sagace, les gardes derrière nous encore sur le qui-vive.

Ils attendent, traduisis-je. *Ils attendent que leur roi fasse un choix.*

Mes doigts tressaillirent, mon désir de faire tourner une lame au rythme de mon pouls me faisant presque attendre avec impatience ce qui allait suivre.

Donne-moi une bonne raison, Roi. Donne-moi un signe qui me permette de tuer.

Sauf que son expression me dit que ça n'allait pas arriver. Parce qu'il *souriait*.

— Obtus et têtu. Deux qualités fascinantes, remarqua-t-il d'un ton suggérant qu'Auric venait de passer inopinément une sorte de test. (Puis le roi jeta un coup d'œil à Ketos et ajouta :) Je présume que Sefid a également transmis des traits similaires à ma fille.

Il me semble que ça pourrait facilement être ta propre influence, Roi, pensai-je, les yeux plissés.

Mais il se remit en marche avant qu'aucun de nous ne

puisse répondre, cette fois sans contrainte, sans prendre la peine de vérifier si nous allions le suivre.

Car bien sûr, nous le suivîmes.

Il était le roi. Nous étions de simples sous-fifres.

Mais nous sommes aussi les compagnons de ta fille, songeai-je. *Ce qui fait de nous les héritiers de ton territoire, non ?*

Auric jeta un coup d'œil aux gardes derrière nous, les narines épatées de dégoût. Ils étaient toujours en état d'alerte, leur répugnance évidente dans leurs postures et leurs expressions.

Essayez un peu, me dis-je en les regardant. Puis je fis un pas résolu vers Vasilios.

Ils se hérissèrent de nouveau. Ce qui confirma que le signal que Vasilios avait donné était simplement destiné à les mettre en alerte.

Mmh, grognai-je, mes doigts frémissant encore. *Lorsqu'il donnera le signal, je t'abattrai en premier,* décidai-je, portant mon regard au garde le plus proche. *Et je prendrai aussi cette lame dans ta poche.*

Ketos, qui marchait au bord de la falaise, me jeta un regard amusé. Mais ce fut le vent jouant dans ses plumes qui capta mon intérêt. Elles paraissaient presque majestueuses, comme s'il attirait l'énergie à lui d'une manière ou d'une autre.

Bizarre.

— La société avait l'habitude de travailler avec les Noir résidant à la Cour, dit Vasilios, détournant le cours de mes pensées, ramenant mon regard sur lui.

— La Cour ? répéta Auric.

Mes yeux revinrent sur Ketos et ses plumes surnaturelles.

Si je dissipe l'élixir, je peux libérer mes plumes et couper ses jolies ailes, puis le pousser du haut de la falaise.

Sauf que non. Les gardes seront sûrement sur moi avant que je finisse de trancher une aile.

Je pourrais d'abord viser sa jugulaire, puis…

Vasilios s'éclaircit la gorge et me regarda avec insistance, comme s'il captait mes pensées.

Je lui retournai son regard. *Quoi ?* J'arquai un sourcil. *Je ne suis pas venu ici pour une foutue leçon d'histoire.*

Ses yeux s'étrécirent un peu. Puis il regarda Auric.

— Oui. La Cour. Celle que Sefid maintient aujourd'hui, seulement à l'époque, c'était une cour de Noir. Pas de Nora.

Fascinant, me dis-je, impassible. *On peut en venir au fait ?*

Car je détestais les mots. Je préférais de loin les actions.

— Une Cour Noir.

Auric semblait goûter les mots. Apparemment, il trouvait ça captivant.

Je supposais que ça ne me ferait pas faire de mal d'apprendre des détails supplémentaires, mais je soupçonnais que toutes ces précisions historiques n'étaient pas le but de cette promenade. Vasilios était juste en train de nous chauffer. Et je n'étais vraiment pas du genre à m'éterniser sur ce sujet.

Va droit au but.

— Les Nora étaient des protecteurs, répéta Ketos avec un sourire d'aise, n'ayant visiblement pas capté ma demande. Mais nous avons déjà établi cela.

Sans blague, pensai-je.

— Ce que je veux dire, poursuivit-il, c'est qu'ils tenaient un rôle important, un rôle que les Noir choyaient et appréciaient.

Vasilios inclina la tête en signe d'accord.

— Oui. Ils servaient la Cour des Noir de bien des façons, similaires à la classe des serviteurs, mais avec beaucoup moins de restrictions.

Auric fronça les sourcils.

— Définissez « moins de restrictions ».

— D'après ce que je comprends, Sefid a mis en place des règles strictes qui interdisent aux Nora de bas niveau d'entrer dans ses palais personnels. Exact ?

— Oui, confirma Auric.

— Mmh, eh bien, ce n'était pas comme ça quand les Noir régnaient. On laissait le champ libre aux Nora. Cela créait une atmosphère harmonieuse. Du moins nous le pensions.

Les iris d'encre de Vasilios scintillaient de puissance retenue, son expression suggérant que les souvenirs qu'il évoquait maintenant n'avaient rien d'agréable.

Il s'arrêta au bord de la falaise et contempla l'eau miroitante un moment.

— Le changement a été subtil au début. Tout ce qu'on savait, c'était que les Noir étaient en train de mourir, mais on ne comprenait pas comment ni pourquoi. (Sa mâchoire se contracta sur ces mots.) La mort d'un Noir ou d'un Nora est plutôt rare.

Pas dans mon monde, faillis-je dire.

Mais le roi n'avait pas fini.

— Ça a commencé avec les ailes. Elles ont mué jusqu'aux os, dit-il d'un ton sinistre. Puis les corps angéliques se sont mis à se détériorer eux aussi.

La brise mourut. Les ténèbres pesaient sur lui comme une aura qui étouffait l'oxygène de l'air.

Ce qui suggérait que ce qu'il disait était réel.

Ou alors il était un très, très bon menteur.

— Les portails ont sauvé nos vies, continua-t-il sombrement. Mais il a fallu du temps pour les construire, car nous n'avions jamais tenté de partir auparavant.

Je l'étudiai, mon intérêt enfin piqué.

Car cette peste n'avait pas seulement anéanti les Noir.

Elle avait servi de punition horrible, qui avait prolongé leurs souffrances avant d'emporter leurs vies immortelles.

J'aimais la violence. Mais ça... c'était autre chose. C'était cruel. Un jeu obscur et tordu que je n'aurais jamais encouragé, même dans mes moments les plus meurtriers.

Certains anges méritaient de payer pour leurs péchés. D'être torturés. De mourir brutalement. Sefid en tête.

Mais une race entière ? *Non.*

Hélas, cela expliquait la haine dans l'air sombre de Vasilios lorsqu'il regarda de nouveau Auric. Son regard couleur de nuit le scrutait comme s'il pouvait voir ses ailes blanches immaculées malgré les effets de l'élixir, et il ne faisait aucun effort pour cacher son dégoût.

— Nous avons fini par trouver ce monde, dit-il en balayant de la main l'étendue des terres derrière nous. Et nous avons rapidement appris l'importance de cacher nos véritables natures. Les esprits mortels sont trop faibles pour comprendre notre existence, et beaucoup veulent nous vénérer, ce qui n'a jamais été notre mode de vie.

Mmh, marmonnai-je. *Est-ce vraiment exact ? Parce que tu t'es certainement construit un palais digne d'un dieu.*

Son regard croisa le mien comme s'il avait entendu cette pensée.

— Bien que ce lieu soit devenu notre chez nous, notre monde nous manque.

Oh ? Sommes-nous enfin entrés dans le vif du sujet ? me demandai-je.

— Sefid a pris quelque chose qui ne lui appartient pas, continua Vasilios d'une voix plus grave, ses mots étant portés par le vent. Beaucoup pensent qu'il a aussi orchestré la peste. Nous n'avons jamais pu le prouver, mais il possédait certainement le mobile et le talent pour le faire. Et il est clairement responsable de ces altérations de la mémoire.

Je ne pouvais pas le contredire sur ce point. Le talent de Sefid à manipuler les esprits était bien connu des guerriers, et souvent vénéré.

Or Sefid l'avait toujours présenté comme un don bénin, destiné à *apaiser*. Il avait souvent promis d'effacer les « mauvais souvenirs » des guerriers qui avaient subi des pertes ou des situations difficiles, et beaucoup avaient accepté son influence.

Je n'avais jamais accepté cette opportunité car les expériences comptaient. Elles me définissaient. Et je n'avais jamais été très désireux de les faire disparaître de mon esprit.

Mais aurait-il supprimé mes souvenirs de Vasilios si je l'avais fait ce jour-là ? me demandai-je. J'esquissai un sourire en jetant un coup d'œil à Auric. *A-t-il déjà été dans ta tête ?*

Auric avait été l'un des commandants les plus appréciés de Sefid, un guerrier à qui il avait confié la protection de sa propre fille. Si quelqu'un avait été victime des pouvoirs de Sefid, ç'aurait été Auric.

Et peut-être même Layla.

Les yeux plissés, je reportai mon attention sur le malin roi Noir. *Ou alors c'est une façon de creuser un fossé entre moi et mes compagnons, de me faire m'interroger sur l'interférence de Sefid dans leur tête.*

Il fit la moue, et je me demandai à quel point il pouvait entendre mes pensées. Car je doutais que mes yeux transmettent autant de mots que recelait mon esprit.

— Bon, une leçon d'histoire n'était pas ce que j'avais en tête pour cette conversation, avoua-t-il.

Menteur, pensai-je.

— Mais ça définit le contexte, ajouta-t-il. Ma fille est l'avenir. Elle est mon seul successeur, l'héritière d'un trône qu'aucun de vous ne peut même tenter de comprendre dans vos états actuels. Vous n'êtes pas digne d'elle. (Il inclina la tête au bout d'un moment.) Du moins, pas encore.

Ces derniers mots me firent hausser les sourcils.

Vous pourriez être dignes, semblait-il dire. *Mais seulement si vous le prouvez.*

Ça ressemble à un défi, lui répondis-je muettement, mon expression faisant toute la conversation à ma place. *Mais j'ai déjà conquis ta fille. Et je continuerai à le faire pour l'éternité.*

Auric se tenait à mes côtés, les épaules tendues, la mâchoire serrée. Il semblait ressentir la même chose que moi, sa posture indiquant qu'il se fichait de ce que ce roi pensait ; Layla était à nous.

À nous de la protéger. À nous de l'adorer. À nous de la *baiser.*

Parce que l'approbation de Layla était la seule qui comptait pour nous. Pas la sienne.

Je jetai un coup d'œil au prince Golden Boy. *Et certainement pas la tienne.*

— Cela dit, continua Vasilios, je respecterai son choix pour l'instant, tant que vous respecterez ces terres comme étant les miennes. Je suis roi ici. Ma compagne est reine. Et ma fille est tout à fait votre supérieure.

Je considérai sa formulation pendant un moment, puis j'inclinai le menton en signe d'accord. Layla avait toujours été ma supérieure, même en tant que princesse Nora. Je pouvais facilement accepter qu'elle soit ma supérieure ici aussi. Elle était une déesse. Ma compagne. Je m'inclinerais toujours devant elle, quel que soit son statut dans la vie.

Auric était également d'accord car il fit écho à mon hochement de tête.

— Excellent. Alors je suppose que nous pouvons aller de l'avant pour le moment, dit Vasilios en jetant un coup d'œil à Ketos. Oui ?

— Bien sûr, opina ce dernier avec l'aisance d'un homme qui n'a rien à perdre.

Je l'étudiai longuement, essayant de discerner une faille dans son attitude, n'en trouvant aucune. Il l'avait perfectionnée en quelque sorte, présentant un simulacre d'hospitalité parfait.

Mais je ne lui faisais pas confiance. Pas le moins du monde.

— Bien. Je m'attends à ce que vous les mettiez tous les deux au courant, dit Vasilios, interrompant ma contemplation des motivations de Ketos. Et dire que vous pensiez que j'avais fini de vous tester.

— Vous n'aurez jamais fini de me tester, répliqua le prince d'un ton amusé. Mais je pense que cela pourrait s'avérer être ce que vous avez fait de plus difficile jusqu'à présent.

Vasilios me regarda, ses lèvres tressaillirent.

— En effet. (Son regard d'obsidienne ressemblait à des diamants noirs scintillants quand il reporta son attention sur Ketos.) Bonne chance…

Il étira ce dernier mot avant de plonger de la falaise et de déployer ses ailes, brisant l'effet de l'élixir avec une facilité que je lui enviais.

Et il s'envola vers la mer avec trois guerriers dans son sillage, tous équipés pour le garder.

Eh bien, c'était certainement un geste cruel de la part du roi, songeai-je, mon humeur s'étant grandement améliorée.

Parce que le roi avait laissé Ketos seul.

Avec Auric et moi.

Au bord d'une falaise à l'air dangereux.

4

LAYLA

UNE OPULENCE BLANCHE ET OR, songeai-je en promenant mon regard dans le domaine palatial avec une sensation d'aisance que je n'avais pas ressentie depuis longtemps.

Cet endroit me semblait être ma maison. Pas celle que j'avais habitée en tant que Nora, mais une nouvelle sorte de maison. *Mon* foyer. Comme si j'avais toujours été destinée à trouver ce palais et à le faire mien.

Des fenêtres perçaient la plupart des murs extérieurs, dont les vitres étaient faciles à enlever grâce un loquet inséré dans des cadres teintés argent. Gaia, *ma mère*, me montra comment en retirer une dans le couloir à l'étage, en m'expliquant qu'elles avaient été conçues ainsi pour permettre une arrivée et un départ faciles en volant.

— Tu peux encore voler avec l'élixir ? demandai-je, mes plumes invisibles s'ébouriffant dans mon dos.

Elle hocha la tête.

— Ça fait un peu bizarre au début, mais l'incantation est simple à briser. (Elle y réfléchit un moment.) Bon, ce n'est peut-être pas le bon terme. On a l'impression de percer un brouillard, mais la substance se colle à tes plumes, en quelque sorte. Ainsi, elle réapparaît lorsque tu atterris, camouflant à nouveau tes ailes.

Tout cela avait l'air un peu étouffant, une réaction qu'elle dut lire sur mon visage car elle me serra le bras en un geste rassurant.

— Tu te souviens de la première fois où tu as pris ton envol ? demanda-t-elle d'une voix douce.

Je déglutis en hochant la tête.

— Oui.

Ma mère, ou la femme que j'avais toujours prise pour ma mère, m'avait poussée par une fenêtre et avait attendu que je maîtrise mes ailes. Elle s'était tenue juste derrière moi au cas où je tomberais, mais j'avais instinctivement déployé mes plumes et plané dans le vent pendant plusieurs minutes d'extase avant de m'affaler au sol.

Un éclat d'émotion envahit le regard de Gaia, mais elle le chassa en clignant des yeux et se racla la gorge.

— C'est similaire. Juste un peu plus délicat car nos esprits d'adultes sont habitués à sentir le vent un peu différemment après des années ou des siècles de vol.

— Ah, murmurai-je.

Elle s'arrêta dans le couloir, me jetant à nouveau un regard.

— Veux-tu… veux-tu que je te montre ? (Son ton recelait une note d'espoir, comme si elle cherchait une occasion de m'apprendre quelque chose.) Peut-être après avoir vu ta chambre ?

— Oui, acquiesçai-je. Je crois que ça me plairait.

Ses lèvres se retroussèrent et son visage s'illumina d'enthousiasme.

— Ça me plairait aussi.

Elle glissa de nouveau son bras sous le mien et m'entraîna dans le couloir trop large – manifestement adapté aux ailes – jusqu'à une double porte à son extrémité.

— Nous… nous avons construit cette aile pour toi, dit-elle d'une voix douce. Je l'ai entretenue au fil des ans, en espérant que tu reviendrais chez nous un jour.

Cet éclat revint dans son regard, sa voix s'étrangla un peu à la fin et elle se racla de nouveau la gorge.

J'eus un petit pincement au cœur, pas seulement à cause de son air larmoyant mais aussi en sachant qu'ils avaient attendu mon retour. Que je revienne vers eux. Pour vivre *ici*.

En tant que leur fille. Parce que je suis une Noir.

Je déglutis, cette notion me mettant mal à l'aise. Un sentiment qui ne fit qu'empirer lorsque je réalisai qu'on nous attendait derrière les portes.

Deux gardes Noir.

Ils étaient au garde-à-vous contre le mur, leurs armes bien en évidence sur leurs hanches. Mais je captai aussi une subtile odeur de métal, suggérant qu'ils avaient au moins un couteau sur eux, probablement dans la couture d'une botte.

Auric m'avait appris à flairer les armes. Une manœuvre défensive que Novak avait améliorée au cours des derniers mois avec sa propre version de l'entraînement.

Je jetai un coup d'œil par la fenêtre à ma gauche, les cherchant par réflexe.

Mon cœur me disait qu'ils allaient bien. Cependant, cela n'empêchait pas mon esprit de tourbillonner de possibilités. Tout pouvait changer en un clin d'œil.

Soyez prudents, pensai-je à leur intention, consciente qu'ils ne pouvaient pas m'entendre mais espérant qu'ils le ressentent quand même.

— Tu as l'air mal à l'aise, murmura ma mère, s'immisçant dans mes pensées.

Je cillai et remarquai l'inquiétude qui ridait son front autrement parfait.

Elle se tourna vers les gardes et leur fit signe de partir, se méprenant sur mon malaise. Je pouvais gérer quelques gardes noirs. C'étaient mes compagnons qui m'occupaient l'esprit, eux et leur incapacité à rester… *polis*.

— Montez la garde à l'entrée de l'aile, leur ordonna ma mère. Il n'est pas nécessaire de rester dans la suite de ma fille.

Mon cœur eut un étrange bégaiement quand j'entendis « ma fille ».

Chez moi. Princesse Noir. Fille. Pas une Nora.

J'avais le tournis, chaque pensée tourbillonnait dans mon esprit. Tout cela était si difficile à assimiler.

Mais j'appréciai le départ des gardes. Leur présence me rappelait un peu trop le palais Nora, et *in fine* la prison où j'avais été envoyée à tort lorsque mes ailes avaient viré au noir.

Parce que je suis une Noir. Parce que je suis censée avoir des ailes noires. Parce que le roi Sefid n'est pas mon père. Le roi Vasilios…

— Ton père est bien trop prudent, dit Gaia, interrompant mes pensées et me faisant grimacer.

Ce sont mes parents. Gaia est ma mère. Je suis une Noir.

Elle m'adressa un sourire triste, captant sûrement mon malaise persistant.

— Je lui dirai de ne poster les gardes qu'au bout du couloir désormais.

Ce n'était pas du tout le problème, mais je hochai quand même la tête, ne désirant pas exprimer les pensées qui vagabondaient dans ma tête.

— Eh bien, murmura-t-elle en s'avançant dans la pièce. Tout ça est à toi.

Une déclaration toute simple. Qui me fit cligner des yeux.

Mais bien sûr, elle avait déjà dit que c'était à moi. *Parce qu'ils l'ont préparé pour mon arrivée depuis vingt ans.*

Je déglutis de nouveau, les émotions menaçant de m'étouffer tandis que je forçais mes yeux à observer la pièce qui nous entourait.

Puis ma bouche béa. Parce que *wow*.

J'avais grandi dans le luxe et l'apparat, mais même mes chambres royales Nora avaient du mal à rivaliser avec la splendeur de cette pièce.

De cette aile, me corrigeai-je.

— C'est magnifique, murmurai-je, totalement émerveillée.

Je passai le bout de mes doigts le long d'un canapé bas conçu pour accueillir des ailes sur son dossier. Il me paraissait plus moderne que royal, en contraste frappant avec le palais Nora.

Cet endroit semblait *réel.* Palatial et magnifique, mais avec des aspects pratiques.

Les humains ont dû influencer les choix pour cette pièce, me dis-je en observant les touches décoratives. Elles n'étaient pas excessives mais vantaient quand même la richesse et l'éclat des lieux.

Mon endroit préféré était le salon recherché, éclairé par un ensemble de fenêtres hautes de trois étages. Toute la pièce surplombait un océan scintillant.

Un arc de cercle dans le verre me guida à travers l'ensemble de l'aile, dotée de tout le luxe que je pouvais imaginer. Un office de majordome approvisionné en boissons, avec un seau de glace dans une armoire réfrigérée. Une salle à manger pouvant accueillir six convives, dont la table était déjà garnie d'argenterie. Et enfin, une chambre séparée dotée d'une salle de bains qui faisait facilement trois fois la taille de celle que j'avais chez moi.

Pas chez moi, me corrigeai-je. *Mes chambres au palais Nora ne sont pas chez moi.*

Ici, ça l'est.

L'air salé chatouilla mes narines tandis que je déambulais dans la chambre. J'absorbais tout, fermant les yeux un instant alors qu'une brise subtile s'insinuait par les portes ouvertes du balcon.

Au pénitencier, l'odeur de la mer n'était qu'un léger répit. Maintenant, elle allait de pair avec mon foyer.

Peu importe. C'est clairement mon endroit préféré.

Je pris une grande inspiration, la retins, puis l'expirai.

Lorsque je rouvris les yeux, je vis ma mère qui m'observait. Elle se mordillait la lèvre d'une manière qui suggérait qu'elle ne s'en rendait pas compte, un geste subtil que je me surprenais parfois à faire quand j'étais nerveuse.

— Tu aimes ça, n'est-ce pas ?

— Si j'aime ça ? répétai-je avec incrédulité. (Je passai mes doigts dans les rideaux diaphanes qui se gonflaient autour de nous tandis que découvrais le lit massif, les murs aux nuances argentées et la vue incroyable qui m'entourait.) C'est l'endroit le plus merveilleux que j'aie jamais vu.

Elle se détendit visiblement et s'avança à mes côtés, baissant les yeux vers l'océan en dessous.

—Je suis si contente, ma chérie.

Mes joues s'échauffèrent à ces mots tendres, au ton maternel indubitable. Quoiqu'un brin gênant, vu que nous nous connaissions à peine.

Mais pour elle, j'étais l'enfant qu'elle avait perdu vingt ans plus tôt.

Et pour moi… je n'étais pas encore tout à fait sûre de ce qu'elle était.

Ma mère, évidemment.

Cependant, c'était plus un titre qu'un véritable lien familial.

Elle avait l'air d'attendre que j'en dise plus, peut-être lui assurer que j'aimais vraiment ces pièces.

Je m'éclaircis la gorge et me forçai à sourire.

— Ne t'inquiète pas pour moi. Ma mè… euh, la *reine Anaïs*… m'a appris à toujours apprécier les cadeaux de la vie. Et même si elle ne me l'avait pas enseigné, je peux voir tout le travail qui a été accompli ici pour que je m'y sente la bienvenue. Donc je te remercie. Je l'adore.

J'attendis de voir si la reine Gaia serait offensée par mon lapsus, mais ses yeux bleus – de la même couleur que les miens – sourirent simplement en réponse.

Aucun soupçon de réprobation ou de blessure. Simplement l'acceptation et une touche de bonheur parce que je lui avais dit que j'appréciais ma nouvelle chambre.

Nous tombâmes dans un silence étrange, toutes deux admirant la vue, se contentant d'exister l'une à côté de l'autre.

Je me sentais… bien. Comme si j'étais à ma place ici.

J'inhalai de nouveau profondément, les odeurs réchauffant mon sang et me faisant me sentir en paix. C'était un moment que j'absorbais et auquel je m'accrochais, ayant besoin que mon esprit se calme, juste pour quelques minutes encore.

Mais bien trop vite, cette petite voix lancinante dans ma tête se remit à chuchoter : *Est-elle vraiment ma mère ? Et Anaïs ?* J'avais toujours aimé ma maman dans mon enfance, même si nos moments ensemble avaient souvent été brefs et concis.

Or tout cela n'avait-il été qu'une ruse ? Une façon de me mettre au pas ? Un mensonge destiné à me préparer à un avenir sous l'aile du roi Sefid ?

Je savais au fond de moi que la réponse était oui. Mais cela ne la rendait pas plus facile à digérer.

Pour autant, je ne pouvais pas nier l'attirance que je ressentais pour la reine Gaia. Il y avait quelque chose dans son aura que je ne pouvais pas vraiment décrire. Une sorte d'autorité divine qui interpellait mon âme profonde, exigeant que je reconnaisse ma place à ses côtés.

Ses yeux bleus croisèrent les miens, et son sourire était encore empreint d'une pointe de tristesse lorsqu'elle murmura :

— Tout cela doit être écrasant. (Elle jeta un coup d'œil au balcon.) Nous devrions peut-être envisager cette leçon de vol plus tard.

— C'est écrasant. (Je ne pouvais pas le nier.) Mais... (Je déglutis, pesai mes mots.) Mais je crois que j'aimerais quand même la recevoir.

Cela me donnerait le temps d'apprendre à la connaître, ce que mon cœur désirait plus que tout. Car si elle était vraiment ma mère – ce que je croyais de plus en plus chaque seconde –, alors je ne voulais pas perdre un instant de plus.

Et d'un point de vue pratique, elle me dirait aussi comment surmonter cet élixir.

Toutefois, ce fut surtout le désir de *connaître* ma mère qui me fit saisir son bras.

— S'il te plaît, ajoutai-je.

Un courant d'énergie parcourut mes membres à mon contact avec elle. J'inspirai brusquement, l'électricité grésillant en moi m'apporta une sensation de calme qui détendit aussitôt mes épaules. Oh, j'aimais ça.

Et son expression me dit qu'elle aussi l'avait ressentie.

J'ignorais si c'était simplement le fait de nous toucher qui avait suscité une telle énergie ou si cela venait d'elle.

Mais je commençais vraiment à croire que Kyril m'avait dit la vérité sur les Noir.

Ma mère était une déesse.

Ce qui fait que j'en suis une aussi.

Ma gorge s'assécha à cette idée, mon besoin d'une distraction croissant à chaque seconde. Je lâchai ma mère et franchis les portes vitrées de la chambre donnant sur le balcon. Il n'y avait pas de balustrade, ce qui me procura une sensation de liberté me donnant envie de déployer mes ailes.

Hélas, l'élixir les gardait cachées. Pourtant je les sentais derrière moi tel un mirage.

Les mots de Gaia tout à l'heure m'avaient rappelé mon premier vol.

L'appréhension. La terreur. L'excitation.

Sauf que cette fois, j'étais dans un autre monde. L'océan qui s'étendait devant moi étincelait sous un soleil éclatant et le ciel était d'un bleu différent de celui auquel j'étais habituée.

Ce n'était pas mon monde. C'était celui des humains.

— Tu es sûre qu'on peut s'entraîner en toute sécurité ? Sans être repérées par les autochtones, je veux dire ? m'enquis-je.

On nous avait donné l'élixir pour une bonne raison. Toutefois les gardes arboraient librement leurs ailes. Bien que je les aie vus principalement entre les murs du palais, où ils ne risquaient pas d'être observés.

— Il n'y a aucune raison de s'inquiéter, répondit la reine Gaia. (Elle se glissa près de moi, joignit ses mains devant elle et scruta l'horizon. Le soleil jouait dans ses cheveux somptueux et se reflétait dans l'éclat naturel de ses yeux.) Nos terres sont bien gardées et loin des yeux humains, donc l'élixir n'est pas vraiment nécessaire à l'intérieur de l'enceinte.

— Et à l'extérieur ?

Elle me lança un regard et son sourire vacilla un peu.

— Au-delà de notre patrouille frontalière, c'est absolument nécessaire, donc tu dois apprendre comment fonctionne l'élixir.

— Patrouille frontalière ? répétai-je, frissonnant au souvenir du pénitencier et des *gardes* qui y étaient en poste.

Elle cligna des yeux plusieurs fois, puis parut comprendre mon inquiétude.

— Oh, les gardes et la patrouille frontalière sont là pour notre protection et rien d'autre.

— OK, acquiesçai-je en déglutissant.

En apparence, c'était logique. Mais quelque chose me paraissait bizarre. *Je devrais en parler à Auric et Novak.*

Penser à eux renforça mon besoin de briser cet élixir. Ils voudraient savoir comment libérer leurs ailes, or ce n'était sûrement pas le sujet dont ils discutaient actuellement avec le roi Vasilios.

Mon père, me corrigeai-je, frissonnant de nouveau. *Oui, j'ai vraiment besoin d'un bon vol.* Cela m'aiderait à me vider l'esprit.

— Si tu préfères avoir plus de temps… commença ma mère.

— Pas besoin, la coupai-je, me focalisant sur les falaises en contrebas. Je veux…

Je m'interrompis alors qu'un éclat doré attirait mon regard. Je clignai des yeux, puis les plissai sur des ailes noires et dorées que je reconnus.

Le Prince Ketos. Mon compagnon compatible.

Le soleil scintillait dans ses superbes plumes, et mes narines se dilatèrent en quête de son parfum délectable. Mais il était trop loin pour que je puisse capter sa décadence florale.

Et c'était une envie que je ne devais pas entretenir.

Je détournai mon regard de lui, quelque peu honteuse de la réaction de mon corps, et me rendis compte qu'il n'était pas seul.

Novak et Auric étaient à genoux à ses pieds.

Qu'est-ce que... ?

Ketos se tenait au-dessus d'eux, les bras croisés, ses ailes repliées dans son dos.

Oh, merde. Mon cœur s'emballa.

Je ne réfléchis pas. J'agis.

— La leçon commence maintenant, annonçai-je à la reine Gaia.

Puis je plongeai de la plateforme. En priant pour que mes ailes brisent le sort.

5

KETOS

Quelques minutes plus tôt

C'EST PARTI, me dis-je en soupirant.

Au moment où les ailes de Vasilios étaient apparues, j'avais senti un changement subtil dans l'air autour d'Auric et Novak. Ils étaient très conscients que nous étions seuls ici.

Et ils avaient clairement des choses à dire. Mais pas avec des mots.

Ils avaient plutôt l'intention d'utiliser leurs poings.

— Avant de faire ça, vous devriez vous demander pourquoi les gardes ont été assez confiants pour me laisser sans protection, dis-je, leur donnant un avertissement aussi subtil que possible.

J'étais un gentleman, après tout. Et franchement, je n'étais pas d'humeur à me battre.

Cependant, aucun de ces mâles ne semblait prêt à entendre raison. À la place, ils échangèrent un regard avant de m'adresser un sourire.

— Je pense qu'ils ont sous-estimé les dégâts qu'on peut faire avec nos mains, avança Auric.

Novak grogna ce qui parut être un accord. Il ne parlait pas beaucoup, préférant observer et écouter en silence, tout en analysant toutes les issues potentielles d'une situation. Je ne doutais pas qu'il m'avait jaugé plusieurs fois et m'avait trouvé gravement déficient.

Mais les apparences peuvent être trompeuses.

Je n'avais pas besoin d'être un ancien guerrier pour être mortel, ce que ces deux mâles allaient apprendre à leurs dépens.

Ils commencèrent à bouger, leurs pas se complétant d'une manière qui suggérait qu'ils avaient déjà combattu ensemble de nombreuses fois.

Je restai immobile, observant leur technique avec un léger intérêt. Ils étaient manifestement habiles, et mortels au mieux. Ils étaient donc d'excellents protecteurs pour Layla.

Mais ils n'avaient jamais rencontré quelqu'un comme moi auparavant. Si ç'avait été le cas, ils n'auraient pas affiché une telle arrogance.

— Tu es peut-être compatible avec Layla, mais elle n'est pas ta *fiancée*, m'informa Auric, son dernier mot craché comme une insulte. C'est elle qui choisit. Pas toi.

Là-dessus, je ne pouvais qu'être d'accord.

— Je ne la forcerai jamais.

Être fiancés dans notre culture signifiait que nous étions des compagnons idéaux, pas promis l'un à l'autre.

— Pourtant, tu as l'audace de te considérer comme digne d'elle ? rétorqua Auric.

— Je pourrais te dire la même chose, *Nora*, répondis-je, un peu insulté par son air prétentieux.

Dans cette situation, si quelqu'un devait être considéré comme supérieur, c'était bien moi. Pourtant, je faisais de mon mieux pour rester calme et poli. Ma compagne désirée avait choisi ces deux mâles pour une bonne raison, et je choisissais de respecter cette décision plutôt que d'en souligner la dégradation.

Ils ne la méritaient pas du tout.

Et qu'ils remettent en question ma propre valeur me piquait au vif.

Personne ne pouvait avoir droit à une femelle de la trempe de Layla. Elle était une déesse. Un être suprême. Nous étions tous destinés à la servir. C'était un cadeau d'être même considéré comme compatible, ce que ces deux mâles semblaient avoir complètement oublié ou peut-être ignoré.

Novak se redressa, et il plissa les yeux lorsqu'il réalisa que je n'avais pas bougé une seule fois depuis qu'ils avaient commencé à rôder autour de moi.

J'arquai un sourcil. *Est-ce que tu as déjà compris ?*

Il grogna.

Je vois que non, pensai-je alors qu'il déployait ses ailes pour briser l'emprise de l'élixir. Je ressentis son intention, ainsi que la létalité de ses plumes tranchantes, et je décidai de lui donner une leçon avant qu'il fasse une erreur mortelle.

Il suffit d'un tour de poignet. Une simple pensée. Une subtile traction sur l'énergie qui stabilise sa position.

Et il tomba.

— Mmh, fredonnai-je en jetant un coup d'œil à Auric, attendant son prochain mouvement.

Mais Novak bondit sur ses pieds en un geste d'une rapidité aveuglante qui surmonta ma prise lâche sur l'énergie autour de lui. Ses ailes se déployèrent, leurs extrémités métalliques bien visibles.

Magnifique, m'émerveillai-je, franchement impressionné.

Le choix de Layla me parut plus approprié maintenant,

ce mâle étant clairement capable de la garder en sécurité. Hélas, il devait améliorer ses manières – comme en témoignait le fait qu'il se dirigeait droit vers mon cou avec ses ailes mortelles.

J'écartai les doigts, utilisant mon contrôle sur l'énergie qui nous entoure pour le repousser sans le toucher. C'était similaire à la télékinésie, mais pas tout à fait. J'avais hérité de ce don de mon côté maternel, une lignée réputée pour sa manipulation de l'énergie et de la force.

Ce que j'employai maintenant pour remettre le Noir sur son cul.

Et je créai un bouclier de l'autre côté qui envoya Auric rebondir dans les airs et sur le sol près de l'autre mâle.

— Vous avez fini ? demandai-je, agacé.

Tous deux grognèrent en réponse.

— Écoutez, soupirai-je. Je ne veux pas me battre contre v...

Novak bondit de nouveau, traversa ma barrière et faillit m'entailler le visage avec ses plumes-rasoirs avant que je le repousse de plusieurs pas dans une explosion d'énergie qui aurait envoyé la plupart des hommes dans la tombe.

Mais pas celui-là.

Non, il s'arqua contre mon bouclier énergétique, l'air déterminé.

Mon respect pour lui grandissait chaque seconde.

Jusqu'à ce qu'il s'approche un peu trop près à mon goût, me forçant à appliquer beaucoup plus d'efforts pour le repousser.

— C'est toi qui as commencé, lui dis-je. Pas moi.

Puis je lui fis sentir toute la force de mes talents, afin qu'il comprenne la véritable menace derrière ma nature. J'étais un Prince Noir pour une bonne raison. Un compagnon compatible avec une déesse *pour une bonne raison*.

Je ne m'inclinerais pas devant lui. Devant Layla, oui. Novak, non.

Il avait beau porter la fameuse marque du Baiser des Dieux, ma lignée divine surpassait de loin la sienne.

Ce que je lui montrai en le frappant avec une deuxième explosion de puissance, suivie d'une troisième qui le fit tomber à terre et l'y maintint.

Du coin de l'œil, je vis Auric bouger, alors je lui envoyai un coup juste pour le maintenir à terre.

Tous deux essayaient de lutter, leur courage était admirable. Mais je commençais à douter de leur intelligence.

— Vous n'avez jamais rencontré un Noir comme moi, leur dis-je calmement. Même avec vos armes, vous n'auriez aucune chance.

Bien sûr, je n'étais pas invincible. Mais ils devraient voir au-delà de leur propre arrogance pour découvrir ma faiblesse. Et ce n'était manifestement pas près d'arriver aujourd'hui.

Pour enfoncer le clou, j'appuyai un peu plus sur eux, m'assurant qu'ils ressentent chaque once de mes capacités. Puis je les libérai de la majeure partie de mon pouvoir et fis un pas en arrière pour évaluer leurs formes agenouillées.

— Maintenant, allons-nous discuter comme des adultes ? Ou préférez-vous une autre démonstration ? demandai-je, croisant les bras en un geste ennuyé.

J'avais à peine transpiré, alors qu'ils haletaient tous deux dans leurs furieux efforts. Ils étaient forts et puissants, et carrément trop têtus. Avec un peu de prévoyance stratégique, ils se seraient révélés plus redoutables. Or ils m'avaient sous-estimé.

J'espérais sincèrement qu'ils ne le feraient plus. Mais s'ils continuaient à penser avec leurs instincts possessifs et non avec leur esprit, ils finiraient par se retrouver à nouveau sur le cul.

Un éclat fuchsia au loin capta mon attention un instant, mon regard dérivant vers les deux anges magnifiques qui volaient vers nous.

Layla, chuchotai-je, totalement subjugué par la vue de sa superbe chevelure ondulant dans le ciel bleu pâle tandis qu'elle volait dans les airs avec aisance. *Si belle. Si gracieuse. Si parfaite.*

Tout en elle me captivait, de ses plumes d'ébène – que je n'avais pas encore vues – à ses courbes qui étaient plus marquées maintenant, grâce au vent qui plaquait sur elle ses vêtements mal ajustés.

Sa mère l'aiderait à changer de garde-robe. Non pas que cela m'importe vraiment.

Sa simple présence me coupait le souffle, tout comme son parfum addictif.

J'inhalai, j'aimais la façon dont il se mêlait aux fragrances naturelles de ses deux compagnons. D'une certaine façon, cela la rendait encore plus attirante. Comme si elle n'était pas tout à fait complète sans leurs parfums.

— Qu'est-ce qui se passe ? demanda-t-elle en atterrissant adroitement dans l'herbe, en un mouvement aussi impeccable que sa personne.

— Tes compagnons voulaient s'entraîner, mais je n'emploie pas d'armes, expliquai-je. J'utilise mon esprit.

Novak gronda. Auric me fusilla du regard.

— C'est un putain de télékinésiste.

— Pas tout à fait, murmurai-je.

— Ketos, m'interpella Gaia.

Son ton était nuancé d'une réprobation que je n'avais pas entendue depuis bien longtemps. Elle me rappelait souvent ma mère.

— Je les ai prévenus, lui dis-je. Ils n'ont pas voulu m'écouter.

— Oui, je suis certaine que c'est de leur faute, dit Layla avec irritation. Mais qu'est-ce qui ne va pas chez vous deux ?

— Qu'ils aient commencé ou non, le prince Ketos a plus de jugeote, intervint Gaia. Il est le fils de dieux très puissants. Il n'y a pas de match équitable en ce qui le concerne.

— Je préfère prendre tout ça comme un compliment, décidai-je à voix haute. Et comme j'ai dit, je les ai prévenus. Plus d'une fois, dois-je préciser. (Je désignai Novak dont les ailes étaient plantées dans l'herbe.) Celui-ci est presque aussi mortel que moi, mais sous une forme physique plutôt que mentale. (Je pointai Auric du doigt.) Et celui-là est trop têtu pour son propre bien.

— Et toi, tu ne l'es pas ? rétorqua Gaia.

— On a tous nos faiblesses, murmurai-je. (Je rajustai ma veste et m'avançai pour l'embrasser sur la joue.) Dans la plupart des cas, ça implique aussi une femme.

J'adressai un clin d'œil à Layla, puis m'éloignai d'elle. Car si je ne partais pas tout de suite, je tenterais sûrement de l'embrasser. Et cela se terminerait probablement par jeter à nouveau Auric et Novak à terre.

— Je vais me rafraîchir pour le dîner, lançai-je par-dessus mon épaule.

Mon regard s'arrêta sur Layla une fois de plus. Surtout parce que je ne pouvais pas m'en empêcher. Mais je ne voulais pas non plus paraître impoli envers elle en partant si soudainement.

— J'ai hâte de bavarder avec toi plus tard, ma chérie. Je pense que nous avons beaucoup de choses à discuter.

Ces mots suscitèrent des grognements au sol, ce qui me fit soupirer.

Secouant la tête, je fis un signe de la main pour les libérer de leurs derniers liens. Puis je me propulsai d'un coup d'ailes dans le ciel avant qu'ils puissent même penser à se relever et m'attaquer de nouveau.

En ce qui concerne les présentations, ç'aurait pu être pire.

Le parfum de Layla m'enveloppa tandis que je volais dans le même courant d'air qu'elle avait pris, et mon aine se contracta. *Ç'aurait pu être mieux, aussi.*

Hélas, la patience était une vertu, après tout.

J'attendrais aussi longtemps qu'il le faudrait.

Comme je l'avais dit à Auric et Novak, je croyais au droit de choisir.

Et avec cette croyance venait une tâche importante : me prouver que j'étais suffisamment digne de ce choix.

Et c'était exactement ce que j'avais l'intention de faire à présent.

6

AURIC

Merde.

Je ne savais pas ce qui venait de se passer, mais Novak et moi avions très clairement sous-estimé Ketos.

Ce connard nous avait mis à terre sans le moindre effort apparent, ce qui, franchement, ne nous était jamais arrivé.

Et l'expression du visage de Novak me disait que cela ne se reproduirait plus jamais.

Je suis d'accord.

Le parfum de cerise de Layla m'enveloppa d'une senteur revendicatrice, attirant mon attention sur elle. Elle avait les yeux levés vers le ciel et regardait Ketos voler avec une note d'émerveillement dans son expression.

J'eus un petit pincement au cœur à cette vue. Parce que c'était ce que je n'aurais jamais voulu voir.

Un compagnon compatible pour Layla. Putain, j'avais même demandé à être réaffecté de sa garde justement pour ne jamais la voir tomber amoureuse d'un autre homme.

Et maintenant…

Maintenant elle est à moi, pensai-je, suivant son regard les yeux plissés. *Tu es peut-être un Noir sacrément puissant. Mais tu n'es pas fiancé à ma compagne.*

Près de moi, Novak grogna son assentiment. Peu importait qu'il ne puisse pas m'entendre. Il avait compris haut et fort comment cela allait se passer.

Ce royal va mourir.

— Il est le fils de dieux ? demanda Layla, les yeux toujours fixés sur le Noir qui s'éloignait dans le ciel.

Sa voix recelait un étonnement reflétant son expression. Ça me donna envie de gronder, mais je me retins afin d'entendre la réponse à cette question, car je m'étais demandé la même chose après que sa mère ait fait cette révélation.

« *Il est le fils de dieux très puissants.* »

Quels dieux ? Et ça veut dire quoi au juste ? avais-je envie d'interroger.

— Oui, Bia et Chryus, répondit sa mère.

Des noms familiers qui me firent faire la moue. Je croisai le regard de Novak, qui haussa un sourcil en retour.

Coïncidence ? semblait-il demander.

J'en doute, répondis-je.

La façon dont son regard glacé scintilla m'indiqua qu'il approuvait mon évaluation.

Ce qui soulevait bien d'autres questions. Mais je n'étais pas sûr de vouloir les exprimer à voix haute ici. J'écouterais d'abord.

— Du moins, c'est ce qu'on peut croire, poursuivit Gaia. Ses pouvoirs correspondent tout à fait à leurs lignées.

Layla détourna son attention du ciel, un pli barrant son front.

— Mais je croyais que le roi Vasilios était le dernier fils d'un dieu ?

C'est ce que Kyril a affirmé, pensai-je en me relevant.

— De son époque, oui, murmura Gaia, son regard

glissant de la forme ailée de Ketos à sa fille. Ketos est de la nouvelle ère.

— C'est quoi, la nouvelle ère ? demanda Layla.

Novak me rejoignit pour se tenir derrière notre compagne.

— Il existe différentes ères de dieux et de déesses, Ketos étant de la génération la plus récente. Ton père est de l'ancienne génération, et le dernier de son espèce.

Novak et moi échangeâmes un autre regard.

Il avait été ennuyé voire agacé par le père de Layla, mais il avait l'air intrigué maintenant.

Tout comme moi.

Car le prince Ketos venait de nous mettre sur le cul sans même transpirer. Et nous étions tous les deux très intéressés par la façon dont il avait accompli cet exploit.

Fils de dieux. Nouvelle ère.

Continue, pensai-je, reportant mon attention sur la mère de Layla.

Mais ce fut Layla qui parla :

— OK… Alors les dieux ont démarré une nouvelle génération ?

— C'est une façon de parler. (Sa mère se tut un moment, l'air pensif.) Le pouvoir se recrée d'une certaine manière. Dans ce cas, cela se produit avec la nouvelle génération.

— La génération de Ketos, traduisit Layla.

— Oui, acquiesça-t-elle. Au cours des dernières décennies, certains Noir sont nés avec un pouvoir inexplicable. Et les anciens qui restaient de notre espèce ont confirmé que les lignées sont similaires à celles des anciens dieux.

Mmh. C'était intéressant, et aussi une chose que Kyril avait omis de mentionner.

En fait, il semblait manquer pas mal d'informations.

Comme certains détails sur un prince Noir qui se trouve être le fils de dieux. Et, ah oui, fiancé à Layla.

Les iris glacés de Novak cillèrent, ses ailes se hérissèrent. *Il y a d'autres versions de Ketos,* semblait-il dire. *D'autres d'enfants de dieux avec d'immenses pouvoirs télékinésiques.*

Ou peut-être était-ce ma propre pensée provoquée par le claquement de ses plumes-rasoirs derrière lui. Car l'idée qu'il y ait d'autres Noir comme Ketos me donnait des envies de meurtre. Pas seulement parce qu'ils pourraient tous être compatibles avec Layla, mais parce qu'ils étaient des *menaces.*

— OK, dit Layla lentement, concentrée sur sa mère. Tu as dit que ses pouvoirs correspondent directement à leurs lignées. Celles des dieux ?

C'était sorti comme une question, et j'appréciais beaucoup qu'elle l'exprime.

Oui. Dis-nous en plus sur ces lignées mystérieuses et les pouvoirs de Ketos.

— Oui. Ketos a montré des signes indiquant qu'il a été béni par Bia et Chryus dans sa jeunesse, et il a grandi avec ce pouvoir, le perfectionnant d'une manière qui confirme son héritage.

— Béni, répéta Layla. Par ses parents ?

Sa mère la dévisagea un moment d'un regard scrutateur.

— Nous disons « béni » car ses origines sont inconnues.

Je haussai un sourcil. *Être inconnu dans mon monde n'est pas considéré comme un trait positif.*

— Les dieux Noir de la nouvelle ère apparaissent en quelque sorte à certains cercles de compagnons. Dans le cas de Ketos, il est apparu à celui d'Ariel en Irlande. Ils l'ont accueilli comme leur propre fils, et il les considère comme ses parents, et non les dieux qui l'ont béni, expliqua Gaia.

— Et… et moi ? s'enquit Layla. Est-ce que je suis apparue… ?

Sa mère sourit.

— Non, ma chérie. Tu as poussé en moi, ce qui fait pratiquement de toi un membre de l'ancienne ère, car ton père est un descendant direct. Le dernier de son espèce.

— Parce que les dieux sont morts… ?

Layla avait l'air incertaine. Une incertitude que je partageais.

— Ils ne marchent plus sur cette terre, répondit sa mère. Mais les âmes continuent de vivre. Ce que Ketos et les autres de son époque ont prouvé.

Mais l'ont-ils vraiment fait ? me demandai-je. *Si leurs origines sont inconnues, ils pourraient simplement être « autres ».*

— Et tu affirmes tout ça d'après ses dons, nuança Layla, suivant clairement ma ligne de pensée.

J'aurais souri si je n'étais pas encore concentré sur Ketos et ses capacités *divines*.

— Oui. Non seulement il est particulièrement doué pour la gestion des richesses, mais il est également apte à contrôler la force et l'énergie. Le premier don vient de Bia, le second de Chryus.

Mon sang se glaça à la corrélation directe de ces noms et de l'histoire qu'ils représentaient. Les yeux de Novak s'étrécirent, il ressentait nettement la même chose.

Nous connaissions tous deux *très bien* ces entités déchues et les péchés qu'elles avaient commis. Or on nous avait dit qu'ils étaient de puissants Nora qui avaient laissé leurs dons manipuler leur jugement, provoquant ainsi leur Chute.

Bia avait Chuté pour sa cupidité, ayant dévalisé de nombreuses personnes fortunées pour augmenter sa propre richesse.

Chryus avait Chuté pour son approche paresseuse de son « don ». Il avait été chargé de renforcer l'équilibre des pouvoirs en veillant à ce que l'énergie reste égale parmi la race Nora, offrant ainsi à chacun une force et un soutien équitables. Seulement, il avait choisi de se la couler douce à la place, gardant son pouvoir pour lui et vivant une vie de gloutonnerie énergétique.

Tous les guerriers Nora avaient appris leur histoire, surtout pour nous tenir informés des menaces potentielles.

« On ne peut pas faire confiance à un Nora qui a trop de pouvoir, avait souvent dit le roi Sefid. Nous ne sommes pas créés pour conserver ces dons par nous-mêmes ; c'est une charge trop lourde. Si un jour tu vois des signes d'une telle grandeur, amène-moi l'être. C'est une question que je dois traiter personnellement. »

Il avait toujours l'air grave quand il faisait ce discours, comme s'il n'avait pas souhaité être responsable de cette tâche mais qu'il l'assumerait en tant que roi de notre espèce.

Mais maintenant… maintenant, je me demandais s'il avait craint la réapparition des dieux. S'il avait su qu'une « nouvelle ère » finirait par voir le jour.

Car comme la reine Gaia venait de le dire, les âmes continuaient à vivre.

C'était vrai pour tous les anges. Nos corps pouvaient mourir, mais nos esprits se réincarnaient. Cela faisait partie de ce qui rendait la réforme acceptable pour les Nora. Nous guérissions les âmes. Et celles qui ne pouvaient pas être guéries renaissaient pures une nouvelle fois.

C'était ainsi que les guerriers justifiaient le fait de tuer.

Tant de vérités et de mensonges, m'émerveillai-je, en proie au tournis.

— Et les autres ? s'enquit Layla. Sont-ils considérés comme les enfants des dieux à cause de leurs pouvoirs ?

— Oui, acquiesça sa mère. Certains Noir qui sont nés dans la nouvelle ère ont des capacités exquises, qui remontent toutes à nos ancêtres. À l'ère qui a donné naissance à la première lignée, connue comme étant la génération de ton père.

— Mais il connaissait ses, euh, parents ?

— Oui. Très bien. Je les connaissais aussi.

— Et ils étaient des dieux ?

La voix de Layla recelait un soupçon de malaise, sans doute parce qu'elle voulait savoir si ses grands-parents étaient des dieux. Ce qui semblait être le cas en effet.

Sa mère sourit gentiment.

— Ça fait beaucoup à assimiler, je sais. Mais oui, ses parents étaient des dieux. Ils nous ressemblaient. Ils étaient comme des Noir. Juste incroyablement puissants.

Et terrassés par une peste grandiose, songeai-je, lèvres serrées. *Layla pourrait-elle être atteinte si une autre peste survenait ?*

Je m'avançai à ses côtés, pris sa main par réflexe. Parce que je n'aimais pas ce fil de pensées ni la façon dont la réponse me tordait l'estomac.

— Donc Vasilios… *mon père…* connaissait ses parents. Mais l'origine de Ketos est plutôt une hypothèse ou une supposition, n'est-ce pas ? questionna Layla.

Ses doigts se glissèrent entre les miens et elle serra ma main. Elle cherchait du réconfort, que je lui donnai avec plaisir.

Sa mère eut l'air amusée, peut-être parce que Layla semblait douter de l'histoire des origines de Ketos. Cependant, c'était une question valable de sa part. Car c'était plus une théorie qu'une vérité solide.

Mais je pouvais admettre que son don avait certainement un côté surnaturel.

Et dangereux.

— Plus tu en apprendras sur lui, plus tu comprendras comment nous connaissons la vérité sur les origines de

Ketos. Son statut royal lui a été accordé pour une bonne raison, murmura Gaia, ses yeux bleus scintillant de fierté.

Novak s'avança du côté opposé de Layla et saisit sa main comme pour dire : *À moi. Tu peux dire du bien de son compagnon compatible autant que tu veux, ça ne changera pas les hommes qui se tiennent aux côtés de ta fille.*

La reine Gaia dut remarquer l'aura possessive qui nous entourait car elle fit un pas en arrière.

— Eh bien, je pense qu'il est temps de se rafraîchir un peu. Vous avez tous eu un long vol jusqu'ici. Et j'imagine que vous aimeriez vous reposer un peu avant le dîner.

— Du repos, ce serait bien, acquiesçai-je.

Quoique nous n'allions pas nous reposer du tout. Nous allions parler.

De Ketos et de ses capacités télékinésiques.

Layla me lança un coup d'œil et fit la moue.

Bon. Nous allons peut-être parler d'autre chose aussi. Parce que je pouvais pratiquement goûter son mécontentement.

Mais elle ne lâcha pas ma main. Elle continua de nous tenir, Novak et moi, pendant que nous suivions sa mère vers un escalier massif qui menait au palais.

On aurait dit que Layla avait peur de nous lâcher. Toutefois, je soupçonnais que ça n'avait rien à voir avec un besoin de soutien et tout à voir avec l'assurance que nous n'attaquions personne.

— Le don de Ketos pour la richesse s'étend en fait à la gestion financière, reprit sa mère. Même si ton père et moi nous sommes bien débrouillés seuls, c'est Ketos qui nous a aidés à nous offrir cette propriété. Quelque chose à propos d'investissements. Je ne comprends pas tout, mais je suis sûre qu'il serait heureux de t'expliquer.

J'en suis sûr aussi, pensai-je sombrement.

Novak grogna, exprimant son dégoût pour le sujet et l'impression sous-jacente.

— Ça m'intéressait d'en savoir plus, dit Layla, qui reporta son attention sur un Novak renfrogné.

— Bien, répondit Gaia. Je crois que tu pourrais apprendre beaucoup de choses de lui, surtout sur l'histoire des Noir. Peut-être que tes compagnons se joindront à toi pour les discussions.

Les yeux bleus de la reine Gaia croisèrent les miens par-dessus son épaule. Le sourire sur ses traits était gentil mais calculateur.

Je lui retournai simplement son regard, ne désirant pas répondre.

— Nous serions ravis d'en apprendre plus de Ketos, dit Layla, ce qui lui valut un grognement de Novak.

Je plissai les yeux sur elle. *À quoi tu penses, Lay ? Pourquoi voudrais-je avoir une quelconque relation avec ce Noir ?*

— Il doit aussi bien connaître le monde des humains puisqu'il y a grandi, et j'aimerais en savoir plus, ajouta-t-elle, ses yeux trahissant le sens caché de ses paroles.

Savoir, c'est pouvoir.

Et bien que nous ayons voyagé assez longtemps pour atteindre cet endroit, elle ne lui faisait pas entièrement confiance. Elle tâchait d'être prête à tout, bien qu'en restant polie.

Très bien, me dis-je. *On peut jouer à ce jeu ensemble.*

— J'aimerais aussi en savoir plus, renchéris-je.

Pas seulement sur cet endroit, mais sur Ketos lui-même. Surtout ses faiblesses.

— Vous pourrez peut-être aborder le sujet pendant le dîner, suggéra Gaia.

Elle nous conduisit à l'intérieur du palais, puis dans une volée de marches.

Nous ne parlâmes pas de grand-chose d'autre en chemin, ce qui me donna la liberté d'évaluer les lieux et les gardes postés dans tout le palais.

Pourquoi restent-ils à l'intérieur ? Ne devraient-ils pas se concentrer sur la protection du périmètre, et non sur la garde des habitants ?

Novak semblait se poser la même question, son regard perspicace jaugeant les Noir autour de nous. Il n'avait plus l'air aussi assuré depuis que nous avions été initiés au style de combat de Ketos.

Et moi de même.

Car qui savait quel genre de talents *mentaux* ces enfoirés avaient cachés sous leur corpulente enveloppe ?

— Et nous y revoilà, dit sa mère en s'adressant à Layla. Il y a plusieurs robes et autres vêtements dans ton armoire. Ils sont à ma taille, qui est assez similaire à la tienne, je pense. Nous verrons ta garde-robe cette semaine pour que tu puisses choisir tes habits. En attendant, pour le dîner, tu devrais pouvoir trouver quelque chose de convenable. (Elle se tourna vers moi, puis Novak.) Je vais demander à Iston de livrer quelques tenues pour vous deux. Je suppose que vous n'aurez pas envie d'emprunter quoi que ce soit à Ketos…

Elle avait de nouveau l'air amusée. Novak grogna. Je traduisis pour lui :

— C'est une supposition exacte.

Layla serra de nouveau ma main, cette fois en guise d'avertissement.

Quoi ? pensai-je en croisant son regard. *J'ai été d'une politesse extrême.*

Elle plissa les paupières, mais sa mère nous interrompit :

— Le dîner sera servi dans quatre heures. N'hésitez pas à nous faire savoir si vous avez besoin de quelque chose. (Elle poussa les doubles portes qui donnaient sur une suite de chambres.) Je te laisse leur faire faire la visite, Layla. N'oublie pas de leur montrer comment fonctionnent les fenêtres. (Elle commença à partir, puis se ravisa.) Ah, il y a un antidote dans la salle de bain qui élimine l'élixir. Juste au cas où vous n'arriveriez pas à le surmonter complètement.

Elle porta son regard sur Novak et ses ailes métalliques. Il les avait libérées du sort, tandis que les miennes restaient cachées. Ses yeux semblaient en dire long là-dessus quand elle me dévisagea en pinçant les lèvres.

Cette vision à rebours sur la couleur des ailes était... troublante. Mais cela mit en perspective ce que Layla avait dû ressentir au début. Vu la façon dont j'avais réagi à son changement et comment je l'avais traitée, je me sentais particulièrement con.

J'aurais besoin de m'excuser.

Encore une fois.

7

RAVEN

CET ENDROIT EST TROP LUMINEUX, constatai-je, en faisant le tour de la grande suite, observant avec méfiance toutes les fenêtres ouvertes. Cela me donnait une impression de pénitencier, dans le sens où rien n'était réel. Comme si cette vue pittoresque se transformerait en poison si j'essayais d'y pénétrer.

Pourtant, Iston et Netiri s'étaient tous deux envolés par le balcon, plongeant dans les airs et déployant leurs ailes entièrement noires. Sorin et Zian les avaient observés avec intérêt, puis avaient échangé un regard et commencé à discuter de la façon de briser le sort de l'élixir.

J'écoutais à moitié, plus intéressée par notre environnement et par le malaise qui me tenaillait les tripes.

Il y a quelque chose de très mauvais ici. Je ne pouvais pas le définir. Je ne pouvais pas non plus déterminer ce qui me donnait cette impression.

Les sols étaient d'un blanc immaculé et d'un marbre argenté, la chambre à coucher moquettée comportait un lit qui pouvait contenir cinq personnes ou plus.

Il y avait un bar plus grand que n'importe quelle cellule dans laquelle j'avais séjourné, avec un tas de gadgets dont je comprenais le concept mais que je n'avais jamais vus en vrai. À côté s'étendait une salle à manger avec une table pour huit convives qui s'ouvrait sur un salon – où se trouvaient Sorin et Zian – menant aux doubles portes de la chambre massive.

Je traversai le marbre jusqu'à la moquette et jetai un nouveau coup d'œil à l'intérieur pour admirer la salle de bain. La douche carrelée pouvait accueillir au moins quatre ensembles d'ailes, et elle avait cinq pommes mobiles. Et la baignoire à côté était plus grande que le matelas que nous avions partagé tous les trois au pénitencier.

Je déglutis, mon estomac barattant ma bile.

Faux. Faux. Faux.

Rien de tout cela n'avait de sens. C'était comme une sorte de mauvais rêve qui menaçait de m'avaler tout entière. *Que se passe-t-il si je ne me réveille pas ?*

— Raven ? appela Sorin d'un ton quelque peu inquiet. Tu vas bien, petite colombe ?

— Très bien, répondis-je sèchement.

Je croisai les bras et regardai par la fenêtre au lieu de faire face à mes compagnons. Ils pouvaient toujours lire en moi comme dans un livre.

Et en ce moment, je n'étais pas très heureuse avec eux.

L'un d'eux déposa un baiser dans ma nuque, ce qui me fait frissonner.

Zian.

Son odeur de caramel fondu me mit l'eau à la bouche, mais c'était sans doute ce qui avait attiré cette garce à lui. Mes compagnons sentaient tous deux le caramel salé, et Netiri les avait lorgnés comme s'ils allaient être son dessert. Le souvenir de la façon dont elle avait regardé mes compagnons comme de la nourriture me fit gronder au fond de ma poitrine.

— Tu n'as pas l'air d'aller bien, mon petit oiseau, dit Zian, ses bras autour de mon abdomen, son souffle chaud embrassant mon oreille. Bien que ce son soit très proche d'un ronronnement. Veux-tu ronronner pour moi, Raven ?

Oui, mais je n'avais pas l'intention de le lui dire.

Je me crispai quand ses lèvres tracèrent un chemin dans mon cou et que son corps réchauffa mon dos. C'était une sensation étrange de le sentir collé à moi sans mes ailes pour nous séparer.

J'aimais ça.

Alors que je me penchais sur lui, Sorin nous rejoignit, profitant qu'il n'avait pas d'ailes pour plaquer ses omoplates contre le mur, et me sourit.

— Elle n'a pas besoin de ronronner. (Son regard glissa le long de mon corps avant de se relever lentement.) Avec un parfum aussi délicieux, je suis déjà dur.

— Mmh, fredonna Zian. (Ses lèvres longeaient ma colonne vertébrale, hérissant mes bras de chair de poule.) Elle a l'air excitée, n'est-ce pas ?

Sa langue balaya mes omoplates, et me fit haleter quand elle atteignit l'endroit où mes ailes auraient dû se trouver.

C'était incroyable.

Et il savait exactement ce qu'il me faisait, aussi. *Enfoiré.*

Il me distrayait de la chose qui était censée m'énerver, mais c'était difficile d'être en colère quand il faisait ça…

Juste comme je commençais à apprécier, il se retira, me faisant grogner.

— C'est quoi ce bordel ?

Je me retournai pour voir Zian esquisser un demi-sourire en signe de triomphe. Il me serra dans ses bras, m'appuya contre la vitre.

— Je pourrais te baiser contre cette fenêtre à la vue de tout le monde. Est-ce que ça te ferait ronronner pour moi ?

Il n'y avait rien d'autre que de l'eau dehors, mais j'imaginais que nous étions observés d'une manière ou d'une autre. Cette sensation de malaise ne me quittait pas.

Et ce ne serait pas la première fois que je serais matée en train de baiser avec mes compagnons.

— Je crois qu'elle apprécierait trop ça, dit Sorin, m'emplissant de déception. Quelque chose la dérange. Je propose qu'on la tourmente jusqu'à ce qu'elle nous dise ce que c'est.

Zian émit un grognement sourd, un son délicieux qui me tordit l'estomac de désir.

Mes compagnons dilatèrent leurs narines en réponse à mon excitation qui épaississait l'air entre nous.

— Le tourment, acquiesça Zian avec un sourire torve. Alors qu'est-ce que ce sera, petit oiseau ? (Il ôta une main de la vitre pour faire glisser un doigt le long de mon corps, s'arrêtant à la taille de mon pantalon.) Vas-tu nous dire ce qui ne va pas, ou devons-nous imaginer toutes les façons de te torturer ?

— Foutus connards, grommelai-je en appuyant mon front contre la vitre, qui produisit un *dong* puissant.

Mes compagnons étaient impossibles quand ils avaient quelque chose en tête.

Je fixai le plafond dans l'espoir de remettre les pieds sur terre, mais cette opulente extravagance continua d'assaillir mes sens. Des bordures dorées qui me rappelaient les plumes du prince Ketos soulignaient les moulures, ornant toute une surface qui n'aurait été qu'un coin sombre au pénitencier.

— Je ne le sens pas, cet endroit.

— Comment ça ? demanda Sorin, sa taquinerie disparue.

J'avais été prisonnière toute ma vie, donc je savais quand j'étais en cage. Bien que ce ne soit pas une prison, pas au sens traditionnel du terme, quelque chose clochait *vraiment*.

— Vous ne trouvez pas ça bizarre ? interrogeai-je, fixant toujours la moulure dorée dorée tandis que Zian promenait ses doigts sur mon épaule. Parce que moi, si.

— Tu *devrais* trouver ça bizarre, opina Sorin, ce qui me surprit.

Je tournai la tête pour plonger mon regard dans ses yeux bleus. Pas le vilain bleu qui compose le ciel de ce monde, mais un éclat de saphir qui me permettait de voir dans l'éternité de son âme immortelle. Il m'aimait, et son amour était plus profond que l'océan. Cette assurance se reflétait toujours sur moi quand je regardais dans ses yeux.

Mon cœur manqua un battement quand il me sourit, ce qui ne manquait jamais de me couper le souffle.

— Alors tu le sens aussi ? demandai-je, quelque peu songeuse et réconfortée par mes compagnons.

Il gloussa lorsque Zian fourra doucement sa cuisse entre mes jambes, me faisant me mordre la lèvre quand il la pressa contre mon pubis.

— Je ne peux pas vraiment le dire, répondit Sorin, captant à nouveau mon attention tandis que Zian tentait de me distraire avec ses doigts.

Il descendit ses attouchements par-dessus mon pantalon, et j'avais une envie folle qu'il ouvre la fermeture éclair, mais je n'osais pas bouger.

Mes compagnons avaient l'intention de me tourmenter jusqu'à ce que je leur dise ce qui me dérangeait, et je ne savais vraiment pas comment l'exprimer au-delà de ce que j'avais déjà expliqué.

Bien sûr, j'avais envie de gifler cette salope de Netiri, mais ce n'était pas seulement son flirt qui me dérangeait.

Elle avait ouvertement déclaré à quel point mes compagnons étaient magnifiques et n'avait rien fait pour cacher son intérêt, ou son décolleté. Elle s'était penchée pour offrir à Sorin et Zian une vue panoramique, et comme ils me tournaient le dos, je supposais qu'ils avaient maté.

Ce souvenir me fit grogner, et Zian s'arrêta.

— Ça ne ressemble pas à un ronronnement, petit oiseau. Tu dois employer des mots.

— Des mots ? Depuis quand tu as besoin de mots, Zian ? Netiri qui te baise des yeux en déjà dit beaucoup, si tu veux mon avis, persiflai-je en repoussant Zian.

Sauf qu'il ne bougea pas. Mes mains heurtèrent le roc qu'était sa poitrine. Sous cette fine chemise, mon compagnon était une masse de muscles inébranlable.

C'était un prince de la prison, après tout. Tous deux l'étaient.

Ça m'irritait encore plus qu'ils jouent les idiots en ce moment. Ils devraient avoir plus de jugeote et voir que tout ça était trop beau pour être vrai.

Et ils devraient comprendre que Netiri avait outrepassé son rôle.

Zian lâcha un petit rire et me maintint en place avec son corps et ses mains.

— Mon petit oiseau, c'est de ça qu'il s'agit ? D'une autre femelle ?

Sorin passa ses doigts dans ses longs cheveux blond pâle. Les tatouages bleu marine sur son bras contrastaient avec ses belles mèches.

— Petite colombe, tu crois vraiment qu'on poserait les yeux sur une autre ? (Il fronça le nez.) En plus, elle sentait l'œuf pourri.

Mes lèvres tressaillirent, mais je n'étais pas encore prête à sourire.

— Vraiment ? Genre des œufs d'un jour ou d'une semaine ?

— Des œufs anciens, dégoûtants et moisis, répondit Sorin.

Il glissa sa main dans le bas de mon dos pour me caresser l'échine. Son pouce faisait ces petits cercles que j'aimais bien, et je ne pus m'empêcher de me détendre un peu.

— Pour moi, c'est plutôt des algues pourries, remarqua Zian en faisant la grimace. Elle n'arrêtait pas de s'approcher trop près, et j'ai dû retenir ma respiration.

Peut-être qu'ils exagéraient, mais j'appréciai quand même.

— C'est pour ça que tu étais crispé ? demandai-je. Elle avait une odeur désagréable pour toi ?

Il haussa un sourcil sombre.

— Pour quelle autre raison me serais-je crispé ?

Parce que tu la voulais, pensai-je, puis je rejetai l'idée.

J'étais stupide. Bien sûr, mes compagnons n'allaient pas me trahir pour la première Noir à forte poitrine qu'ils rencontraient. Je devais leur accorder plus de crédit que ça.

— Tu te sens mieux maintenant, petite colombe ? s'enquit Sorin.

Il se pencha vers moi pour déposer un baiser sur mes lèvres. Je fredonnai de plaisir. Il avait un sacré bon goût, comme un bonbon.

Et d'autres parties de lui avaient un goût encore meilleur.

Ses narines se dilatèrent et il m'accorda un sourire espiègle. Je ne pouvais pas faire grand-chose pour masquer l'odeur de mon intérêt quand ils me faisaient sentir comme ça.

— Un peu, admis-je avec une moue. Mais si cette

salope vous regarde encore une fois comme si vous étiez son dessert, je vais lui lacérer la figure.

— J'aime quand tu es violente, dit Sorin en attrapant ma mâchoire. Maintenant, ouvre-moi cette jolie bouche.

J'obéis, incertaine de ce qu'il avait l'intention de faire, jusqu'à ce qu'il tire sa langue sur ma bouche, me goûtant comme si j'étais un plat à savourer.

Quand il la glissa à l'intérieur, je la mordis. J'avais besoin de le revendiquer.

Il siffla, puis saisit ma gorge et la serra. Je souris et le relâchai.

— Baignoire. Maintenant, grogna-t-il en réponse.

Sorin me lâcha et se dirigea vers la salle de bain, se déshabillant en chemin.

— Maintenant que tu as fait ça, dit Zian en serrant ses doigts autour de mon poignet, je me demande quelle punition il a en tête, mmh ? Cette baignoire est super grande.

Mon estomac se retourna d'excitation lorsque Zian m'arracha à la fenêtre, puis nous suivîmes Sorin.

J'étais heureuse d'avoir déjà eu l'occasion d'admirer cette prodigalité, car la vue de Sorin nu et sans ailes me fascinait. Ses muscles créaient de profonds sillons le long de son dos, indiquant des endroits où j'avais envie de promener ma langue.

— Tu veux le toucher ? demanda Zian quand nous entrâmes dans la salle de bain.

Il glissa ses doigts sous l'ourlet de ma chemise derrière moi, puis il enroula le tissu autour de sa main, ce qui le tendit contre ma poitrine.

— Parce que tu vas devoir le mériter, ajouta-t-il – et il déchira la chemise.

Je fis volte-face et balançai mes jambes sur ses hanches, lui faisant confiance pour m'attraper.

Sans mes ailes, je me sentais déséquilibrée, mais je commençais à m'habituer à être plus légère. Utilisant cela à mon avantage, je souris quand Zian, comme prévu, plaça ses mains sous mes fesses pour m'attraper.

Il baissa les yeux sur mes seins quand ce qui restait de ma chemise tomba par terre.

— Tu es à moi, lui dis-je en griffant ses biceps saillants. Tu m'entends ?

Je me penchai et le mordis au cou, désirant faire couler le sang, le *marquer*.

Le bruit de l'eau qui coulait attira vaguement mon attention. Pas la douche, mais la baignoire.

— Dépêche-toi, Sorin, siffla Zian quand je serrai mes jambes autour de ses hanches, pressant mon pubis contre sa dure érection.

Je bougeai vers le haut, puis vers le bas, puis vers le haut de nouveau, nous tourmentant tous deux à travers nos vêtements.

— À moi, lui répétai-je, apparemment incapable de former une pensée plus cohérente que cela.

De la vapeur qui montait au plafond, c'est tout ce que je pus voir lorsque Sorin glissa ses bras sous les miens et m'arracha à Zian.

— Attrape les serviettes et sers-t'en pour lui attacher les poignets, dit Sorin, ce qui me fit écarquiller les yeux.

Zian sourit et s'approcha de l'armoire que Sorin avait ouverte. Sorin se pencha vers moi, ses cheveux blond clair tombant sur ma joue.

— Tu veux être une créature sauvage ce soir ? On va t'apprivoiser, petite colombe. Mais ne t'inquiète pas. Tu vas en apprécier chaque minute.

Je savais que mes compagnons aimaient que je me batte avec eux, et encore plus s'occuper de moi à leur façon.

Sorin retira mon pantalon puis pinça mon clitoris, me faisant crier.

— Sois une bonne petite colombe et nous te récompenserons, me dit-il.

Il me glissa tout étourdie dans l'eau chaude de l'énorme baignoire.

Quoiqu'à première vue, je n'allais pas en profiter beaucoup. Mes compagnons avaient d'autres idées.

Zian enveloppa prestement mes poignets dans les longues serviettes, puis les noua ensemble et me mit face au bord de la baignoire qui donnait sur la salle de bain en marbre.

Il se déshabilla et entra dans l'eau, écartant mes jambes au passage, et m'attacha de façon à ce que mes genoux s'appuient contre la paroi de la baignoire. Sorin observait, les yeux mi-clos, sa bite dure et impatiente, mais trop loin pour que je puisse la toucher ou la lécher. Je n'aurais d'ailleurs pas pu, vu la façon dont Zian m'avait attachée dans la baignoire. Il y avait plusieurs poignées pour s'aider à y entrer ou en sortir, et toutes formaient des points d'attache parfaits qui me mettaient dans une position compromettante.

Je faisais face à la salle de bain, les genoux serrés contre la poitrine et les mains liées sur le bord, ce qui n'était pas une position idéale pour baiser.

Je ne compris pas ce qu'ils faisaient jusqu'à ce que Zian donne le signal à Sorin.

Celui-ci tendit la main vers un interrupteur sur le mur… pour ouvrir les jets.

Je criai quand l'eau jaillit entre mes jambes, me remplissant d'une manière que je n'avais jamais ressentie auparavant, et qui m'envoya instantanément au bord de l'orgasme.

— Éteignez ça ! criai-je.

Mon clito palpitait de félicité orgasmique et protestait contre la pression des jets. Je balbutiai des mots inintelligibles, mon corps frémissait, tremblait, quittait ce plan d'existence.

Zian tripota les liens, me faisant croire qu'on avait fini.

Sauf qu'il sortit de la baignoire et me fit face, sa bite plus dure que jamais.

— Tu es si belle, attachée et forcée de jouir pour nous, dit-il avec un sourire diabolique qui me fit frissonner. Si tu ne ronronnes pas, on va te faire crier à la place.

Sorin marmonna son approbation. Je tirai sur les serviettes qui menottaient mes poignets, mais Zian avait pris soin de bien les attacher.

Je me tordis, essayant de trouver une position qui m'éloigne du jet d'eau incessant, mais cela ne fit que me stimuler davantage, me faisant jouir à nouveau sur une vague d'extase que je ressentis jusque dans mon âme.

Ça brûlait de la meilleure façon.

Mais l'eau… *Ohhhh…*

C'était… c'était *intense*. Déjà, je sentais monter un autre orgasme. *Trop tôt.*

— Sorin ! criai-je, ne sachant trop pourquoi.

Ma vision se brouillait. *C'est trop. Trop de pression. Trop de plaisir. Oh, dieux…*

C'était si bon, et l'air affamé avec lequel mes compagnons me regardaient craquer m'excitait encore plus.

Sorin écarta les lèvres lorsque je me cambrai, mes ailes scintillèrent pendant une fraction de seconde avant de disparaître à nouveau. Cela agita l'eau autour de moi comme un souffle de magie, ma peau s'enflamma quand les jets pulsèrent contre mon centre intime.

— *Putain*, fit Sorin

Il se tourna comme pour arrêter les jets, mais Zian passa un bras autour de lui pour le retenir.

Et il caressa la bite de Sorin, ce qui me fit gémir.

Parce que je voulais son sperme. Tout de suite.

— Sorin, suppliai-je. Zian. *S'il vous plaît.*

Zian rapprocha Sorin de moi et le branla de façon que je puisse voir chaque mouvement.

— Je crois qu'elle veut ça, lui dit-il, resserrant sa poigne autour de la hampe de Sorin.

Il donna une petite torsion à l'extrémité, et le membre de Sorin tressauta dans son poing.

— Tu veux son sperme, mon petit oiseau ? me demanda Zian.

Ses iris bleu nuit contenaient bien plus que de l'amour pour moi ; ils me désiraient en profondeur, ils voulaient mon corps, mes orgasmes…

Et ma gorge avalant l'essence de Sorin.

— Oui ! criai-je alors que mon corps était secoué de spasmes incontrôlables, dans une autre montée d'orgasme due aux jets qui punissaient mon sexe. Donne-le-moi, suppliai-je, ouvrant ma bouche et tirant la langue.

Sorin jura quand Zian le besogna encore plus fort, amenant mon compagnon aux cheveux pâles à l'orgasme en quelques instants.

Il rugit et des cordes blanches de sperme giclèrent dans ma bouche, sur mon visage et sur mes seins, avant de se dissoudre dans l'eau bouillonnante.

Mon corps entier frissonnait et vibrait d'un plaisir exacerbé, me rendant délirante.

Puis Sorin tomba sur un genou tandis que Zian éteignait les jets. Je m'effondrai dans mes liens, mes muscles agités de convulsions.

Car maintenant je voulais Zian en moi, et vu la vitesse

à laquelle il défaisait mes liens, il avait besoin de me baiser aussi.

— Viens ici, dit Sorin, qui prit doucement ma main et me fit sortir de la baignoire.

L'eau et le sperme dégoulinaient sur mes seins tandis que Sorin me transportait à travers la salle de bain jusqu'à la douche, où Zian attendait.

J'ignorais comment ou quand il avait ouvert l'eau. Et je m'en fichais.

Je sautai dans ses bras l'instant d'après, mes jambes autour de sa taille comme tout à l'heure, sauf que cette fois, il n'y avait pas de vêtements entre nous.

Il me pénétra d'un vif coup de hanche en plaquant mon dos contre le mur en marbre de la douche. Je haletai, et Sorin colla sa bouche à la mienne pendant que Zian me baisait.

Lentement. Profondément. Oh, si tendrement.

Il évita mon clito maltraité, me permettant de redescendre de mon état d'euphorie.

Et il conserva un rythme doux tout en me soufflant des louanges.

— C'est une bonne fille, chuchota Sorin contre mes lèvres. Prends sa queue et son sperme.

Je me cramponnai de toutes mes forces aux bras de Zian qui continuait son assaut sensuel, son rythme me rendant folle de désir tandis qu'il me pénétrait profondément.

Sorin pinça mon menton entre ses doigts et me força à regarder Zian agir. Puis il se pencha vers moi et me mordilla le cou.

— Tu es si belle sur sa queue, petit oiseau, me dit-il. Trop bonne, putain.

Je me serrai contre Zian, mon corps s'enflammant une fois de plus.

— Et tu as joui merveilleusement, aussi, reprit Sorin. J'ai presque préféré tes cris à tes ronronnements.

— Presque, fit écho Zian, son regard plein de convoitise me donnant envie de jouir sur lui.

Je frissonnai, mon ronronnement se déclencha automatiquement dans ma poitrine pour récompenser mes compagnons, mon cœur battit à un rythme chaotique rempli d'amour.

— C'est ça, murmura Sorin. Ce son magnifique et addictif.

— À moi, gronda Zian, son expression à la limite du possessif.

— *À nous*, corrigea Sorin, qui attrapa mon sein et aspira un téton dans sa bouche.

La sensation me fit crier alors que Zian augmentait son rythme, mon corps se lovant sur un autre orgasme qui me ferait sûrement perdre la raison.

Mais mes deux compagnons continuèrent, me poussant toujours plus loin, m'entraînant dans un tourbillon de sensations intenses.

Sorin glissa sa main entre Zian et moi, son pouce trouva délicatement mon clitoris.

Et cette seule caresse suffit à me faire décoller.

J'explosai dans un bruit inintelligible, à la fois cri et ronronnement, tandis que Zian me suivait dans l'orgasme.

Puis soudain j'embrassai Sorin, me noyant dans sa langue et sa sensualité.

Mais il ne tenta pas de me baiser.

Au contraire, il m'éloigna de Zian et entreprit de me laver. De prendre soin de moi. De me coiffer. *De me vénérer.*

Zian se joignit à lui, tous deux me caressaient, lavaient mes cheveux, mon corps, mes fesses, et ils finirent par me porter sur le lit.

Mais bien que mes yeux soient lourds de sommeil et

mon corps repu, je sentais toujours que quelque chose n'allait pas.

Comme si nous étions entrés dans une sorte de réalité alternative qui ne devrait pas exister.

Je n'y croyais pas.

Mais pour l'instant, j'étais trop fatiguée pour y penser.

Un souci pour plus tard.

Quand je pourrai marcher de nouveau.

8

AURIC

Au MOMENT où la mère de Layla s'en alla, je sus qu'on était mal barrés.

Parce que notre compagne pivota sur ses talons, cala ses mains sur ses hanches et nous dévisagea, les yeux plissés.

— Mais à quoi tu pensais ? me lança-t-elle. Tu l'as frappé en pleine figure !

Oh, d'accord. Apparemment, je suis le seul à avoir des soucis ici.

— Et toi ! poursuivit-elle, visant Novak avant que je puisse parler. Je ne sais pas ce que tu as fait pour provoquer le prince Ketos, mais je suppose que tes ailes y sont pour quelque chose.

Novak grogna en réponse, ce qui lui étrécit le regard encore davantage.

Je croisai les bras et m'adossai à la porte du balcon, le laissant encaisser. Parce que pourquoi pas ? Je savais que j'avais merdé. Quand elle me ferait face de nouveau, je m'excuserais. Peut-être pas d'un air aussi contrit que je le devrais, mais ce connard se considérait comme son fiancé.

Et non. Ça n'arriverait pas, putain.

— Qu'est-ce qui ne va pas chez vous deux ? (Layla leva les mains en l'air, son regard oscillant entre nous.) Donc c'est un compagnon compatible. Ça ne veut pas dire qu'il va remplacer l'un de vous. (Elle marqua une pause pour y songer.) Eh bien, en fait, si vous vous comportez comme des animaux, alors peut-être…

Novak l'attrapa par les hanches avant que je puisse le faire et la jeta sur le lit.

Elle glapit quand il vola sur elle, l'enfermant sous ses plumes.

— Ne. Finis. Pas. Cette. Phrase.

Il cracha ces mots entre ses dents, ce qui me fit crisper ma propre mâchoire.

— Novak, avertis-je, n'appréciant pas qu'il malmène notre compagne.

Même si j'avais voulu dire et faire la même chose. Je me contrôlais mieux que lui.

Enfin, généralement.

Ça n'a carrément pas été le cas avec Ketos, pensai-je en me passant la main sur le visage. *Bon. OK. Des excuses sont probablement nécessaires. En quelque sorte.*

— Qu'est-ce que je viens de dire à propos d'animaux ? releva doucement Layla.

Novak gronda.

Layla gronda à son tour, mais avec la férocité d'un chaton que je trouvai admirable et adorable à la fois. Parce qu'elle venait de défier l'un des anges les plus mortels que j'aie jamais rencontrés.

Un ange que Ketos a aplati comme une foutue crêpe, m'émerveillai-je. *Fils de dieux. Ouais, je l'ai cru après cet acte.*

— Tu ne peux pas juste…

Novak la fit taire avec sa bouche, en un baiser bien plus doux que la violence qui émanait de lui. Il avait clairement refoulé une certaine agressivité depuis son combat unilatéral avec Ketos. Normalement, je l'aurais laissé se défouler sur moi. Mais là, il préférait jouer avec Layla.

Chaque jour, il semblait changer davantage. Tout ça grâce à Layla. Elle l'adoucissait, mais lui permettait de garder ses côtés sauvages tout en lui dégelant le cœur.

C'était miraculeux à observer.

Je n'appellerais pas ça *apprivoiser*. Quoique ça l'était dans une certaine mesure.

Il tempérait ses instincts auprès d'elle, faisait en sorte qu'elle voie la tendresse en lui, tandis qu'il maintenait une coquille psychotique pour le reste du monde. C'était ce qu'il faisait maintenant, ses ailes la retenant captive pendant qu'il l'embrassait à mort.

Elle cessa de lutter, ses doigts s'enfouirent dans les cheveux de Novak tandis que son corps cédait à son appel grisant. Et tout doucement, elle enroula ses jambes autour de sa taille.

Il se calma un peu plus chaque minute, sa rage se diluant dans une mare de luxure. Je le sentais, ce mélange érotique de cerises, de cuir, de fumée et d'*homme*.

Novak était une bête. Un amant sauvage. Une existence ténébreuse que j'avais désirée pendant la majeure partie de ma vie d'adulte. Alors que Layla était le doux antidote à toute notre douleur et notre souffrance, le dessert dont nous ignorions le besoin et dont nous ne pourrions plus nous passer.

Elle gémit son nom et se cambra contre lui quand il posa la main sur son sein.

— Ton compagnon, gronda-t-il. Dis-le.

J'esquissai un sourire, comprenant soudainement ce jeu.

— Animal, répondit-elle à la place, saisissant également son intention.

Il empoigna sa tunique et l'arracha d'un coup sec, ce

qui la fit siffler en réaction. Il n'y était pas allé de main morte, il avait carrément déchiré le tissu. Heureusement, elle possédait une toute nouvelle armoire pleine d'habits où elle n'avait que l'embarras du choix pour remplacer celui-ci.

La tunique venait d'un casier de rangement de la prison. Je doutais qu'elle lui manque.

Layla resta sur le lit, ses cheveux ébouriffés, offrant l'image d'une femme dévastée sans le bonheur d'un orgasme.

— Je suis ton compagnon, répéta Novak d'un ton toujours nuancé de colère. Tu vas le dire.

Elle plissa les yeux.

— *Animal.*

Je me mordis la lèvre pour ne pas sourire, son entêtement m'amusait. Mais je voulais aussi participer à ce jeu.

— Peut-être qu'elle a besoin d'une leçon, Novak. Un rappel en quelque sorte.

Ce ne serait pas du tout comme celle qu'on lui avait donnée au pénitencier. Parce que celle-ci avait délivré le mauvais message d'un bout à l'autre.

Non, nous avions appris de cette erreur.

Cette leçon-là serait entièrement pour *son* bénéfice.

Le regard glacé de Novak croisa le mien, la bête en lui m'avertissant qu'il était aux commandes ici. Normalement, il aurait cédé à mon autorité. Mais pas aujourd'hui. Pas maintenant. Pas après ce qui venait de se passer dehors.

J'inclinai mon menton juste assez pour admettre son besoin de contrôle, et ses épaules se détendirent légèrement. Puis il se tourna lentement vers notre compagne, ses mouvements me rappelant ceux d'un prédateur évaluant sa proie.

Layla rougit sous son regard.

—Je… je ne…

Novak haussa un sourcil, la mettant au défi de finir sa phrase.

Elle se contenta de déglutir.

Les yeux de Novak suivaient ses mouvements, et il se lécha la lèvre inférieure en réfléchissant à la meilleure façon de lui apprendre à qui elle appartenait.

Il se pencha progressivement vers elle, son regard ne cessant de soutenir le sien. Les narines de Layla se dilatèrent quand les lèvres de Novak touchèrent le pouls de son cou. Elle frissonna, et de sa bouche s'échappa un souffle haletant.

Novak la mordit, la faisant sursauter. Puis sa paume sur sa poitrine la maintint sur le lit tandis qu'il entamait un chemin tortueux vers son sein, où il répéta l'action sur son mamelon.

— *Novak*, haleta-t-elle, la chair de poule hérissant ses bras.

Il grogna en réponse à son nom, son désir d'entendre « compagnon » était évident dans ses actions. Mais elle le lui refusa, même quand il embrassa et lécha son sternum jusqu'à l'apex addictif entre ses cuisses.

Son regard croisa de nouveau le mien, cette fois me demandant de le rejoindre pour tourmenter notre compagne. Je retirai ma chemise et balançai mes chaussures avant de m'approcher de Layla. Ses pupilles se dilatèrent tandis qu'elle dévorait des yeux ma peau nue. Sa main se tendit vers moi quand je m'agenouillai sur le matelas.

— Qui suis-je ? lui demandai-je.

— Auric, répondit-elle.

— Et moi, je suis quoi ? insistai-je.

— Mon… (Elle s'interrompit, son regard s'étrécit.) Animal.

Novak gronda contre son sexe, puis aspira son clitoris dans sa bouche, ce qui lui arracha un cri de surprise. J'appuyai ma main sur son torse, la plaquant contre le lit, et me penchai pour effleurer ses lèvres des miennes.

— Si tu réponds correctement, il te fera jouir, lui promis-je. Sinon…

Novak s'écarta pour mordiller sa cuisse. Layla grogna. Je souris.

— Je crois que tu sais comment jouer à ce jeu, Lay, dis-je en léchant sa lèvre inférieure charnue. La question est de savoir si tu veux gagner.

Sans lui laisser le temps de répondre, je pris sa bouche et exigeai que sa langue danse avec la mienne.

Elle gémit, sa peau chauffant sous ma paume tandis que je torturais ses seins avec mes doigts. Je savais ce qu'elle aimait, tout comme je savais ce dont elle avait besoin.

Je la pinçai. Puis l'apaisai. Puis promenai le bout de mes doigts autour de ses tétons raides en des mouvements doux et légers qui la firent gémir.

Novak faisait de même avec sa langue et ses doigts, la tourmentant à l'entrejambe avec des caresses visant à l'amener au bord de l'orgasme, pour ensuite se retirer avant qu'elle n'y bascule.

C'était un jeu diabolique, destiné à l'attirer sensuellement vers la soumission.

Elle le savait aussi. D'où la lueur de défi dans son regard lorsque je me reculai pour la fixer. Je souris, j'aimais comme elle nous défiait.

Puis je redressai sa tête pour qu'elle puisse observer la tête sombre de Novak entre ses cuisses.

— Tu as trempé son visage de ta belle excitation, dis-je en m'allongeant à côté d'elle et en tenant sa nuque au creux de ma main. Il va porter ton parfum au dîner, pour que tout le monde sache que tu es sa compagne. Ne veux-tu pas adoucir ce parfum pour lui ? T'assurer que cette délicieuse saveur de cerise recouvre chaque centimètre de sa langue ?

Les iris de Novak s'illuminèrent pour rencontrer son regard tandis qu'il léchait les replis de sa chatte trempée, afin qu'elle puisse voir sa faim et son désespoir. Ce n'était pas seulement pour son propre soulagement, mais aussi pour la demande qu'il voulait absolument l'entendre prononcer.

Elle avait menacé de le remplacer. Peut-être pour plaisanter. Cependant, les événements d'aujourd'hui n'étaient pas risibles. Nous avions peut-être réagi comme des animaux, comme elle le prétendait, mais elle était notre compagne. L'instinct avait exigé que nous marquions notre territoire, pour informer le concurrent potentiel que nous lui appartenions déjà.

Notre compagne.

Novak la lécha de nouveau, ainsi que son doux petit bouton, jusqu'à ce qu'elle tremble d'une explosion imminente.

Et s'arrêta encore.

— Tu sais quoi dire, lui rappelai-je. (La main dans ses cheveux, je reposai sa tête sur le lit et pressai mes lèvres sur sa gorge.) Dis-nous qui nous sommes, Lay, et nous te donnerons tout ce que tu veux et plus encore.

Elle frémit, un son inintelligible s'échappa de sa bouche et elle tenta de refermer ses jambes. Mais le corps de Novak l'en empêchait, ses bras maintenaient ses cuisses écartées, permettant à ce parfum de cerise d'embaumer l'air autour de nous.

— Je vous déteste tous les deux, chuchota-t-elle.

Je fis la moue et Novak se figea.

Ce n'était pas ce qu'il convenait de dire.

Je roulai un peu en arrière, sourcils froncés.

— Pourquoi ? Parce qu'on n'a pas apprécié que ton *fiancé* nous tombe dessus à l'improviste ? questionnai-je. Parce qu'on a voulu prouver notre valeur en tant que prétendants supérieurs en le défiant ? Parce qu'on a essentiellement perdu ce défi quand il a utilisé sa magie divine sur nous ?

Mon ton devenait plus furieux à chaque mot, mon irritation augmentait chaque seconde. C'était tout à fait irrespectueux de sa part de dire une telle chose, de rabaisser notre besoin de la revendiquer en le qualifiant d'*animal* et en menaçant de nous remplacer.

Le regard noir de Novak me dit qu'il ressentait la même chose.

Il commença à s'écarter d'elle, mais elle planta ses doigts dans ses cheveux, le retenant en place, et ses yeux croisèrent les miens. L'inquiétude colora ses traits en voyant que je la fusillais du regard. Mais à quoi s'attendait-elle après une telle déclaration ?

J'avais cru qu'elle comprenait ce jeu. On voulait qu'elle dise « compagnons ». Pas qu'elle nous détestait, putain.

— Auric, souffla-t-elle, quelque peu surprise. Je… je voulais juste…

J'arquai un sourcil, attendant qu'elle termine sa phrase.

Elle frissonna, cette fois-ci sa réaction n'avait rien à voir avec l'excitation et tout à voir avec la façon dont nous la dévisagions.

— Vous êtes mes compagnons, dit-elle enfin, les joues empourprées. Je… j'ai dit que je vous détestais parce que vous me tourmentez. Mais je ne le pensais pas. Je jure que je ne le pensais pas.

Novak n'eut pas l'air apaisé.

Et franchement, moi non plus.

Les yeux de Layla se mirent à briller et un vent de panique traversa ses traits.

— Sérieusement, ce n'est pas ce que je voulais dire. Je ne vous déteste pas. Je vous aime. Je vous aime tous les deux. Vous êtes à moi. Mes compagnons. Mon *cœur*. S'il vous plaît, je suis désolée. Je ne voulais pas dire ça. Je ne le pensais vraiment pas.

Cette fois, je me figeai pour une tout autre raison. Tout comme Novak.

« Je vous aime. Je vous aime tous les deux. »

Elle n'avait jamais prononcé ces mots, du moins pas à voix haute. Avec son corps, oui, mais pas avec sa bouche.

— Oh dieux, s'il vous plaît croyez-moi. Je ne voulais pas…

Novak fut le premier à réagir, ses ailes le propulsant au-dessus d'elle dans un souffle d'air. Elle sursauta, et des larmes coulaient sur ses joues lorsque la bouche de Novak captura la sienne. L'émotion semblait émaner de ses ailes, colorant l'air autour de nous dans une vague de chaleur et de besoin oppressant. Mais il ne voulait pas la baiser. Il voulait l'adorer. Je le savais parce que je ressentais la même chose.

On voulait juste qu'elle nous appelle ses compagnons. Mais en plus, elle avait dit qu'elle nous aimait. Après avoir prétendu nous détester. Une énigme qui ne semblait qu'intensifier ce moment.

Les lèvres de Novak quittèrent les siennes pour aller vers son oreille, tandis que je me penchais pour reprendre le baiser.

— Je t'aime aussi, lui chuchota-t-il.

L'émotion déchirante contenue dans ces trois mots nous secoua tous les trois.

Je doutais que Novak ait jamais pensé à prononcer une telle phrase. Mais maintenant qu'il l'avait énoncée une fois, il la répétait en embrassant le corps de Layla, telle une bénédiction.

Elle tremblait, un surcroît de larmes coula de ses yeux alors que l'importance du moment nous submergeait tous.

— Moi aussi je t'aime, lui dis-je en écho contre sa bouche. Je t'aime tellement, Lay.

Elle continua à pleurer même quand Novak l'amena à l'orgasme avec sa bouche habile. C'était une belle étreinte, empreinte de sensualité et d'adoration, qui se transforma bien vite en quelque chose de si intense que je n'arrivais pas à le définir. Comme si nous venions de franchir une sorte de seuil.

Je l'embrassai comme si ma vie en dépendait, pendant que Novak la dévorait de nouveau jusqu'à satiété.

Puis nous changeâmes de position avec sa bouche sur la sienne et ma langue s'adonnant à son doux parfum de cerise. Je fredonnais d'admiration, léchant chaque centimètre de sa vulve et de façon qu'elle ressente mon amour pour elle dans mes attouchements.

Elle se tortillait, criait, pleurait et suppliait. C'était une belle cacophonie sensuelle qui nous cimentait tous dans ce moment.

Son orgasme fleurit sur ma langue.

Ses gémissements et glapissements apaisèrent la bête en Novak.

Et son essence nous enveloppa dans les effluves capiteux de son plaisir.

Nous l'emmenâmes sous la douche pour l'adorer encore plus avec nos mains, la laver avec du savon, de l'eau, et puis nos langues à nouveau, ayant besoin de la goûter, de la chérir, de l'*aimer*.

Lorsque nous eûmes terminé, ses pupilles étaient dilatées, ses lèvres entrouvertes sur un halètement permanent, et ses joues brillaient du contentement d'une femme très satisfaite.

— Tu es radieuse, lui dis-je.

J'appréciais la robe dorée qu'elle avait choisie pour le dîner.

— J'ai besoin d'une sieste, marmonna Layla d'un ton ensommeillé.

— Non, tu as d'abord besoin de manger, la corrigeai-je en l'embrassant sur la joue. Ensuite, nous pourrons envisager une *sieste*.

Novak croisa mon regard, et son expression me dit que la sieste n'aurait pas lieu après le dîner. Mais nous allions donner à notre compagne un répit temporaire pour le moment.

Car c'est ainsi que les compagnons prenaient soin de la femelle qu'ils aimaient.

Je la soulevai et la portai sur le lit une fois de plus.

On avait encore du temps avant le dîner, et nos tenues n'étaient pas encore arrivées.

Autant se laisser tenter par un autre apéritif, pensai-je en écartant à nouveau ses jambes.

— Auric, gémit-elle en essayant vainement de les resserrer.

Puis Novak la fit taire avec un autre baiser.

— Compagnons, siffla-t-il contre sa bouche.

— Compagnons, acquiesça-t-elle, ses cuisses tombant sur les côtés pour me laisser entrer dans sa version du paradis. Mes compagnons.

9

NOVAK

J'aurais voté pour rester dans la chambre et passer direct au dessert.

Hélas, Layla avait besoin de manger. Et je n'allais pas affamer ma compagne.

Je pourrais aussi profiter d'un bon repas. Ça me ferait reprendre des forces, ce dont je pensais qu'on aurait bientôt besoin.

Surtout avec ce prince *qui traîne dans les parages.*

L'arôme parfumé de l'ail et de l'oignon précéda notre arrivée dans la salle à manger.

J'inhalai profondément, et mon estomac gargouilla d'envie à l'odeur de nourriture fraîche et au goût persistant de Layla sur ma langue.

« *Je vous aime* », avait-elle dit. Trois mots que je ne me serais jamais attendu à entendre et n'aurais jamais voulu entendre. Cependant, prononcés par Layla, ils avaient réveillé une partie de moi dont j'ignorais l'existence. Une partie de moi qui avait envie de ce sentiment et de le partager.

Parce que je l'aimais aussi. Tellement que ça me faisait mal.

Je m'estimais vulnérable, une sensation que je n'appréciais pas. Mais sentir son essence sur ma peau satisfaisait certaines de mes pulsions les plus possessives – comme celle qui me poussait à tuer Ketos parce qu'il était compatible avec ma compagne. Savoir qu'il était puissant n'arrangeait pas les choses, car cela faisait aussi de lui une menace. Et je n'aimais pas les menaces.

Toutefois, j'avais besoin de plus de force si j'avais l'intention de le combattre à nouveau. D'avoir été terrassé par son énergie manipulatrice me rendait encore plus incertain au sujet de notre entourage.

Car je n'aurais pas dû être aussi facile à battre.

J'avais été *faible*. *À cause de l'élixir ?* me demandai-je encore, en étirant mes ailes. *Ou d'autre chose ? La faim, peut-être ?*

Mon estomac gargouilla de nouveau, ajoutant foi à cette idée. J'avais l'impression de ne pas avoir mangé depuis un an, qui était en vérité une seule journée puisque notre dernier repas avait eu lieu à Buenos Aires la veille au soir.

Avec le décalage horaire, je suppose que ça fait plus d'une journée, songeai-je. *J'ai vraiment l'impression que cela a duré bien plus que ça.*

Je plissai le front en essayant de compter le nombre d'heures qu'avait duré le voyage en avion. J'avais été éveillé et alerte pendant tout le vol. Et Auric aussi. Or je me demandais si c'était bien vrai. Parce que d'une certaine façon, on était passé de la nuit au jour en un clin d'œil.

Peut-être parce que le globe tournait en sens inverse de notre vol ? Nous faisant passer de la nuit au jour plus vite que prévu ?

Le vol contrôlé ne m'avait jamais attiré, ce qui expliquait en grande partie ma désorientation.

Mais putain, j'étais affamé. J'avais l'impression qu'une semaine s'était écoulée, et non un seul jour. Peut-être était-ce une conséquence du voyage effectué avant d'atteindre les contacts de Kyril. Ou alors c'était l'odeur d'aliments frais qui démultipliait ma faim.

Déglutissant, je calmai mes envies et me concentrai sur ce qui nous entourait, notant l'abondance de Noir dans la salle.

Seule une poignée d'entre eux étaient à table. Le père de Layla occupait la tête de table, avec Gaia à ses côtés. Ketos était assis de l'autre côté, cet enfoiré pompeux souriant benoîtement, comme s'il ne m'avait pas cloué au sol sous son pouvoir quelques heures auparavant.

Sa vague d'énergie m'avait extrêmement déstabilisé. Personne ne devrait être aussi puissant. Sauf que je sentais une énergie similaire chez Vasilios.

Les dieux, pensai-je. *Ils sont les descendants des dieux.*

Ce qui était époustouflant en effet.

Layla s'installa à la place libre à côté de sa mère. Auric s'assit à côté d'elle, me laissant la dernière chaise de cette rangée avec Kyril à l'autre bout de la table. Zian se mit en face de moi, puis Raven occupa la chaise à côté de lui, et Sorin s'installa entre Raven et Ketos.

Une table pour dix.

Pourtant, il y avait encore plusieurs autres Noir dans la salle, dont Iston et Netiri, mais ils restaient debout près des murs en silence. Comme des gardes.

Que pensaient-ils qu'il allait se passer ? Que je déploierais de nouveau mes ailes et tailladerais tout le monde au dîner ?

Si ç'avait été une table pleine de sosies de Ketos, oui, peut-être. Mais les autres n'étaient pas sur ma liste noire. Juste le connard qui reluquait ma compagne comme si elle lui appartenait déjà.

Je réprimai un grognement d'avertissement, ne souhaitant pas rencontrer le sol en marbre de la pièce. Non, pour Ketos, il faudrait plus de réflexion stratégique et de planification.

Auric semblait d'accord car il resta silencieux à côté de moi, permettant aux agapes de commencer. Les gardes Noir quittèrent la salle et revinrent avec des plateaux de nourriture. Je faillis faire la moue en réalisant qu'ils n'étaient pas du tout des guerriers, mais des serviteurs.

Sauf Iston et Netiri, qui demeurèrent à leur poste.

Qu'est-ce que vous attendez ? me demandai-je, distrait de nouveau par eux. *Que pensez-vous qu'il va se passer ?* Leur attention semblait se porter sur Auric, ce qu'il avait bien remarqué, mais il s'efforçait de ne pas réagir. Il croisa mon regard plus d'une fois, ses orbes bleu-vert remplis d'irritation.

Ils le regardaient comme s'il était une sorte d'animal.

Je supposais que c'était ainsi que lui-même voyait les Noir, ce qui rendait étrangement approprié le fait que les rôles soient inversés.

Cependant, je n'appréciais pas ça particulièrement non plus. Auric n'avait pas compris la vérité. Aucun de nous ne la détenait.

Je jetai un coup d'œil à Layla au-delà de lui, me demandant si elle avait également remarqué l'attention portée à son égard, mais elle était concentrée sur son père qui parlait de la vie parmi les humains. Je plissai les paupières et scrutai Kyril, curieux de savoir s'il avait parlé à Vasilios de la fascination de Layla pour la vie mortelle.

Ou peut-être était-ce Gaia qui avait transmis l'intérêt de Layla d'en apprendre plus sur Ketos, élevé dans le royaume des humains. Peut-être que c'était la façon de son père de rappeler à Layla de demander à Ketos, d'entamer une relation, *d'apprendre des choses*.

Ma mâchoire se crispa. Layla avait proposé de nous inclure, Auric et moi, dans cette discussion. Je savais que c'était un moyen de nous fournir à tous une meilleure connaissance de notre situation, mais je n'avais aucune envie que ce connard royal m'apprenne quoi que ce soit.

Il croisa mon regard par-dessus la table et me gratifia d'un autre de ces sourires aimables avant de porter une cuillère de soupe à ses lèvres.

Minestrone, comme l'avait appelée l'un des serveurs Noir.

Je serrai les dents, m'efforçant de décider si je devais commencer à manger ou non. Mon cousin et ses compagnons avaient déjà attaqué, leurs regards se voilant d'un plaisir évident. Vu ce que nous avions vécu pendant ce dernier siècle, ce n'était pas surprenant qu'ils soient facilement impressionnés par un bon plat.

Cependant, je ne pouvais pas ignorer ce pressentiment qui me disait que quelque chose dans cet endroit n'allait pas du tout. *Des serviteurs Noir. L'opulence. Ça me rappelle la Cour royale Nora.*

Il y avait même des aménagements similaires et des ornements dorés, comme ceux qui ornaient la demeure de Sefid.

Les Noir ont-ils modelé ce palais d'après celui des Nora ? Ou est-ce Sefid qui a emprunté à cette ancienne culture ? me demandai-je en lissant ma cravate de la main – un accessoire qui m'évoquait un foutu nœud coulant autour de mon cou. Ce qui ne faisait qu'ajouter à mon malaise.

Quand Iston était arrivé avec des costumes twin-set pour Auric et moi, j'avais aussitôt refusé. Mais Layla avait mis une soyeuse robe dorée qui lui descendait aux genoux, et j'avais réalisé que je voulais avoir une tenue appropriée en tant que son compagnon.

Parce que nous savions déjà que Ketos en porterait une.

Et je ne pouvais pas lui permettre d'être le seul à être assorti.

Je mis donc le costume noir, tout comme Auric, et à présent nous étions conviés à ce merveilleux dîner dans un palais avec une troupe de serviteurs Noir.

Comme Ketos, j'avais choisi de garder mes ailes libres. *Pas d'élixir pour moi, merci bien.* De leur côté, Auric et Layla avaient préféré se fondre dans la masse.

Non pas que ça fasse une grande différence. Les chaises étaient toutes conçues pour des ailes. Comme l'ensemble du palais.

Toutefois, maintenant qu'ils savaient comment annuler l'effet de l'élixir, ils semblaient plus à l'aise.

Mais pas moi. Jamais de la vie.

Mes ailes faisaient partie de moi. Pour toujours et à jamais.

Je ne voulais pas jouer les humains. J'étais un ange pour une bonne raison. Mais ces Noir… Je ne savais pas trop ce qu'ils étaient. Rien de tout cela n'était *normal.*

Qu'est-ce qui se passe, bordel ? songeai-je, complètement désorienté par le changement de décor. Ça me donnait un sérieux coup de fouet. *Je ne fais pas dans les costumes ou les couverts de luxe. Je ne m'adonne pas à des festins ou je ne sais quoi, putain. Je n'ai jamais désiré une place à la cour.*

Ça, c'était tout Auric.

Et Ketos, apparemment.

Je ravalai un grognement en surprenant le *prince* en train de mater le décolleté de la robe en soie de ma compagne. J'aurais dû lui mettre un pull. Ou une cape. Ou un de ces manteaux blancs bouffants qui la faisaient ressembler à une boule de coton.

Argh, ça n'aurait servi à rien. Layla était éblouissante

sous toutes les coutures, son odeur était un parfum qui dépassait complètement la raison.

J'aurais toujours envie d'elle.

Je ne pouvais donc pas vraiment blâmer Ketos de réagir face à elle.

Mais s'il essaie seulement de la toucher, je lui coupe la main.

Zian s'éclaircit la gorge, attirant mon attention sur lui et son sourcil haussé. De toute évidence, il ressentait mon malaise. Donc Auric et Layla le pouvaient aussi.

Je secouai la tête et ramassai la fichue cuillère à soupe avant de perdre les pédales devant tout le monde et de donner aux Noir contre le mur une raison de réagir.

Réprimant un autre grognement, je goûtai finalement le *minestrone.*

L'explosion d'épices et de saveurs ravit mes sens, me faisant comprendre pourquoi les autres avaient cédé si vite. Mon estomac rugit d'approbation, exigeant que je vide mon bol immédiatement, mais je posai ma cuillère pour savourer la bouchée.

Contrairement aux autres, je ne me perdrais pas dans mon repas. J'avais l'intention de rester pleinement en alerte, quelles que soient mes crampes d'estomac. Chaque mouvement, chaque scintillement à cette foutue table serait gravé dans ma mémoire. Chaque déplacement. Chaque garde. Chaque regard.

Je ne faisais pas confiance à cet endroit ni à ses habitants. Rien ne me semblait correct.

Mais pour sauver les apparences, je repris ma cuillère et avalai une autre bouchée.

Des conversations se dévidaient, mais je n'écoutais pas ce qui se disait. Les mots n'étaient pas importants. Ils l'étaient rarement.

À part ces belles paroles que j'avais entendues de ma

compagne, peu de choses dans le domaine pouvaient m'intéresser en ce moment.

Imitant la vigilance d'un guerrier, Auric examinait pareillement la salle en silence.

Des serviteurs Noir.

Dix. Non, vingt.

Ils entraient et sortaient de la salle à manger avec divers plats et bouteilles de vin. Quand Layla demanda de l'eau, personne ne fit attention.

Mais j'esquissai un léger sourire en coin, satisfait de son choix.

Elle dut sentir mon approbation car elle m'adressa une ombre de sourire en sirotant son verre de cristal rempli d'eau et de glace parfaitement transparente. Elle ne se laissait pas aller non plus. Même si elle paraissait fascinée par la conversation, elle avait l'intention de rester consciente de son environnement.

Non, c'était plus que de la fascination.

Elle éprouvait de la perplexité, comme si tout cela était si bizarre qu'elle avait du mal à y croire. C'était un sentiment que je partageais, bien que pour moi, ce soit plutôt un cauchemar.

Au pénitencier, j'avais été le roi. Layla était sous ma protection, et j'avais fait en sorte non seulement qu'elle s'échappe, mais aussi qu'elle apprenne à accepter qui et ce qu'elle était.

Maintenant, tout avait changé. Layla était une déesse, et Ketos était son seul véritable égal, si l'on en croyait tout ce que ses parents nous avaient dit.

En même temps, tout ça pourrait facilement être un rêve. Nous étions censés être en sécurité, pouvions compter sur des repas luxueux plusieurs fois par jour, et avions notre propre aile de palais. C'était ce que n'importe qui dans notre situation aurait espéré.

Sauf concernant Ketos.

Le malaise venait probablement du fait que tout était très différent. Nous étions passés d'un cachot au grand luxe en quelques jours. Et notre monde entier avait été mis sens dessus dessous.

Peut-être que je surréagis, songeai-je en observant de nouveau mon cousin. Ses compagnons et lui étaient complètement pris par leur repas, en pleine béatitude.

Toutefois Auric restait vigilant. Sans doute parce qu'Iston et Netiri le surveillaient toujours. Ils n'avaient pas rejoint les serviteurs pour apporter les plats. Ils demeuraient à leur poste, leur rôle de gardes était clair.

Je n'aimais pas ça.

Car j'avais l'impression qu'ils étaient là pour protéger les résidents. *Contre nous.*

Nous étions des étrangers.

C'est ce qui doit être si bizarre — on n'est pas censés être ici.

Mais Layla l'était. Elle était leur fille. Alors qu'Auric et moi n'étions pas des compagnons que ses parents s'attendaient à voir arriver avec elle.

Ou peut-être que c'est la ressemblance frappante avec la Cour Nora qui m'irrite, pensai-je. Je plissai les yeux quand un autre Noir entra dans la pièce. Il ne faisait pas partie des serviteurs du dîner, mais peut-être de l'administration, puisqu'il tenait un téléphone et un appareil électronique plat.

Les Cours Nora étaient gérées par différentes classes. La classe de la Haute Cour. La classe des serviteurs. La classe des travailleurs. La classe des guerriers, entre autres.

À ce qu'il semblait, les choses étaient exactement pareilles ici.

Intéressant.

Vasilios n'avait-il pas déclaré que les Noir et les Nora avaient vécu en harmonie ? Que bien que les Nora aient travaillé pour les Noir et les aient protégés, ils avaient été traités avec respect ?

Je supposais qu'ils n'étaient pas foncièrement irrespectueux maintenant, mais ils agissaient certainement de manière supérieure aux autres.

Même Iston et Netiri étaient traités comme des serviteurs. *Des gardes serviteurs.*

— Je m'excuse d'avoir interrompu votre dîner, mon roi, dit le nouvel arrivant en guise de salutation. (Il ouvrit la bouche comme pour en dire plus, puis me regarda.) Il dit que c'est important et que ça ne peut pas attendre.

Qui est ce il *?* me demandai-je en prenant une autre bouchée de mon plat.

Le roi hocha la tête et s'excusa pour prendre l'appel, ne portant l'appareil à son oreille que lorsque la porte fut déjà à moitié refermée derrière lui.

Mmh. J'échangeai un regard avec Auric, son intérêt aussi piqué que le mien.

Mais notre discussion silencieuse fut rapidement interrompue par Ketos qui reprit sa conversation avec Layla sur la vie chez les mortels.

Elle gloussa à quelque chose qu'il avait dit, ce qui me fit froncer les sourcils.

Un serviteur déposa une sorte de viande devant moi. Je la poignardai avec mon couteau, mes yeux fixant délibérément Ketos.

— Novak, avertit Layla.

Je coupai soigneusement la viande et glissai un morceau dans ma bouche. Avec le couteau. Pas la fourchette.

Elle leva les yeux au ciel, mais j'avais du mal à rester sage si longtemps.

Auric tenait son couteau comme s'il hésitait à le lancer à la figure de Ketos. Un sentiment que je partageais.

Ketos nous ignora, poursuivant sa conversation avec Layla avec une élégance que j'avais en horreur. Mais lorsque je voulus prendre une autre bouchée, un poids lourd se posa sur tout mon corps, rendant ma respiration difficile.

Je levai les yeux vers ce royal enfoiré, mais il ne me regardait même pas.

Je vais te tuer, jurai-je. *Je vais te saigner à blanc et boire ton sang comme du vin dans un de ces maudits verres de cristal, porter tes entrailles en cravate et briser tes plumes odieuses une par une jusqu'à ce qu'elles ne soient plus que poussière.*

Layla rit à nouveau, un son qui suscita en moi tout un mélange d'émotions. Ma soif de sang s'apaisa à ce son délicieux, mais elle avait encore ri d'une chose que Ketos avait dite.

Quand je tournai mon regard vers elle, je fronçai les sourcils en la voyant telle une cerise bien mûre, assise en face du prince charmant.

D'après les contractions de la mâchoire d'Auric, il était tout aussi prêt à commettre un meurtre que moi, mais il me jeta un regard me disant muettement de me calmer.

Je savais pourquoi. Ketos avait déjà prouvé qu'il était notre adversaire. Et il le faisait encore avec ce foutu poids sur mes épaules.

Décidant de le prendre à son propre jeu, je luttai contre la prise énergétique et poignardai un autre morceau de viande avec mon couteau.

Ça demanda un effort, mais je réussis à l'amener à mes lèvres.

Ce qui me valut un sourire en coin du prince qui me libéra de son emprise.

Je ne pouvais pas m'empêcher de penser qu'il me testait un peu.

Pas très malin, me dis-je. *Tu me testes, je te testerai moi aussi. Et je te garantis que tu vas* échouer *à mon test.*

— Ah, Ketos vous parle de son domaine de Dublin, remarqua Vasilios à son retour. Il est vraiment splendide.

Ketos sirota son verre de vin avant de répondre.

— Vous m'accordez trop de crédit, mon roi. Dublin était déjà un domaine impressionnant avant mon arrivée.

Gaia posa une main sur le bras de Layla.

— Il joue les humbles. Il a triplé les terres de son domaine, sans compter ce que je t'ai déjà dit sur le nôtre. Ton père et moi avons géré notre empire financier chez les humains pendant de nombreuses années, mais Ketos donne l'impression que c'est facile. (Elle lui adressa un sourire chaleureux.) Grâce à vos talents, nous avons pu nous concentrer sur d'autres sujets pour aider à sauver les Noir et nous ramener à notre gloire passée.

La conversation se poursuivit, louant Ketos pour le don qu'il représentait pour les Noir.

Ketos, Ketos, Ketos.

Je détestais ce putain de nom.

Peut-être que c'était puéril de ma part, que je devrais être ouvert à ce que Layla prenne un autre compagnon. Ketos était clairement puissant, un allié qui pourrait indiscutablement la protéger.

Sauf que je ne peux pas faire confiance à ce connard.

Je ne pouvais me fier à aucun d'eux.

Pas même à Vasilios, le Noir qui m'avait marqué et avait provoqué ma Chute.

Il y a quelque chose qu'ils ne disent pas, décidai-je, tandis que la conversation se poursuivait sur des sujets plus légers comme la mode humaine. Pour peu que ça explique les cravates en forme de nœuds coulants, c'était un sujet sûr.

Mais si je commençais à poser des questions difficiles, je risquais de déclencher une dispute.

Ce n'est pas le moment pour ça.

Les domestiques conclurent le dîner en présentant un dessert décadent, une chose qu'ils appelaient *tiramisu*. Je faillis refuser, me disant que j'allais déguster ma cerise en dessert, mais un regard d'Auric me fit taire.

Nous devions élaborer une stratégie, pas agir inconsidérément.

Ce que je savais, bien sûr. Mais cette tête de nœud de l'autre côté de la table ne m'aidait pas à rester calme. Je m'attendais à moitié à ce qu'il demande à Layla de l'accompagner à une promenade nocturne.

Or il me surprit en se levant et en disant : « Je vous souhaite à tous une bonne nuit. » Il replia ses ailes dans son dos, puis s'inclina légèrement vers le roi et sa femme avant d'adresser à Layla un signe de tête plein de respect.

Il nous ignora, Auric et moi, et c'était tant mieux. J'aurais sûrement grondé après lui en guise d'adieu.

Quand il éloigna ses ailes pailletées d'or de ma compagne, je me détendis, quelque peu satisfait.

Iston et Netiri suivirent aussitôt Ketos hors de la salle.

Bizarre.

Kyril fut le prochain à partir, son au revoir égalant celui de Ketos.

Je posai ma serviette sur la table, prêt à faire de même, quand Vasilios prononça :

— Excuse-moi.

Je cillai et levai les yeux vers lui pour constater qu'il était concentré sur Layla.

— Je crains de devoir m'occuper de certaines affaires en dehors du palais demain, et je serai absent pendant quelques jours. (Il appuya ses coudes sur la table et croisa ses mains.) Mais ta mère sera là, ainsi que le personnel, au cas où tu aurais besoin de quelque chose.

Des affaires ? Quel genre d'affaires ? Et où part-il ? me

demandai-je, en jetant un coup d'œil à Auric. *C'est à propos de son appel téléphonique ?*

— Oh, ça me rappelle quelque chose, intervint Gaia, interrompant ma discussion silencieuse avec Auric. J'amènerai ta femme de chambre demain pour te la présenter.

Raven émit un bruit qui attira tous les regards sur elle. On aurait dit qu'elle venait d'avaler un truc acide.

Sorin posa sa main dans sa nuque, la caressant du pouce.

— Ma compagne a dû abuser de ce délicieux repas, murmura-t-il, l'air amusé.

Je réfrénai un sourire. Raven ne s'étouffait pas ou ne réagissait pas au repas. Elle répondait au commentaire sur la *femme de chambre*.

Layla n'avait pas l'air très emballée non plus par cette annonce, mais elle remercia quand même poliment sa mère.

Elle avait dû avoir une femme de chambre à la Cour Nora. C'était peut-être justement ce qui la mettait mal à l'aise.

Les choses allaient-elles être vraiment différentes ici ? Parce qu'elles ne le paraissaient pas du tout.

Lorsque le dîner se termina finalement et que nous rejoignîmes la sécurité de nos chambres, Layla se tourna vers Auric et moi, son expression reflétant exactement ce que je ressentais.

Elle leva les yeux vers nous, l'inquiétude persistant dans ses iris bleu vif.

— Tout ça m'a l'air d'un rêve vraiment bizarre.

Je n'arrivais pas à me défaire de la sensation que tout ceci n'était qu'une sorte de mirage, semblable à ceux que Sayir avait orchestrés auparavant, mais plus grand et bien plus agréable.

Peut-être que c'était toutes ces semaines en cellule qui m'avaient troublé l'esprit, me rendant inapte à croire en cette réalité.

Cet endroit semblait trop ouvert. Trop sûr. Trop accueillant. Trop parfait.

— On dirait un rêve, répétai-je. J'ai peur de croire que c'est réel.

Auric prit ma joue en coupe, son pouce souligna mon œil.

— Tu as traversé beaucoup d'épreuves, Lay. C'est compréhensible que tout ça te paraisse bizarre.

— Mais ce sont mes parents, murmurai-je. Je… je devrais être ravie. Reconnaissante. Enchantée de les rencontrer. Mais je ne peux pas… je ne peux pas me débarrasser de l'impression que tout ça n'est qu'un mensonge.

— Pendant vingt-et-un ans, tu as cru que le roi Sefid et la reine Anaïs étaient tes parents. Puis toute cette histoire a été chamboulée. Tu as été envoyée en prison pour être réformée. Puis sur Terre, où tu as traversé la moitié du royaume des humains pour rencontrer tes vrais parents. Personne ne peut te reprocher d'avoir du mal à gérer ça.

Je déglutis et appuyai ma joue sur sa main pour l'aider à m'ancrer dans le présent.

— Une partie de moi ne se sent pas digne de cette destinée, avouai-je à voix basse. (Je n'avais pas réalisé que je ressentais cela jusqu'à ce que je l'exprime. Mais le dire à voix haute le rendait encore plus réel.) J'ai *Chuté*. Toute ma vie, on m'a dit que seuls les pécheurs Chutaient. Que cette réalité se transforme en ceci me paraît trop beau pour être vrai, comme si j'avais fantasmé tout ça.

Mes compagnons se turent, le pouce d'Auric continuant à caresser ma pommette tandis que Novak se plaçait derrière moi. Leur chaleur se répandit sur ma peau, me calant entre eux, confirmant leur proximité, me disant que c'était réel, qu'ils étaient vraiment avec moi.

Ce n'est pas un rêve, me dis-je. *Tout est réel.*

Tout comme ils étaient réels.

Mes compagnons. Mon monde. Mon *présent*.

— Tu es bien plus méritante que nous, dit Auric au bout d'un moment. Tout ce qu'on nous raconte est un mensonge. C'est… c'est seulement pratique pour toi de remettre en question cette vérité. Mais te connaissant, il m'est plus facile de croire que c'est réel.

— Qu'est-ce que tu veux dire ? demandai-je, soutenant son regard.

— Parce que tu es trop pure pour Chuter, Layla. Tout comme Novak est trop honorable pour ça. Au fond, je crois que je l'ai toujours su. C'est ce qui m'a mis si en colère. Je ne comprenais pas tes ailes noires ou les siennes, et cette confusion m'a mené à la fureur. C'est pourquoi cette explication a bien plus de sens pour moi. Elle me confirme ce que je savais déjà.

Sa paume glissa vers ma nuque, et il me tint devant lui tandis que son regard se plantait intensément dans le mien.

— Tu es spéciale, Lay, chuchota-t-il. Unique. Magnifique. Une vraie reine. Tout comme Novak est un guerrier honorable, méritant et doté d'un talent unique. Tu n'as jamais été punie par les dieux pour un quelconque péché. Tu as été bénie par eux pour tes qualités remarquables et ton esprit bienveillant.

Ses paroles m'allèrent droit au cœur, répandirent leur chaleur dans mes veines.

Car pour la première fois, je croyais vraiment qu'il acceptait mes ailes.

Il n'y avait pas le moindre dégoût dans son regard, pas le moindre mensonge. Juste un mâle rempli de fierté et... *d'amour*.

— Auric, soufflai-je.

Je me hissai sur la pointe des pieds pour l'embrasser – un baiser d'autant plus puissant que Novak se pressait contre mon dos. Ses mains saisirent mes hanches, me retenant tandis qu'Auric dévorait ma bouche.

Ils m'avaient déjà comblée, plongée dans un état de béatitude orgasmique, mais je ne leur avais pas rendu la pareille. Il me parut tout à fait approprié de le faire maintenant, dans le confort de ce palais, dans une chambre avec un balcon donnant sur les vagues de l'océan.

Ils se sentaient menacés par Ketos et notre potentiel d'accouplement. Je devais à Auric et Novak de cimenter leur place dans mon cœur, de leur affirmer qu'ils ne seraient jamais remplacés par un autre.

Je ne nierais pas mon attirance pour Ketos, ni d'être intriguée par son histoire et ses intentions. Il y avait peut-être quelque chose entre nous, mais cela n'enlevait rien à ce que je ressentais pour Auric et Novak.

Ils étaient mes compagnons. Mon cœur. Les autres morceaux de mon âme.

Je fourrai mes doigts dans les épais cheveux blonds d'Auric et m'y cramponnai tandis que sa langue se battait avec la mienne.

Les lèvres de Novak effleurèrent ma gorge, s'arrêtant pour mordiller mon pouls, tandis que ses mains saisissaient l'ourlet de ma robe. La soie glissa contre ma peau, une sensation qui hérissa la chair de mes jambes. De l'air frais s'insinua, taquinant la moiteur entre mes cuisses.

Je gémis contre la bouche d'Auric, mon sang s'enflammant à nouveau. Peu importe qu'ils m'aient donné du plaisir il y avait quelques heures à peine. J'avais besoin de plus. De bien plus. J'avais besoin d'*eux*. En même temps. En moi. Me revendiquant. Me *possédant*.

Mes ongles s'enfoncèrent dans le cuir chevelu d'Auric, le retenant contre moi tandis que Novak glissait sa paume entre mes cuisses pour la poser sur ma vulve nue. Je n'avais pas mis de sous-vêtements, surtout parce que ce n'était pas les miens. Et j'étais *très* contente de ce choix maintenant.

Il glissa son doigt à travers ma moiteur, marmonnant son contentement de me trouver humide et prête pour eux. C'était comme s'ils avaient programmé mon corps pour qu'il réponde constamment à leur contact, leur présence, leurs *grognements*.

Je ronronnai, un son que je n'émettais que pour eux. *Mes compagnons.* Il résonnait plus fort dans cette chambre, comme si je voulais que tout le monde dans le palais m'entende revendiquer mes mâles. Je ne me retenais pas, je le laissai ronfler à travers moi dans l'air calme de la nuit, et onduler sur le balcon jusqu'à l'océan en dessous.

La bouche d'Auric répondit à mon appel, son baiser

devint violent et affamé, comblant un désir que nous partagions tous les deux.

Novak tira sur ma robe, arracha les fines bretelles de mes épaules et me dénuda. Avec l'élixir encore frais dans mes veines − j'avais bu une fiole avant le dîner, tout comme Auric −, mes ailes étaient invisibles, ainsi mon dos touchait la poitrine de Novak. Un frisson me parcourut à la sensation intime de sa peau contre mon dos nu. Je n'avais jamais rien ressenti de tel, et j'en mourais soudain d'envie.

Je décollai ma bouche de celle d'Auric, me tournai vers Novak et capturai sa lèvre inférieure entre mes dents. C'était un geste sauvage, guidé par l'instinct et intensifié par mon ronronnement.

Auric pris la relève sur mon bas-ventre, ses doigts trouvèrent ma chaleur mouillée et l'étalèrent entre mes fesses. Je fis de mon mieux pour me détendre, pour lui permettre de me préparer à ce qui allait suivre, tandis que j'arrachais tous les vêtements de Novak. Il grogna d'approbation, appréciant nettement ce côté sauvage en moi. Mais j'avais besoin de le sentir tout entier contre mon corps. Sa peau contre ma peau. Sa poitrine contre mon dos pendant qu'il me besognait. C'était un besoin impérieux qui motivait toutes mes actions, s'atténuant à peine quand il fut entièrement nu devant moi.

Puis la poitrine nue d'Auric toucha ma colonne vertébrale, ses vêtements semblant s'être évaporés de son corps.

Et ce besoin frénétique se raviva en moi, me faisant pirouetter de nouveau.

Il sourit, son expression suggérait qu'il savait que je réagirais de cette façon et qu'il s'en réjouissait. Je faillis lui grogner dessus. Puis je sursautai quand le membre de Novak toucha mon cul.

— Encore, exigeai-je, appuyant ma demande par un cri guttural d'accouplement.

C'était intense. Charnel. Exquis. Contrairement à tout ce que nous avions vécu auparavant. Comme si quelqu'un m'avait jeté un sort de luxure, m'obligeant à prendre mes compagnons et les baiser jusqu'à l'inconscience.

Je *brûlais* pour eux.

Des vibrations me secouaient, je serrai fort les cuisses pour avoir plus de friction. Mais les mains d'Auric sur mes hanches me calmèrent. Puis il me souleva en l'air, me forçant à enrouler mes jambes autour de sa taille.

Là, pensai-je, me cambrant dans sa chaleur, sentant son érection contre ma chair humide. *Encore.*

— Baise-moi, le suppliai-je.

Les suppliai-je. Car j'avais besoin de Novak aussi. Je tendis le bras derrière moi, attrapai sa nuque et l'attirai vers moi.

— *Maintenant.*

Novak mordit mon cou, son gloussement était un écho moqueur dans mon dos. Mais c'était trop bon pour le réprimander. Il me touchait. Intimement. Entre mes omoplates. Contre mon dos. Peau contre peau. *Ohhhh,* c'était extrêmement tentant, tellement enivrant. Enchanteur. Je me noyais dans une mer de plaisir intense.

Et d'odeurs.

J'inhalai le mélange de cuir, de fumée et de gaulthérie qui m'enveloppait, me réclamait, et embrassait un autre arôme… *l'ambroisie. Des fruits sucrés. Délicieux.*

J'en eus l'eau à la bouche.

J'en voulais toujours plus.

J'avais *besoin* que leurs parfums collectifs m'enveloppent entièrement.

— S'il vous plaît, gémis-je, me cambrant contre Auric une fois de plus.

— Je commence à penser qu'on ne t'a pas dévorée correctement tout à l'heure, murmura-t-il, sa bouche effleurant la mienne à chaque mot. Ça veut dire qu'on doit te baiser fort maintenant, j'imagine.

— Oui, soufflai-je.

Mes yeux étaient mouillés de larmes non versées. Je n'avais jamais été aussi bouleversée de toute ma vie, comme si j'avais besoin qu'ils me mettent à terre, me prennent, me fassent voler et me ramènent au sol à nouveau.

Est-ce que je suis en chaleur ? me demandai-je distraitement, cette intense sensation de luxure me laissant dans le brouillard, troublée et *si chaude*.

J'empoignai les épaules d'Auric, enfonçant mes ongles dans sa peau assez fort pour laisser des marques.

Il grogna en réponse, et dit à Novak de se dépêcher.

Je ne compris pas tout d'abord, jusqu'à ce que je le sente en bas, me préparant encore pour leur pénétration. J'étais tellement égarée dans ce besoin insensé que je n'avais même pas senti ses mains.

Je perds la tête, songeai-je béatement, totalement captivée par la passion charnelle qui palpitait en moi.

Et cette odeur, m'émerveillai-je encore. *Oh dieux, c'est capiteux et juste et ô combien parfait.*

Je me baignais dedans, inhalant de grosses bouffées d'air, la laissant s'installer en moi, me posséder, me marquer comme leur appartenant.

Gaulthérie. Cuir et fumée. Ambroisie.

Quelque chose me chiffonna à ce propos, mais cette gêne disparut dans la seconde, mon esprit se perdant dans les besoins de mon corps, alors qu'Auric se glissait finalement en moi en même temps que Novak me prenait par-derrière. *Complète. Entière. Chez moi.*

Je criai leurs noms, mon ronronnement devint fort et

exigeant, mon corps bougea de lui-même entre eux comme s'il était hypnotisé par une autre entité.

Je ne pouvais pas l'arrêter.

Je ne voulais même pas essayer.

Je cédai, étreignis mes compagnons gémissants et les sentis m'emmener dans les étoiles.

Calé contre la porte du balcon, Auric me tenait contre lui avec aisance, ses lèvres capturant les miennes pour m'adonner au plus doux des baisers. Novak resta dans mon dos, sa bouche dans mon cou, et se servit de ses ailes pour propulser nos corps dans une danse pécheresse éclairée par la lune au-dessus de nos têtes.

C'était d'une sensualité sublime.

Une extase magnifique.

Un accouplement destiné aux vrais compagnons. L'amour. Le sexe. Et la passion.

Je bougeais entre eux avec fluidité, me laissant aller à la chaleur du moment, m'élevant vers les cieux.

— Putain, tu es magnifique, chuchota Novak à mon oreille. Tellement belle.

Je gémis en réponse, l'estomac retourné par l'intensité de notre rut, mes cuisses bloquées autour d'Auric. Il poussa profondément, me frappant à un endroit qui me fit voir des étoiles derrière mes paupières closes.

— On va te faire voler, Lay, jura Auric, ses lèvres effleurant ma joue, tandis que Novak attrapait mon menton.

Ces mots étaient si spécifiques que je me dis que j'avais dû exprimer à voix haute mes exigences de paradis.

Novak tira ma tête sur le côté, me forçant à accepter son baiser sauvage. Je le laissai me guider, me prendre, me baiser, me revendiquer, me faire sienne de toutes les façons possibles.

Il était plus épais qu'Auric, ce qui garantissait que je

sentirais sa pénétration anale pendant un jour ou deux. Mais je m'en fichais. Je *voulais* le sentir là.

Tout comme j'adorai qu'Auric trouve cet endroit au fond de moi, son rythme et sa position étant justes et déterminés.

— Jouis pour nous, Lay, intima Auric.

Ses dents effleurèrent ma gorge et il mordit assez fort pour laisser une marque. Comme mes ongles sur ses épaules. Comme ce que mes dents faisaient maintenant à la lèvre inférieure de Novak.

Revendication, réalisai-je. *Nous nous revendiquons l'un à l'autre.*

Mais ce n'était pas assez.

J'avais besoin de plus de sang. Plus de morsures. Plus de griffures. Plus d'*odeurs*.

J'inhalai à nouveau, me perdis dans la félicité du parfum de mes compagnons.

Auric se jeta sur moi, son pouce trouva mon clitoris et dans un souffle, me propulsa vers les cieux. Je ne m'étais pas rendu compte que j'étais au bord de la folie jusqu'à ce que je voie les mouchetures dorées des étoiles et une paire d'yeux violets sensuels. Brûlant d'intensité. Désir ardent. *Besoin.*

Je déglutis et cillai quand je jouis à nouveau sans préambule, en un orgasme sombre et capiteux qui me déroba ma vue pendant une seconde aveuglante.

Puis elle s'éclaircit et je vis Ketos dans le ciel, ses ailes frangées d'or scintillant comme des étoiles dans la nuit. Mais c'était son visage que je ne pouvais pas quitter des yeux, la souffrance sur ses traits, le désir brutal qui illuminait ses iris brillants.

Ketos, chuchota mon esprit, et je faillis tendre la main vers lui. *Mon troisième compagnon...*

Or les dents de Novak dans mon épaule me

ramenèrent aux hommes en moi, qui me baisaient jusqu'à l'extase et me déclaraient à eux. Et ils me déclenchèrent un troisième orgasme époustouflant qui me coupa le souffle. J'étais incapable de crier ou de parler, et mon ronronnement s'apaisa enfin, alors que Novak et Auric se lâchaient en moi.

Je soupirai, mon corps était épuisé, mais je ne pus m'empêcher de lever les yeux au ciel, curieuse de savoir si j'avais vraiment vu Ketos ou si je l'avais imaginé.

Il était parti.

Pourtant son odeur demeurait. *L'ambroisie assombrie par l'excitation masculine.*

Je pris une autre inspiration, laissant ce parfum me revendiquer avec les autres.

Puis je succombai au sommeil qui me tiraillait l'esprit.

Je fus vaguement consciente qu'Auric et Novak m'emmenaient au lit, leur force étant un point d'ancrage nécessaire dans cette vie, dont je ne voulais pas me passer.

Mes compagnons.

Mes amours.

Mon cœur…

11

KETOS

Putain.

Je relâchai mon souffle, les poumons en feu à cause de l'intensité de ce que je venais d'observer. Quand j'avais entendu le cri d'accouplement de Layla, j'avais été possédé par l'instinct de la trouver. De la prendre. De revendiquer ce que mon âme considérait comme *mien*.

Sauf qu'elle ne m'avait pas appelé du tout.

Ce ronronnement était pour Auric et Novak.

J'aurais dû m'envoler quand j'avais compris leurs intentions, ce qui allait se passer, comment ils allaient la revendiquer.

Mais j'étais trop captivé pour bouger.

Et son ronronnement… *Dieux, ce ronronnement*… J'avais été paralysé par ce son et la sensation qui se propageaient autour de moi. Puis complètement enchanté en les voyant la prendre.

Elle s'agrippait à eux comme une bête affamée qui a besoin d'être rassasiée, et ils répondaient de la même manière. Animale. Dure. Voire cruelle. Pourtant elle miaulait si bien entre eux, se laissant aller aux sensations et se montrant plus que capable de les gérer tous les deux.

Pas de peur. Pas de cris pour qu'ils s'arrêtent. Juste des demandes d'*encore*.

Je passai la main sur mon visage, mes poumons brûlant du besoin de respirer. Mais son odeur… si je l'inhalais… je serais obligé de retourner vers elle. Pour la prendre à ma façon. Pour revendiquer la femelle dont le ronronnement m'avait fait quitter mes quartiers.

Secouant la tête, je sautai de nouveau de mon balcon et courus vers l'océan, loin du palais, loin de Layla, loin de son parfum alléchant.

Quelques vigiles aux abords réagirent aussitôt à mon approche, mais je les dépassai sans me soucier du protocole. J'avais besoin de voler. Les gardes pourraient me réprimander plus tard pour avoir quitté l'enceinte sans les autorisations appropriées.

J'étais un prince. Le fils de deux dieux.

Que pouvaient-ils me faire ?

Non. J'avais besoin d'air frais. D'une nouvelle perspective. D'un *plan*.

Un plan qui m'aiderait à gagner la confiance de ma compagne. Et peut-être même de ses compagnons. Parce qu'il était désormais clair pour moi que pour être avec Layla, j'avais besoin de l'approbation de Novak et Auric. Sinon, il y aurait des conflits dans les liens, et cela conduirait à un cercle affaibli.

Layla ne pouvait pas être le noyau d'un cercle faible, parce que les cercles faibles étaient facilement brisés.

Trouver un moyen pour nous tous de coexister était la seule façon de prospérer.

La question était… *Comment convaincre Novak et Auric de me laisser entrer ?*

12

LAYLA

Dieux, que ce lit est doux, songeai-je en me roulant dans les plumes de duvet, soupirant de bonheur.

Jusqu'à ce que ces plumes se mettent à bouger.

Des plumes qui n'étaient pas les miennes mais qui appartenaient au corps masculin sexy contre moi.

J'ouvris grand les yeux et trouvai Novak affichant un sourire amusé, le sourcil haussé.

— Tu es bien ? me demanda-t-il d'une voix soyeuse, pleine du bien-être causé par nos ébats de la veille au soir.

Je fourrai ma tête sous son aile et humai son odeur de cuir.

— Mmmh, oui, marmonnai-je, n'ayant pas honte d'admettre que oui, j'étais en effet *très* bien.

Sauf que…

Je jetai un œil par-dessus mon épaule et fronçai les sourcils devant l'espace vide derrière moi.

— Où est Auric ?

Je commençai à me redresser, mais Novak m'enveloppa de son aile, me serrant contre sa poitrine.

— Il est allé chercher le petit-déjeuner, répondit-il.

Je plissai les yeux devant l'aisance avec laquelle il avait proféré ce mensonge éhonté. Je connaissais mes compagnons mieux qu'ils ne voulaient l'admettre.

— Tu veux dire qu'il est parti en éclaireur.

— *Et* chercher le petit-déjeuner, oui, murmura-t-il, insistant sur le *et*.

— Hon hon. (Je levai les yeux sur lui à travers mes cheveux en bataille, mon menton sur sa poitrine.) Qu'est-ce qu'il veut repérer ?

Novak haussa les épaules.

— Je compte bien lui demander ça à son retour.

— Et en attendant ?

— Ma tâche est de te distraire pour que tu ne poses plus de questions, admit-il avec un sourire positivement diabolique.

— Des questions comme : « A-t-il réussi à semer les gardes dans le couloir ? » demandai-je. Ou plutôt : « *Comment* a-t-il réussi à les semer ? »

Car je connaissais mon compagnon. Il ne les aurait pas laissés le suivre comme ils l'avaient fait hier soir.

Ils avaient peut-être été là simplement pour nous indiquer le chemin quand nous en avions besoin – ce qui avait été le cas puisque je n'avais pas vu la salle à manger lors de ma première visite avec ma mère. Mais je me doutais qu'il y avait plus que ça, tout comme mes compagnons.

— Des questions de ce genre, tout à fait, dit Novak.

Il effleura ma lèvre inférieure avec ses dents avant de glisser sa langue dans ma bouche.

Je savais ce qu'il était en train de faire. Mais perdue dans son baiser dévorant, je ne m'en souciais guère. Auric pouvait s'occuper de lui-même. Et quand il reviendrait, je l'interrogerais.

Le temps parut s'arrêter tandis que Novak me

réapprenait l'art de sa langue. Il ne me baisa pas. À la place, il m'adora tendrement, ses caresses et baisers imprégnaient chaque centimètre de ma peau. Le besoin qui m'avait consumée la nuit précédente était temporairement assouvi, et je me perdais sans mal dans un langage sans paroles.

Un langage que Novak maîtrisait parfaitement.

Lorsque l'odeur de la gaulthérie se mélangea au délicieux parfum de cuir et de fumée qui me retenait captive, j'ouvris des yeux papillotants en soupirant.

La vue d'Auric poussant un chariot de service orné d'or me projeta directement dans le passé, me faisant hoqueter.

Le mélange de leurs odeurs m'assaillit en même temps. Mais il y avait autre chose… quelque chose qui n'était pas vraiment à sa place.

Quelque chose de… pourri.

Je fronçai les sourcils.

— Tu as apporté des œufs ? m'enquis-je, me demandant si l'odeur aigre venait de là.

— Oui, dit Auric, me calmant un moment, jusqu'à ce qu'il soulève un des plateaux.

Il devint aussitôt clair que l'odeur ne pouvait pas provenir du délicieux petit-déjeuner qu'il me présentait.

Les œufs étaient présentés dans deux coquetiers délicats aux motifs encore plus dorés, avec des fleurs violettes comestibles comme garniture. Ils étaient accompagnés de fines tranches de pain grillé ainsi que d'un morceau de chocolat poudré d'or comme dessert.

— Tu m'as apporté ce que je préfére, m'émerveillai-je.

— Je sais.

Avec un grand sourire, Auris sortit les plateaux de lit du chariot et posa l'assiette devant moi tandis que je me redressais contre la tête de lit.

Novak s'appuya sur son coude avec un drôle de sourire, apparemment satisfait de me regarder manger.

— Tu le sais ? répétai-je, dévisageant Auric.

— Oui, je sais que c'est ce que tu préfères, dit-il en riant. (La collation se complétait d'un verre de jus de grenade.) Je t'ai apporté ce repas pendant des années. Avec du chocolat. Toujours.

Mes joues s'échauffèrent au souvenir de tous ces matins où il s'était pointé avec mon petit-déjeuner préféré. *Toutes ces années où je me languissais de lui. Le désirais.*

Et maintenant… Maintenant, il est à moi.

Il avait l'habitude de me régaler avec les nouvelles du jour, me disant tout ce qui se passait d'important à la Cour Nora.

Mais aujourd'hui, il s'était mis à préparer des plateaux pour Novak et lui.

Tout cela ressemblait à la vie d'avant. À une vie antérieure.

C'était une époque où il était censé m'enseigner diverses leçons, ce qu'il faisait souvent, mais le temps que nous passions ensemble comportait toujours une part de conversation amicale.

J'appris par la suite que mon père ne l'avait autorisé que parce que je me confiais souvent à Auric, et qu'il partageait une partie de ces confidences avec le roi – mais rien qui puisse briser notre confiance mutuelle. Je comprenais qu'il devait placer le devoir au-dessus de tout.

Mais c'était un monde différent.

Et ce n'était pas vraiment une époque dont je voulais me souvenir, étant donné les conflits que je ressentais à propos de ce nouveau monde. Cependant, nous avions vécu de bons moments ensemble.

Du moins, avant le départ d'Auric.

Je laissais les souvenirs tourner dans ma tête en grignotant l'une des fleurs violettes.

— Tu les mangeais toujours en premier, se rappela Auric. (Il s'assit au bord du lit et tendait un plateau à Novak.) Ce sont les mêmes ?

— Tout à fait, m'émerveillai-je.

Tout avait le même goût. Ça sentait pareil, comme si nous étions revenus à un jour passé.

J'inhalai, fermai les yeux, puis fronçai les sourcils.

Non, quelque chose ne sentait toujours pas bon. Je plissai le nez. *Ça ne va pas.*

Je posai la fleur grignotée, un pli soucieux au front.

— Qu'est-ce qu'il y a ? demanda Auric en s'installant contre la tête de lit à côté de moi. Tu ne les aimes plus ?

Je secouai la tête.

— Non. Je veux dire, je les aime bien. Mais… (Je m'interrompis, humai de nouveau et me tournai vers lui. Son parfum de gaulthérie me paraissait comme altéré.) Est-ce que quelqu'un… t'a aidé à faire ça ? demandai-je.

De là pouvait provenir le soupçon d'aigreur que je sentais dans l'air.

Auric hocha la tête.

— Netiri m'a aidé à préparer le petit-déjeuner puisqu'il n'y avait personne d'autre. Apparemment, il y a plusieurs cuisines, et celle au bout du couloir est réservée à notre usage personnel en cas de besoin. Aucun domestique n'y a encore été posté, à part pour la ravitailler.

— Oh.

Je fronçai de nouveau le nez. *Netiri.* Une femelle rivale. *C'est pour ça qu'elle pue autant pour moi ? Pourquoi n'ai-je pas remarqué ça au dîner hier soir ?*

Peut-être qu'elle n'était pas assez proche de moi.

Ce qui me fit me demander à quel point elle avait été proche de mon compagnon si je pouvais la sentir sur lui.

— Est-ce qu'elle t'a touché ?

— Malheureusement, grogna-t-il. Elle a posé la main sur mon épaule en m'aidant à ouvrir le frigo. Je suppose que c'était censé me calmer, mais ça a eu l'effet inverse. (Il me regarda.) Pourquoi ? Tu la sens ?

— Oui.

— L'œuf pourri ? devina-t-il.

Je haussai les sourcils.

— Oui.

— Moi aussi. (Il grimaça et Novak grogna de l'autre côté de moi, partageant manifestement ce sentiment. Vous pourrez m'aider à nettoyer ça plus tard. Quand on aura mangé.

Tap. Tap. Tap.

Novak tapota l'un des œufs à la coque jusqu'à ce qu'il casse la coquille. Le jaune doré déborda sur les côtés, et j'écartai doucement sa main. Je ne pus résister à l'envie de mettre son doigt dans ma bouche et le léchai, puis lui montrai comment casser l'autre œuf avec le dos de la cuillère.

Il se contenta de me sourire, comme s'il savait très bien qu'il ne s'y était pas pris correctement et que ma réaction avait été son intention.

Novak n'était pas fait pour la vie de cour, et je n'aurais jamais voulu l'y forcer. Il était parfait tel qu'il était.

Ces sentiments circulaient muettement entre nous, un autre langage que je commençais à maîtriser avec lui après tant de temps passé ensemble.

Après avoir confessé notre amour l'un pour l'autre. Auric et lui. Ils étaient mes compagnons. Ce qui expliquait ma joie qu'Auric trouve l'odeur de Netiri aussi repoussante que moi.

Ils sont à moi, pensai-je. *Pas à toi.*

Novak grogna, puis adressa à Auric un signe de tête

entendu. Ses cheveux noirs en pagaille tombaient dans ses yeux bleus glacés, lui donnant un air à la fois paresseux et sournois.

Alors… ? semblait-il demander.

— Je n'ai pas repéré grand-chose, déplora Auric. Je n'étais pas allé loin quand Iston m'est tombé dessus et m'a emmené à la cuisine. Puis Netiri est venue. Au moins, je ne suis pas parti les mains vides.

Il désigna les plateaux.

L'expression de Novak me disait qu'il n'aimait pas la réponse d'Auric, tout comme le ton d'Auric me disait qu'il n'était pas content de son manque de découverte.

Mais mes deux compagnons se turent pour s'adonner à leurs repas. Je me joignis à eux, soupirant de contentement devant ces saveurs familières.

Je pourrais m'habituer à vivre comme ça à nouveau.

Peut-être.

— Et les gardes ? m'enquis-je en finissant de manger. Ils t'ont suivi, ou tu les as évités ?

— Ni l'un ni l'autre. Ils m'ont laissé me balader, répondit Auric. Bien que je soupçonne que c'est grâce à eux qu'Iston et Netiri m'ont trouvé. Ou bien grâce aux caméras.

— Aux caméras ? répétai-je, un frisson parcourant mon dos. Je déteste les caméras.

Le Palais Nora en était plein.

— Moi aussi, opina-t-il.

— Je pourrais peut-être en parler à la reine Gaia, me dis-je à voix haute. Voir si elle peut les éteindre dans notre aile ?

— Tu crois que c'est une bonne idée ?

Je haussai les épaules.

— Elle censée être ma mère, non ? Je devrais pouvoir lui parler des choses qui me mettent mal à l'aise.

Quoique, la femme que j'avais cru être ma mère n'avait certainement pas été la bonne personne à qui parler de tout ce qui concernait ma sécurité. « Ton père est le mieux placé pour juger », c'était l'un de ses dictons préférés.

Espérons que cette fois-ci serait différente.

— Tu devrais, acquiesça Novak.

— Elle ne va pas forcément nous dire la vérité, remarqua Auric.

— Je sais, répondit Novak, et tous deux échangèrent un de leurs fameux regards.

— Je ne teste pas le mérite de ma mère, leur dis-je. Je veux développer un lien, lui faire confiance.

— Comme il se doit, murmura Novak, ce qui me fit lever les yeux au ciel.

Il disait ça uniquement parce qu'ils voulaient que je recueille des informations qui pourraient nous être utiles.

Ou bien c'était un mélange où il acceptait que je crée une relation tout en obtenant des connaissances utiles.

Gagnant-gagnant, aurait-il dit.

Et je ne pouvais pas contester ce point.

En soupirant, nous terminâmes notre petit-déjeuner jusqu'à ce qu'il ne reste plus que le chocolat. Je le retournai et observai la poudre dorée.

C'était ironique que j'aie toujours eu une petite friandise comme ça chez moi, ignorant qu'un jour un Noir aux ailes dorées allait bouleverser mon monde.

C'était peut-être un clin d'œil subtil de mon père – *du roi Sefid.* Comme une moquerie. Si c'est le cas, je lui retournais la plaisanterie à présent.

Je fourrai la friandise dans ma bouche tandis que Novak s'éclipsait dans la salle de bain. Il en revint avec l'antidote que ma mère avait mentionné concernant l'élixir. Bien qu'il ne soit pas nécessaire, il était bon de savoir qu'il existait.

— Je crois que c'est le bon moment pour un vol, nous proposa-t-il.

— Mmh, sourit Auric, ça me dirait bien de me dégourdir les ailes. (Il se frotta la nuque.) Ça fait bizarre de ne pas les avoir pendant longtemps.

Novak m'offrit la fiole, mais Auric l'attrapa avant moi.

— Mieux vaut me laisser tester ça d'abord. On ne sait pas ce que ça fait.

— Ça te rend tes ailes, grommela Novak, mais il croisa les bras et attendit.

Auric lui fit une grimace et se glissa hors du lit. Après avoir remis les plateaux sur le chariot, il s'enfila une dose d'antidote.

L'air derrière lui ondula et ses ailes se manifestèrent aussitôt.

Il portait des vêtements que ma mère lui avait fournis, mais elle m'avait informé que le tissu était imprégné de l'élixir qui faisait disparaître nos ailes. C'était une technologie fascinante, mais j'étais plus intéressée par l'émergence de l'arôme agréable d'Auric.

De magnifiques plumes blanches s'évasèrent autour de lui, renforçant l'odeur entêtante de gaulthérie qui imprégnait déjà la pièce.

Plus d'œuf pourri.

Parce que nos fragrances viennent de nos plumes.

Le fait que je puisse encore sentir mes compagnons même sans leurs ailes m'assurait que l'élixir ne faisait que les cacher, rien de plus permanent.

Auric soupira, toute la tension le quittant comme si l'antidote avait un effet revigorant.

— Tout va bien ? lui demandai-je, voyant qu'il ne me donnait pas la fiole.

Il me fixa de ses yeux éclatants et sourit.

— Eh bien, ce n'est pas du poison. Ça n'a pas mauvais goût, et ça fait un bien fou.

Avec un clin d'œil, il me tendit la bouteille tandis que Novak déposait une robe sur le lit pour moi.

J'enfilai la robe mais mis l'antidote de côté, ce qui fit hausser un sourcil à Auric.

Mes lèvres se retroussèrent, mon estomac papillota d'excitation.

— Attrape-moi si tu peux ! criai-je.

Je courus vers les fins rideaux et me jetai dans le vent.

— Layla ! cria Auric, et le grondement de Novak résonna dans mon sillage.

L'incroyable sensation de chute libre sans ailes me terrifiait et m'étourdissait à la fois, mais c'est ainsi que j'avais brisé les effets de l'élixir la première fois.

Je n'avais pas besoin de l'antidote, et Novak non plus. C'était le but de cette petite cascade : rappeler à mes camarades que nous n'avions pas besoin de compter sur quiconque. Pas quand on était ensemble.

La première fois que j'avais brisé l'élixir, c'était parce que mes compagnons étaient en danger. Cette fois, je savais qu'ils m'attraperaient si j'échouais.

Mais je n'échouai pas. Je sentais leur présence dans mon dos et mon amour pour eux remplit ma poitrine, un amour si fort qu'il débordait de mon cœur en vagues, donnant vie à mes ailes.

Les plumes sombres et chatoyantes s'étendaient largement, et j'attrapai les courants d'air bas qui caressaient l'océan, planant au-dessus des vagues scintillantes.

Je ris à gorge déployée quand l'écume m'aspergea la figure.

À quand remontait la dernière fois où j'avais volé pour le plaisir ? Pas pour m'échapper. Ni pour me cacher. Ni pour fuir. Mais pour sentir le vent dans mes plumes ?

Novak fut le premier à attraper le courant aérien sous moi, me forçant à monter plus haut. Il avait réussi à enfiler un pantalon avant de me suivre, mais son torse était nu et brillait au soleil.

Auric arriva derrière moi, puis vola autour de nous pour prendre la tête, avec un sourire rempli de fierté malgré ses yeux étrécis.

Mais un parfum subtil me dit que nous n'étions pas seuls.

Je jetai un coup d'œil par-dessus mon épaule, notant le petit détachement de Noir qui nous suivait. Ils n'avaient rien dit ni fait de gestes menaçants, mais cela expliquait pourquoi Novak prenait une position protectrice sous moi.

Nous volâmes jusqu'à ce que nous trouvions une zone de mares à marée basse qui semblait parfaite pour l'exploration.

Nous atterrîmes et allâmes d'abord nager. Je pus escamoter mes ailes, laissant Novak et Auric faire trempette pendant que j'apprenais à nager comme un humain.

C'était froid. Glacial, même.

Mais j'en appréciais chaque minute.

Je n'arrivais pas à me souvenir d'un moment où j'avais autant ri et où je m'étais sentie si… insouciante.

Était-ce la vie pour laquelle j'étais faite ?

Après une bonne baignade, Auric et Novak séchèrent leurs plumes et m'aidèrent à ramasser des coquillages. J'avais l'intention d'en faire un collier pour Raven afin qu'elle se sente mieux accueillie. Je ne voulais pas qu'elle croie que toutes ces parures m'impressionnaient. Parfois, les choses simples étaient tout aussi efficaces.

Au moment où mon estomac commençait à gargouiller, Auric me rappela que ma mère voulait me présenter ma nouvelle femme de chambre. Je fis la grimace, mais Novak me surprit en acceptant que nous rentrions.

Bien qu'ils soient tous deux avides de réponses, il n'y avait pas grand-chose à faire jusqu'à ce que mon père revienne de son voyage.

De plus, ils voulaient tous deux me nourrir à nouveau.

Toute nue, cette fois.

Avec cette motivation en tête, je fourrai mes trésors dans mes poches humides et les ai rejoint pour retourner dans nos appartements.

Bien sûr, les ombres Noir restaient dans notre sillage. Le détachement de sécurité ne nous avait pas perdus de vue pendant tout ce temps.

C'était la seule chose qui me mettait mal à l'aise dans ce qui aurait dû être une matinée parfaite.

13

AURIC

09:00.

Je plissai les yeux devant cette heure familière. Chaque matin depuis quatre jours, j'entrais dans cette cuisine à la même heure.

Dans trois minutes, Netiri me rejoindrait et me demanderait ce que j'avais prévu pour le petit-déjeuner. Une minute après, je sortirais plusieurs ingrédients du frigo et lui répondrais en fonction de ce que j'aurais pioché.

Sa présence m'empêcherait de faire du repérage. *Encore une fois.*

Ça ne servait à rien puisque j'étais certain de me réveiller chaque jour plus tôt, non à la même heure. Le soleil n'était même pas levé quand j'avais quitté le lit ce matin.

Pourtant, l'horloge indiquait *09:01*.

Il y a vraiment quelque chose qui cloche ici, me persuadai-je. Je me retournai au bruit de talons claquant sur le marbre. *Super. Vraiment génial.*

Netiri apparut l'instant d'après, vêtue d'une jupe

fourreau et d'un chemisier comme chaque foutu jour, et m'adressa un sourire trop éclatant.

— Bonjour, Auric.

Je regardai l'horloge. *Ouaip. Il est maintenant 09:03, même si je jurerais que seules quelques secondes se sont écoulées.*

— Et qu'est-ce qu'il y a au menu ce matin ? s'enquit-elle.

C'est pas tes oignons, avais-je envie de dire, fatigué de ce jeu auquel on jouait.

Les deux premiers jours, j'avais pensé que c'était peut-être une coïncidence.

Hier, j'avais commencé à soupçonner fortement que ce n'était pas le cas.

Aujourd'hui, j'étais certain que nous étions entrés dans une sorte de boucle temporelle bizarre où les activités se répétaient dans la même séquence.

Est-ce que Netiri en est au moins consciente ? me demandai-je en détaillant sa tenue trop parfaite. *Eh bien, si elle l'est, je ne risque pas de lui faire confiance.* D'autant plus qu'elle ne cessait de m'observer avec un regard qui me donnait l'impression d'être une proie. La seule femme autorisée à me regarder de cette manière était Layla.

Ignorant la femelle, j'ouvris le frigo comme d'habitude et me mis à fouiller dans les rayons. J'avais fait cela le premier jour pour donner le change, car Iston m'avait surpris en train de fureter dans le palais et j'avais prétendu chercher la cuisine. Il m'avait amené ici. *Pile à 09:00.*

Donc j'avais pris un chemin complètement différent le lendemain. Or le mâle Noir m'avait rattrapé et débité les mêmes instructions. Me ramenant ici.

La même chose s'était produite hier quand j'avais essayé un troisième itinéraire.

Alors aujourd'hui, je m'étais levé encore plus tôt et

j'étais venu directement ici, juste pour voir ce qui allait se passer.

Et bien sûr, *09:00*, et juste après, l'irruption de Netiri.

C'est quoi ce bordel ?

— Quelque chose te dérange ? demanda-t-elle.

La femelle avait traversé la cuisine pour se placer juste derrière moi. Elle promena ses ongles dans mon dos d'une manière qui aurait été considérée comme bien trop intime si mes ailes avaient été entre nous.

— J'essaie juste de trouver quoi préparer pour ma compagne, dis-je entre mes dents, souhaitant qu'elle se retire.

Je ne voulais pas me montrer impoli, juste lui faire comprendre que je n'étais pas à l'aise dans cette situation. Je rassemblai rapidement quelques ingrédients et m'éclipsai de l'autre côté de l'îlot central.

Elle m'adressa un sourire complice que j'avais très envie d'effacer de sa figure.

Mais je gardai mon calme et fis semblant de ne pas être dérangé par l'expression vorace de son regard. Elle me rappelait une Valkyrie avec son approche trop directe et ses yeux de mangeuse d'hommes. Si elle n'avait pas l'odeur distincte d'une Noir, je m'interrogerais sur son origine. Il lui manquait aussi les dents pointues et les ongles griffus, mais on pouvait les limer.

— Une omelette ? devina-t-elle à la vue des aliments que j'avais piochés.

Je baissai les yeux sur eux, sourcils froncés. Une boîte en plastique de légumes – j'ignorais qui les avait laissés là –, une boîte d'œufs et du fromage.

— Euh, ouais.

Aucune idée de comment faire une omelette, mais bien sûr.

Netiri sauta sur le comptoir, croisa ses jambes et s'appuya sur sa paume.

— Tu veux de l'aide ?

Le double sens me parut assez évident.

— Non, ça ira, lui dis-je, cette fois en établissant un contact visuel direct et en ajoutant un *Va te faire foutre* dans mon regard.

Soit elle était bouchée, soit elle aimait les défis, parce qu'elle sourit.

Cette femelle est un problème.

Non, ce palais tout entier était un problème.

Netiri ne cessait de vouloir m'« aider », ce qui l'amenait toujours bien trop près de moi.

D'abord, elle passa la main autour de moi pour prendre le sel.

Puis, lorsque je commençai à couper les légumes en dés de l'autre côté de l'îlot, elle se pencha pour m'offrir une vue plongeante de son décolleté tout en me complimentant sur mon usage du couteau.

Je faillis la menacer de la poignarder avec si elle ne gardait pas ses distances. Je ne savais pas à quel jeu elle jouait ou si elle était comme ça avec tous les mâles.

Mais je me rappelai que nous étions invités ici. Je n'allais pas faire une scène.

Je voulais juste préparer le petit-déjeuner de Layla et partir. Une tâche qui semblait prendre des lustres avec Netiri qui essayait constamment de m'« aider ».

Je me dépêchai de sortir de là dès que j'eus préparé les repas de mes compagnons, filant sans dire au revoir.

Avec un peu de chance, elle comprendrait, mais j'en doutais fortement.

Lorsque je pénétrai dans la chambre de Layla, je ne pus m'empêcher de penser qu'il y avait un problème plus important que le comportement dragueur de Netiri.

Layla et Novak s'embrassaient paresseusement dans le

lit, et me regardèrent entrer d'un air endormi et satisfait, comme tous les autres satanés jours de cette semaine.

Normalement, cela ne m'aurait pas dérangé. Aujourd'hui, si.

Parce que quelque chose n'allait pas et je semblais être le seul à avoir un problème.

Nous avions l'habitude de servir Layla au lit, donc j'installai le plateau pendant que Novak drapait un peignoir sur ses épaules nues. Elle s'était habituée à la vie sans ailes, et ça aussi me dérangeait.

— Une omelette ? découvrit-elle avec un sourire ravi. J'ignorais que tu savais la préparer.

Elle en coupa une tranche, en prit une bouchée, et haussa un sourcil vers moi.

— Je ne sais pas, répliquai-je, puis je repris mon sérieux en la regardant manger.

Elle ne semblait pas du tout perturbée par l'uniformité de nos journées. J'avais l'impression de devenir fou, surtout quand elle commença à dire à Novak que nous devrions aller nous baigner, comme si on ne faisait pas ça tous les putains de jours.

— Et si tu allais voir ta mère ? suggérai-je quand Layla eut fini son omelette.

Elle s'essuya la bouche et posa sa serviette sur son assiette.

— Mais je la verrai plus tard dans la journée. Pourquoi j'irais la voir maintenant ?

Je haussai les épaules.

— Histoire de changer.

Novak me jeta un regard parce qu'il avait conclu à juste titre que je voulais lui parler.

Ce n'était pas quelque chose que je pouvais identifier, donc ce n'était peut-être rien.

Mais j'avais appris à écouter mon instinct en tant que commandant, et je n'allais pas m'arrêter maintenant.

Layla et moi nous dévisageâmes jusqu'à ce qu'elle pousse un long soupir.

— Très bien. On ira nager plus tard, alors, acquiesça-t-elle en sortant du lit.

Elle choisit un pantalon et un pull aujourd'hui, plutôt qu'une robe, et ébouriffa ses cheveux avant de se tourner vers moi.

— Tout va bien, n'est-ce pas ? Tu n'essaies pas de te débarrasser de moi ?

Quelque chose en moi se tordit à l'idée de lui mentir, alors je ne le fis pas.

— J'aimerais parler à Novak de certaines choses, dis-je sincèrement. Rien de très important. Juste des trucs de guerrier.

Je ne voulais pas l'inquiéter, mais j'avais besoin de comprendre quel était le problème avant de pouvoir commencer à le traiter.

— À quel propos ? demanda-t-elle.

— Des idées de repérage. Comment casser la routine le matin. Ce genre de choses.

Elle fit la moue.

— Ou vous pourriez envisager d'accepter que tout ça soit réel.

— Ce n'est pas toi qui as dit que c'était comme un rêve l'autre soir ? rétorquai-je en haussant les sourcils.

— Eh bien, oui. Parce que… c'est ce que je ressens.

Je hochai la tête.

— C'est pour ça que je pars en repérage. Je veux juste m'assurer que c'est réel, qu'il n'y a pas quelque chose qui nous échappe. D'accord ?

Elle me dévisagea un long moment, puis hocha la tête.

— Je vais parler à ma mère. Voir quelles informations je peux en tirer.

J'aurais bien voulu la croire. Parce que cette semaine, une discussion sur deux avec sa mère avait été une leçon d'histoire comportant fort peu de détails exploitables. Comme l'étiquette de la Cour Noire. Ou comment les dieux étaient vénérés. Des trucs génériques qui ne s'appliquaient pas au *présent*. Bien que l'histoire puisse m'apprendre des choses, aucune des informations fournies par sa mère ne s'était avérée utile.

Sauf le premier jour où elle avait détaillé les traits divins de Ketos.

L'autre après-midi,, j'avais essayé d'en savoir plus sur les différents noms et pouvoirs des dieux, mais Gaia avait dévié le sujet sur Vasilios et ses parents, entraînant Layla dans une conversation sur le fait que la famille avait l'habitude de passer du temps au bord d'un lac dans notre ancien royaume.

Rien sur les pouvoirs de Vasilios ou son droit de naissance, juste des détails sur les vacances en famille que Gaia avait envie de réitérer.

J'avais failli évoquer le fait que les guerriers Nora avaient été formés sur les fameux Nora déchus et leurs péchés, juste pour essayer de ramener la conversation sur un sujet plus pertinent. Toutefois, Layla avait été trop occupée à poser des questions sur la nourriture que la famille avait appréciée au lac.

Ce qui ne correspondait pas du tout au caractère de ma compagne.

Layla avait paru désireuse d'en apprendre plus, du moins auprès de sa mère. Et j'étais d'accord qu'il était important de glaner autant d'informations que possible.

Alors pourquoi perdait-elle un temps précieux à parler de nourriture ?

Je hochai la tête malgré tout, acceptai qu'elle aille parler à sa mère. Peut-être qu'aujourd'hui serait plus intéressant.

— On te rejoindra là-bas dans un moment.

— D'accord. (Elle fronça le nez en dévisageant Novak, puis moi de nouveau.) Juste… ne vous attirez pas d'ennuis. Je ne veux pas fâcher nos hôtes. Ils ont été très gentils.

Novak acquiesça et lui offrit un sourire rêveur qui disait qu'il allait obéir à chacune de ses paroles.

De mon côté, je fronçai les sourcils.

C'est exactement le putain de problème, me dis-je en serrant les poings.

Layla et Novak se comportaient comme des oisillons. Ce n'était pas la reine que je connaissais, et ce mâle aux yeux rêveurs n'était pas non plus le Roi de la prison.

Quand Layla quitta la pièce et que la porte se referma derrière elle, j'attrapai Novak par l'épaule. Car bien qu'elle vienne de nous dire que nous pouvions rester à parler entre nous, il avait bougé pour la suivre.

— Quelque chose ne va pas du tout, déclarai-je.

Novak cligna simplement des yeux vers moi, comme s'il était étourdi.

— Non, tout va bien.

Je le fixai un moment. Le voile sombre sur ses yeux m'effrayait.

— Qu'est-ce qui déconne chez toi ? T'es drogué ?

Nous avions tous mangé les mêmes choses. Je préparais nos repas moi-même, en partie dans ce but. Quant aux dîners, je les avais minutieusement analysés, et n'avais repéré aucune sorte de toxines.

Ça ne voulait pas dire qu'il n'y en avait pas.

Novak claqua une main sur mon épaule.

— Je vais bien, dit-il avec un sourire bon enfant qui ne lui ressemblait pas du tout. Mais peut-être que je suis drogué au bonheur. Parce que je crois que je n'ai jamais été aussi heureux, Auric.

Heureux ? Novak ?

Bien. Je pouvais… comprendre ça.

— Mais la routine, insistai-je. Tous les jours, on prend le petit-déjeuner. Puis on va voler. On se baigne. On revient. Puis on passe l'après-midi avec la mère de Layla. Puis on dîne, et Ketos se montre enfin. (Ce qui me fit penser…) Je veux dire, où est-il toute la journée, au juste ? Où dort-il ? Pourquoi on ne le voit qu'au dîner ?

Novak haussa un sourcil noir.

— Tu m'as l'air sacrément parano.

— Chaque fois que j'entre dans cette foutue cuisine, il est neuf heures, putain. Quelque chose ne va pas du tout, Novak.

Il me dévisagea.

— Sérieux, tu as dormi tout ce temps ?

Sa complète ignorance me stupéfia.

— C'est quoi ce bordel ? Tu ne peux pas me dire que tu trouves tout ça normal. J'ai quitté le lit avant le lever du soleil aujourd'hui, et pourtant il était magiquement neuf heures quand je suis entré dans la cuisine. Et Netiri était là. *Encore.*

Novak me jeta un regard entendu.

— Netiri ?

— La femelle Noir. Elle me tombe dessus tous les matins. Je te l'ai déjà dit.

Novak m'étudia un long moment, puis secoua la tête.

— Écoute, tu as juste besoin de te détendre, Auric. Ça fait longtemps que je n'ai pas pu… souffler un peu. Ne m'enlève pas ça, d'accord ?

Il me repoussa et partit rattraper Layla, me laissant bouche bée.

Est-ce qu'il vient de me dire de me détendre ?

Depuis le temps que je connaissais Novak, je n'avais jamais entendu ce mâle prononcer le mot *se détendre* de cette manière.

Il se passe vraiment quelque chose ici.

Quelque chose dont j'avais besoin de parler pour lui donner un sens.

Espérons que le cousin de Novak n'a pas subi un lavage de cerveau comme mes compagnons.

Je sortis et longeai le couloir, ignorant le garde qui me suivait tandis que j'allais dans la direction opposée à celle de la mère de Layla pour commencer mes recherches.

Je vais trouver Zian, Sorin et Raven. Voir ce qu'ils en pensent. Et je partirai de là.

14

RAVEN

— Novak a dit quoi ? demanda Zian à Auric, en battant des paupières.

— Il m'a dit de me détendre, répondit ce dernier, sa main en visière pour protéger ses yeux du soleil éblouissant.

Sorin, Zian et moi avions passé les derniers jours sur la plage, au pied des nombreuses falaises du domaine, à profiter du soleil et de l'océan. C'était deux nouveautés pour moi, que je ne n'aurais jamais cru connaître. À présent, je refusais de partir.

Ce qui était un peu étrange car je n'étais pas du genre à m'attacher aux lieux, mais celui-ci était magnifique. Splendide. Charmant. Je voulais vivre ici pour toujours, dans la félicité et l'harmonie, sans plus jamais me faire de soucis.

Une pensée troublante en effet. N'est-ce pas ? Peut-être. Mmh.

Je n'en étais pas sûre.

Mais la boisson à l'orange dans ma main avait certainement un goût de paradis.

Je soupirai, fermai les yeux et me relaxai à nouveau dans la chaise longue.

— Eh bien, si Novak nous dit de nous détendre, nous devrions nous détendre, lança Zian en s'affalant dans le transat à côté de moi. Pas vrai, petit oiseau ?

— Carrément, acquiesçai-je en caressant du pouce le collier de coquillages que Layla m'avait donné.

Bien que ce soit un peu bizarre que Novak ait prononcé le mot *se détendre*. Ça ne lui ressemblait pas du tout. Mais il ne parlait pratiquement jamais, alors qui savait ce qu'il aimait dire ou pas ?

Oh, cet océan est si beau ! songeai-je, distraite par les bleus éclatants.

— On devrait aller nager. (Sauf qu'on avait déjà essayé et que c'était plutôt froid.) OK, peut-être pas.

— Qu'est-ce qui ne va pas chez vous tous ? demanda Auric.

Sorin roula des yeux vers lui – il commençait à devenir agaçant.

— Rien, commandant. On se relaxe. Tu devrais peut-être essayer.

Je gloussai et fermai les yeux tandis que Zian murmurait son accord. Parce que oui, cette détente était agréable. Je n'avais jamais rien vécu de tel auparavant. C'était un peu comme flotter sur un nuage, sans le moindre souci – une sensation étrange après avoir passé toute ma vie en prison.

Mmh, fredonnai-je pour moi-même, un souvenir me tannant l'esprit. *Peut-être que je ne devrais pas me détendre. Peut-être... peut-être que je devrais me concentrer sur... Mmh.*

Je ne pouvais pas ignorer la sensation que quelque chose n'allait pas. J'éveillai mon pouvoir de guérison pour chercher un autre traceur de Sayir, mais n'en trouvai aucun. Il les avait placés sur nous dans le dernier pénitencier, peut-être même avant. Mais je ne sentais pas l'infâme technologie de mon *père* – je détestais l'appeler ainsi, mais c'était son rôle dans ma vie ; les autres l'appelaient le *Réformateur*.

Je bâillai et me laissai complètement aller. Et je tombai, tombai, tombai dans un autre état duveteux de bonheur et de relaxation. *Magnifique. Doux. Bon–*

— *Raven,* lança une voix, me tirant de mon nuage d'illusions.

— Mmh ? marmonnai-je.

Mais je ne parlais pas vraiment à voix haute. Non. C'était dans ma tête.

Argh, pensai-je en voyant mon cauchemar prendre vie dans les ténèbres. *Sayir.* Il s'avançait dans toute sa gloire de Nora avec ses ailes blanches aux bords noirs et son expression bienveillante.

— Je vois à travers toi, tu sais, lui dis-je d'un ton un peu ensommeillé.

Car ce n'était pas réel. Juste un autre rêve. Il les avait infiltrés chaque nuit cette semaine, me disant de l'écouter.

« *Rien n'est ce qu'il paraît*, répétait-il. *Protège Ketos et Layla.* »

C'est comme ça que je j'avais su que tout ça n'était qu'un stupide cauchemar.

Car pourquoi diable aurais-je protégé le *prince Ketos* ? D'après ce que j'avais entendu, il était assez puissant par lui-même. Il avait mis Novak à terre, un exploit que je ne croyais même pas possible.

Bien sûr, je ne l'avais pas vu. Alors peut-être que c'était un mensonge.

Mensonge, mensonge, mensonge, me dis-je. *C'est ma vie, n'est-ce pas, mmh ?*

— Raven, tenta encore mon *père*.

— Je ne veux pas te parler pour l'instant. Je fais une sieste sur la plage.

Je le repoussai de la main, en un geste lent comme si j'évoluais sous l'eau.

— Tu dois protéger le prince Ketos et la princesse Layla. Ils sont la clé.

Ça me fit pouffer.

— Tu m'as dit que Layla était la clé. Maintenant il y en a deux ?

— Rien n'est ce qu'il paraît, Raven.

— Oui, tu n'arrêtes pas de dire ça, grognai-je.

— Et tu ne m'écoutes pas. Ouvre tes yeux, mon enfant. Ta vie n'est pas un conte de fées.

— Non, en effet. C'est pourquoi j'apprécie ce répit.

— Il n'y a jamais de répit dans nos vies, poursuivit-il avec une pointe d'irritation. Si je t'ai appris quelque chose, c'est bien ça.

— C'est vrai, admis-je en soupirant.

C'était justement pourquoi j'appréciais ce moment. Peu importait qu'il soit réel ou non. Je le méritais.

— Rien n'est ce qu'il paraît.

— Ouais, ouais, acquiesçai-je, de nouveau somnolente.

Ce spectre devait me laisser tranquille. Même mon subconscient refusait de me fiche la paix.

— *Raven.* Tu vaux mieux que ça. Bats-toi.

Pourquoi ne laissait-il pas tomber ?

— Il n'y a rien à combattre.

— Parce que tu n'ouvres pas les yeux.

C'était vrai, mais je n'avais aucune raison de le faire.

— Je suis entourée de Noir. C'est bon.

— C'est un mirage.

Ça me fit rire.

— Un mirage que tu as créé ? présumai-je.

Il aimait ses mirages. Au moins celui-là était sympa pour une fois, même si je n'y croyais pas une seconde. Aucun de ses mirages n'avait jamais été comme ça. Il voulait juste m'énerver.

— C'est ma technologie, mais ce n'est pas moi.

— J'ai déjà vérifié mentalement. Il n'y a pas de technologie.

— Parce que tu ne creuses pas assez loin. Rappelle-toi le labyrinthe, tous les tests. Considère ceci comme une autre épreuve.

J'y songeai, puis secouai la tête.

— Non. C'est juste un cauchemar pour m'empêcher d'apprécier ma nouvelle réalité.

— Ce n'est pas une nouvelle réalité, Raven. C'est un nouveau jeu. *Réveille-toi.*

Réveille-toi.

Réveille-toi.

Mes yeux s'ouvrirent en papillonnant. Je vis Auric s'éloigner, et c'était sa voix qui résonnait dans mon esprit. Avait-il prononcé ces mots à voix haute ? Oui, en effet, coïncidant avec mon rêve étrange.

Je clignai des yeux plusieurs fois, bizarrement troublée par la réalité de mes cauchemars.

C'était comme si je parlais réellement à mon père.

Une baignade va me rafraîchir, me dis-je, ces bleus éclatants m'allant droit au cœur.

Secouant la tête, je me levai, m'étirai et décidai d'aller nager. C'était bien plus agréable que d'affronter tous ces cauchemars persistants qui ne voulaient pas me laisser tranquille.

Enfonçant mes orteils dans le sable, je gagnai le rivage clapotant, où je repérai un étrange scintillement de plumes blanches qui disparaissait dans le bleu.

Durant un fol instant, je jurai que leurs pointes étaient noires.

Je suis en train de perdre la tête, m'émerveillai-je, m'avançant dans les vagues et sautant en arrière à leur froideur. *Je perds carrément la tête...*

15

AURIC

TOUT LE MONDE a perdu la tête, constatai-je. J'en avais marre de toutes ces conneries. Je devais trouver Layla et Novak et les forcer à briser ce cycle.

Peut-être qu'on pourrait s'envoler pour Rome et se faire passer pour des touristes. Layla aimerait ça. Elle voulait voir des humains.

Bien sûr, on devrait prendre l'élixir avec nous. Mais on serait loin des limites de ce domaine et cela permettrait peut-être à mes compagnons de s'éclaircir l'esprit.

Oui, décidai-je en me dirigeant vers les appartements de Gaia. On la retrouvait presque toujours dans le coin du salon près des portes du balcon. Elle aimait nous offrir du thé et des biscuits, ce que je ne comprenais pas mais acceptais pour apaiser ma compagne.

Tout dans cet endroit semblait artificiel. *Faux*. Trop parfait.

Ça me rappelait la Cour Nora, sauf que tout le monde semblait en faire trop. Presque comme s'ils cachaient quelque chose.

La vérité, sans aucun doute. Quoi qu'elle soit.

Vasilios avait mentionné son absence d'une semaine mais ne nous avait rien dit de ses plans. Maintenant je me demandais pourquoi nous n'avions pas posé de questions. Qui l'avait appelé ? Parce que c'était manifestement important.

Et où était passé son conseiller ? Ou qui que soit celui qui lui avait apporté ce téléphone ?

Comment les choses fonctionnent-elles ici ? Pourquoi on se prélasse tous en se tournant les pouces ?

Et pourquoi diable il est toujours 09:00 quand j'entre dans la cuisine ?

Trop de foutues questions.

Et je n'en avais prononcé aucune à voix haute jusqu'à aujourd'hui.

Pourtant, personne d'autre ne semblait se faire des remarques ou même du souci.

Parce qu'ils sont tous tellement vautrés dans l'opulence et la liberté après le pénitencier ? Ou c'est tout autre chose ?

Quoi qu'il en soit, je résoudrais le problème en emmenant mes compagnons loin de cette demeure palatiale et de son abondance de sentinelles – j'en avais compté au moins sept rien qu'en retournant à l'intérieur. Toutes portaient des tenues décontractées et des armes à la hanche.

Des gardes, de toute évidence.

Et ils m'observaient tous avec un vif intérêt, leur dégoût pour mon espèce émanant de leurs yeux plissés. J'avais l'impression d'être un Noir au milieu d'une horde de gardes Nora – une ironie qui ne m'échappait pas.

Si l'âge des gardes était variable, leurs positions et leurs regards en disaient long sur leur niveau d'expérience.

Bien que la plupart des Noir et des Nora paraissent proches de la trentaine, la façon dont un ange tenait ses ailes reflétait une certaine tranche d'âge. Se déplacer avec grâce en ayant de lourdes plumes n'était possible qu'après un certain nombre d'années. Bien sûr, Layla était d'une grâce exceptionnelle, mais c'était dû à son éducation de princesse, pas à son âge.

J'évaluai en détail chaque garde que je croisais, notant mentalement ce que je devais savoir sur chacun d'eux, ce que je pouvais exploiter.

Certains d'entre eux savaient-ils user de magie comme Ketos ? Ou étaient-ils tout en muscles ?

Mon cœur cognait dans ma poitrine, mais je m'efforçais d'avoir l'air calme. J'errais dans les couloirs à la recherche de mes compagnons.

Layla et Novak devaient reprendre leurs esprits tout de suite.

Arrivé dans les quartiers de Gaia, je frappai, mais il n'y eut pas de réponse.

Bizarre.

J'avais bousculé la routine en envoyant Layla parler à sa mère un peu plus tôt, donc ils pouvaient être vraiment n'importe où dans cet immense domaine.

Soupirant, je repartis dans le très long couloir, les notes salées de l'océan m'invitant à ressortir. J'ignorai cette invite et gagnai plutôt la terrasse à l'étage, puis le salon principal du palais pour voir s'ils y étaient.

Il ne m'échappa pas que deux gardes avaient décidé de me suivre.

Au lieu de protester, je m'aventurai plus en avant jusqu'à me retrouver dans un nouveau couloir que je n'avais jamais emprunté auparavant. Car pourquoi prendre la peine de cacher mes pérégrinations à ce stade ? Ils devaient savoir que je n'avais pas confiance en tout cela.

J'aurais dû être surpris de tomber sur Kyril en train de m'attendre au détour d'un couloir, mais pour je ne sais quelle raison, je ne le fus pas.

Cet endroit était comme un cauchemar qui se jouait de moi.

Il accompagna d'un sourire un hochement de tête poli.

— Bonjour, Auric.

Il fronça les sourcils quand je m'arrêtai à quelques pas de lui et jetai un coup d'œil par-dessus mon épaule pour voir si les gardes étaient toujours là. Ils l'étaient, mais ils avaient mis une certaine distance entre nous après avoir repéré Kyril.

— Tout va bien ? me demanda-t-il, ramenant mon attention sur lui.

Non, putain, tout ne va pas bien.

Au lieu de dire ce que je ressentais vraiment, je serrai les dents et débitai une réponse plus appropriée :

— Tout va bien. J'essaie juste de m'habituer à l'emploi du temps par ici.

Le front de Kyril se rida.

— L'emploi du temps ?

— Tout ça est très nouveau, expliquai-je, en balayant les alentours de la main. Rien à voir avec le pénitencier.

— J'espère bien que non. (Kyril me dévisagea un moment, m'évaluant visiblement.) Je peux vous aider à trouver quelque chose ?

— Non, j'étais juste en chemin pour rejoindre Layla et Novak.

Il s'éclaira à ces mots.

— Oh. Ils sont partis il y a peu, vers l'ouest, je crois.

— Vers l'ouest ? Genre, en volant ? Ils ont dit qu'ils allaient voir la mère de Layla.

Kyril pencha la tête de côté comme s'il réfléchissait à cette affirmation, puis se tapota lentement la lèvre.

— Non. Je les ai vus sortir pour un vol. La Reine Gaia est au marché avec Iston.

— Au marché ?

— Elle cherche quelque chose de spécial pour le dîner.

— Oh. (Je n'y crus pas une seconde.) Eh bien, merci. Je vais voir si je peux rattraper Layla et Novak dans les cieux.

Ou profiter de cette occasion pour fouiner.

Je me retournai et faillis percuter un homme que je n'avais pas entendu se glisser derrière moi.

Ketos.

Je lui dardai un regard noir, aussitôt suspicieux.

— Qu'est-ce que tu veux ?

Ketos émit un petit rire.

— Pas être frappé au visage, ça c'est sûr. Si on allait plutôt faire un tour, mmh ?

J'étais sur le point de rétorquer « *Et pourquoi diable je ferais ça ?* », mais je me rendis compte alors que je voyais Ketos. Pendant la journée. Ce qui n'était jamais arrivé les jours précédents. Il n'apparaissait que pour le dîner, et j'ignorais ce qu'il faisait le reste du temps.

Je le dévisageai un long moment.

Peut-être qu'une balade était juste ce qu'il fallait pour briser cette routine ennuyeuse.

Peut-être qu'il me donnerait quelque chose d'utile, aussi.

Ou bien est-il affecté par la même nonchalance que tout le monde ici ? me demandai-je. *Il n'y a qu'une façon de le savoir.*

S'il m'agaçait ou m'irritait, je lui dirais simplement d'aller se faire foutre, ou je partirais à la recherche de Layla et Novak.

— Tu peux me montrer le chemin vers le côté ouest de l'enceinte ? lui demandai-je, repensant à la direction où mes compagnons s'étaient apparemment envolés.

— Je peux, sourit-il.

— Alors montre-moi.

D'un signe de la main, je lui fis comprendre que je ne

marcherais pas avec lui derrière moi. C'était à lui de me tourner le dos.

Car je n'avais aucune confiance en cet homme.

J'avais accepté son offre uniquement parce que ça cassait la routine.

Et j'avais désespérément besoin d'apprendre quelque chose – *n'importe quoi* – qui pourrait m'aider. Même si cela impliquait de se tourner vers le seul mâle auquel je n'aurais jamais pensé parler volontairement.

Ce satané prince Ketos.

Il hocha fermement la tête et se retourna.

— Suis-moi, alors.

C'était une étrange sorte de trêve. Un geste. Peut-être une démonstration arrogante qui disait *« Je n'ai pas peur de t'avoir derrière moi »*. Ou bien tout cela à la fois.

Mais il m'avait l'air un peu trop pressé d'accepter mon défi et de me présenter son dos. Donc soit il essayait de me donner un faux sentiment de confort – dont il avait l'intention de profiter pleinement –, soit il voulait prouver qu'il n'était pas une menace.

Ma mâchoire se crispa tandis que j'essayais de déterminer sa motivation.

Mais en tout cas, je le suivis. Car j'étais curieux. Et parce que je me sentais un peu perdu dans ce paradis palatial.

C'est faux. Tout ça est faux. Mais personne ne veut m'écouter.

Peut-être que Ketos serait différent.

À moins qu'il ne soit en quelque sorte responsable de tout ça. *Et s'il faisait partie de ce mirage ? Jouant un rôle que je n'ai pas encore compris ?*

Un faux compagnon compatible, peut-être ? Il serait là pour ajouter un soupçon de méfiance et de défi à notre cercle ?

Mais non, si c'était le cas, il aurait essayé de voir Layla en dehors du dîner cette semaine. Or il l'avait laissée tranquille, restant aussi poli que d'habitude pendant les repas.

Pourquoi ? voulais-je demander. *Pourquoi tu n'as pas essayé de lui parler ? De la poursuivre ? De la courtiser ? C'est parce que vous n'êtes pas vraiment compatibles ? Ou est-ce que tu lui laisses juste le temps de s'acclimater à cet environnement ?*

Cet environnement fou, répétitif et tourbillonnant qui n'avait aucun sens.

Je fronçai les sourcils, troublé et tiraillé, me demandant pourquoi je me donnais la peine de le suivre.

Quand je commençai à ralentir, il s'arrêta et se tourna vers moi.

— Si je voulais te faire du mal, Auric, je l'aurais fait.

Je plissai les yeux.

— Alors qu'est-ce que tu veux ?

Il haussa les épaules.

— Continue à marcher et découvre-le.

Plutôt que d'attendre que je me décide, il se retourna et reprit sa marche dans le couloir, tandis que je le fusillais du regard.

Un défi. Un défi que je voulais fuir à toutes jambes.

C'est pourquoi je fis aussitôt un pas en avant. Parce que je n'étais pas un lâche. Et que je n'avais pas peur de lui et de son énergie vaudou.

Je vais trouver ton point faible, décidai-je en plantant mon regard dans son dos. *Je le jure.*

Le prince me lança un coup d'œil rieur, comme amusé par ma menace mentale.

Peut-il lire dans mes pensées ? m'inquiétai-je.

Mais au lieu de confirmer ou d'infirmer la question, il continua simplement son chemin.

Ce regard pouvait être dû au fait que ça l'amusait que

je le suive. Ou peut-être que cet être divin possédait encore d'autres traits dont je devrais me méfier.

Par tous les dieux, je déteste cet endroit et tout ce qu'il représente.

Sauf en ce qui concernait Layla et ses parents. Ainsi que son bonheur.

J'appréciais ces aspects-là, mais rien d'autre.

Et surtout pas le prince qui déambulait devant moi en toute confiance ou l'effet que ce palais semblait exercer sur moi et mes compagnons.

16

KETOS

La réticence d'Auric ressemblait à un coup de fouet dans le vent, mais sa détresse le transperçait comme un couteau. Ma capacité à manipuler l'énergie me permettait d'entrevoir les émotions d'autrui, surtout les plus fortes qui vibraient dans l'aura d'un autre être.

C'était précisément ce que je ressentais chez Auric maintenant, et c'était aussi pourquoi je lui avais proposé d'aller faire un tour. Sa réticence ne me dérangeait pas – je m'y attendais –, mais le désespoir qui l'habitait piquait ma curiosité.

Je n'avais guère passé de temps dans le domaine ces derniers jours, choisissant de m'y arrêter seulement le soir pour dîner. Voir Layla s'envoyer en l'air entre ses compagnons m'avait rendu hésitant sur la façon de procéder.

Surtout parce que je n'étais pas sûr de pouvoir me maîtriser en sa présence.

Il me fallait un effort considérable pour m'asseoir à table en face d'elle et faire semblant de ne pas vouloir la dévorer elle au lieu de mon plat.

Rien que penser à elle me faisait bander. Et ces bruits qu'elle avait faits, son ronronnement, *putain*, ils hantaient mes rêves.

Je la voulais plus que je voulais respirer. Et ça provoquait des ravages sur mes sens.

J'étais rentré plus tôt que prévu aujourd'hui parce que je devais prendre des nouvelles de mes affaires en Irlande, et je ne pouvais pas le faire dans le ciel au-dessus de la mer Tyrrhénienne. Mais j'avais entendu Auric parler avec Kyril sur mon chemin, et je m'étais arrêté pour écouter.

L'anxiété qui se dégageait d'Auric m'avait coupé le souffle. J'avais d'abord été inquiet pour Layla. Or Kyril avait affirmé qu'elle était sortie voler avec Novak.

Ce qui m'avait amené à me demander, *pourquoi Auric est-il si hors de lui ?*

Il ne me semblait pas être du genre à s'inquiéter pour rien. Donc quelque chose n'allait pas.

Je me doutais qu'il ne voudrait pas se confier ici, en présence de toutes les sentinelles. Je nous ai donc conduits nonchalamment vers la terrasse arrière du rez-de-chaussée, puis sur le chemin rocailleux qui menait aux falaises.

Son expression me disait que ce n'était guère mieux, alors je m'arrêtai pour lui faire face.

— Tu préfères voler au lieu de marcher ?

Les ailes manquantes d'Auric confirmaient qu'il avait pris l'élixir récemment, mais il serait capable de se débarrasser du sort avec une simple envie de voler. C'était tout ce qu'il fallait pour briser l'enchantement.

Quant à moi, je préférais ne le boire qu'en cas de nécessité, pour une sortie concernant les humains. Sinon, je gardais mes plumes libres et visibles à tout moment.

Il me jeta un regard inquisiteur.

— Tu veux retrouver Layla et Novak.

— Non, je veux discuter, répondis-je. C'est pourquoi nous allons vers le nord, pas vers l'ouest.

Bien que je l'aie emmené vers l'ouest à travers l'enceinte, comme il l'avait demandé. Mais je n'avais plus l'intention de continuer dans cette direction.

— Parler, hein ? (Il avait l'air sceptique.) Difficile en l'air.

Je souris.

— Eh bien, tu ne parles pas beaucoup, alors je me dis que ça ne peut pas faire de mal.

— De quoi veux-tu parler ?

— Si on allait faire un tour et que je te le disais en l'air ? proposai-je, avant de déployer mes ailes et de m'envoler vers le soleil.

J'avais délibérément formulé cette proposition comme un défi, connaissant très bien le genre d'Auric : il ne laisserait personne le ridiculiser. Surtout pas un mâle de mon ascendance. J'étais un compagnon compatible, ce qui faisait de moi un rival par défaut.

Il ne me déçut pas, se prêta à mon jeu en décollant à côté de moi dans le ciel bleu clair, le front plissé.

— Je ne sais pas ce que tu essaies de faire…

— Quelque chose te tracasse, et j'imagine que c'est lié à Layla, lui dis-je, allant droit au but. (Il n'y avait aucun intérêt à se livrer à des jeux de mots ou de sémantique. Auric aurait préféré que je sois direct, et moi aussi.) Qu'est-ce qui se passe ?

— Pourquoi je te parlerais d'un truc pareil, bordel ? grogna-t-il.

C'était une façon habile d'éluder ma question : il n'avait ni confirmé ni nié un problème. Il avait simplement déclaré que même s'il y en avait un, il ne m'en parlerait pas.

Je comprenais sa réticence, mais il devait savoir que ses joutes verbales ne me feraient pas taire.

Pourquoi devrait-il me parler ?

— Parce que je suis un compagnon compatible, par conséquent elle est importante pour moi, lui répondis-je sans ambages. Si quelque chose ne va pas, je peux peut-être aider. Et tu peux être sûr que je tiens à sa sécurité et à son bien-être.

Il me lança un regard incrédule.

— Ce n'est pas à toi de t'inquiéter pour elle.

— Pas encore, rétorquai-je du tac au tac. Et même si elle n'est pas encore à moi, je n'ai pas l'habitude de renoncer à ce que je veux.

— Tout comme je n'ai pas l'habitude de renoncer aux miens, me renvoya-t-il.

Je plissai les yeux devant l'allégation contenue dans cette déclaration.

— Je n'ai pas parlé de renoncer à elle, Auric. Je ne lui demanderais jamais de choisir entre nous. Ce n'est pas comme ça que les cercles de compagnons fonctionnent.

Ses narines se dilatèrent, il parut s'assombrir à l'insinuation que je venais de lui balancer. *Tu peux vouloir qu'elle choisisse. Mais pas moi.*

— Tu...

Deux sentinelles s'approchèrent, lui coupant la parole, leur allure et leurs expressions me disant qu'elles voulaient nous déconseiller ce petit vol.

Comme si j'allais les écouter.

Je pouvais me débrouiller seul, ce que la plupart des gardes ici avaient compris. Mais l'arrivée de Layla les avait mis sur les nerfs, les rendant bien plus obsédés par la sécurité que d'habitude.

— Suis-moi, intimai-je.

Je m'envolai au-dessus de la mer sans plus expliquer

mes intentions. Le truc était de varier ma routine et de prendre les sentinelles de vitesse. Si Auric était bien le mâle que je pensais, il n'aurait aucun mal à me suivre. Et les sentinelles finiraient par se fatiguer et battre en retraite.

Je contribuai aussi à leur épuisement avec une petite vague d'air énergétique qui rendait le vol difficile. C'était une seconde nature pour moi de les bloquer avec un mur de puissance, mais je le déployai avec soin, m'assurant qu'il n'affectait pas le vol d'Auric.

Je le sentais juste derrière moi, ce qui facilita la construction de la barrière invisible.

Toutefois j'entendis les cris agacés des Noir qui se heurtaient à mon filet d'énergie, indiquant qu'ils étaient plus proches que je ne le pensais.

Je soupirai. Un de ces jours, les sentinelles abandonneraient tout à fait. Je n'avais pas besoin d'un garde, et n'en voulais pas non plus. Leur travail consistait à faire respecter les limites du domaine, pas à me filer.

Quand Vasilios reviendrait, j'avais l'intention de lui en parler, car leur tendance à me suivre avait augmenté à un degré désagréable en son absence.

Il argumenterait sur l'importance d'établir une garde permanente – ce que j'avais combattu pendant des décennies, affirmant que ce n'était pas nécessaire. Quoiqu'avec l'arrivée de Layla, il pourrait l'imposer.

Ce n'était pas une question d'arrogance. J'étais puissant, mais pas inintelligent. Je ne voyais simplement pas l'intérêt d'attirer l'attention sur mon statut. Je préférais aussi mon intimité.

Hélas, cette époque touchait à sa fin.

Mais je profiterais de ma liberté tant que je le pourrais, comme je le faisais maintenant en zigzaguant dans le ciel, semant les gardes à mes trousses.

Auric suivait le rythme juste derrière moi, prouvant son titre de commandant.

Quand je fis enfin une pause, il se mit en vol stationnaire près de moi et arqua un sourcil.

— Je n'aime pas les sentinelles, expliquai-je.

Il grogna, me lança aussitôt un regard suspicieux.

— Écoute, si tu penses que je t'ai attiré ici pour te faire du mal…

— Je ne le pense pas, me coupa-t-il.

Ce fut à mon tour de hausser un sourcil.

— Ah ?

— Tu as déjà démontré ton pouvoir sur moi sur cette falaise. Si ton intention était de me tuer, tu l'aurais fait publiquement. Mais honnêtement, je n'ai aucune idée de ce qu'on fait ici ni de pourquoi je t'ai suivi.

Parce que quelque chose te tracasse, faillis-je dire. *Par conséquent, tu ne réfléchis pas aussi clairement qu'en temps normal.*

Auric ne me semblait pas être du genre à faire quoi que ce soit sans but, et il était venu ici avec moi de son plein gré. Loin des gardes. Loin de la sécurité du domaine. Loin de ses compagnons. Sachant parfaitement que je pouvais lui faire du mal, mais me faisant instinctivement confiance pour m'en abstenir.

Layla n'était pas la seule compatible avec moi, tout son cercle de compagnons l'était. C'est pourquoi l'odeur d'Auric m'attirait. Tout comme mon propre parfum l'intriguait sans doute aussi.

Il pouvait bien ne pas m'aimer, mais il ne pouvait pas nier que nos âmes étaient connectées – un lien créé par les dieux eux-mêmes.

— Soit tu te mets à dire quelque chose d'utile, soit je m'en vais, déclara-t-il d'un ton agacé.

Mais cet air anxieux continuait à flotter autour de lui.

— Pourquoi es-tu si inquiet ? lui demandai-je.

Il simula une parfaite expression de nonchalance.

— Qui te dit que je suis inquiet ?

— Ton énergie. Elle m'a pratiquement étouffé quand je suis revenu au domaine.

Son regard s'étrécit.

— Revenu ? Revenu d'où ?

— Je demeure à quelques kilomètres au nord d'ici, expliquai-je, dans l'espoir que ma réponse le calmerait.

— Pourquoi ?

— Parce que les ronronnements nocturnes de Layla me perturbent, répondis-je franchement. Maintenant, dis-moi ce qui se passe.

Il se hérissa, et j'ignorais si c'était parce que j'avouais avoir entendu les ronronnements de Layla ou à cause de ma demande.

— Je ne suis pas sous tes ordres, *Prince*.

— Non, en effet. Mais tu sais aussi que je ferais tout pour protéger Layla, alors si elle a des problèmes, je peux l'aider.

— Je ne sais rien de toi, remarqua-t-il, l'air frustré. Elle est peut-être une compagne compatible, mais ça ne veut pas dire que tu vas la protéger. Pour ce que j'en sais, tout ça pourrait être à cause de toi.

— Si c'est vrai, alors je sais déjà de quoi tu parles, donc autant le dire, rétorquai-je.

Je tendis mes ailes dans mon dos pour me maintenir au même niveau que lui dans le ciel.

Il lâcha un rire et secoua la tête.

— Tout ça ne rime à rien. (Cet air de détresse réapparut dans son aura, son rire était sans humour.) Je n'aurais pas dû te suivre jusqu'ici.

Ces seuls mots m'indiquèrent à quel point il se sentait mal.

Ce qui, heureusement, jouait en ma faveur. Car ça lui

faisait baisser sa garde juste assez pour me permettre de voir le mâle sous son enveloppe de guerrier.

Un mâle inquiet. Qui s'inquiétait pour ses compagnons.

— Pourtant, tu l'as fait, dis-je lentement. Alors pourquoi ne pas me faire plaisir et me dire ce qui se passe ? suggérai-je. Il n'y a pas de sentinelles ici, et nous sommes bien au-delà des limites du domaine. Il n'y a que toi et moi, et peut-être quelques humains sur un yacht loin en dessous de nous.

Il reporta son regard sur moi, la suspicion dans ses profondeurs m'indiquant qu'il allait lancer une sorte de test.

— Pourquoi y a-t-il autant de sentinelles ?

— Pour protéger le roi et la reine des Noir, répondis-je sans hésiter.

— Et c'est pour ça qu'ils nous ont suivis comme ils viennent de le faire ? insista-t-il.

Je sourcillai.

— Eh bien, non. C'était pour nous dire de ne pas sortir des limites. Mais je ne les écoute jamais. Je n'aime pas être suivi, et avoir une escorte armée ne me plaît pas particulièrement.

— Tu es un prince. Censément la progéniture des dieux. Tu comprends sûrement l'importance d'une escorte armée ? répliqua-t-il.

— Je ne suis pas *censément la progéniture*, je suis le produit des dieux. Quand vous rencontrerez les autres enfants changelins, vous comprendrez. Et…

— Nous allons rencontrer les autres ? releva-t-il, éberlué. D'autres comme toi ?

J'esquissai un sourire.

— Oui. Il y en a trois autres comme moi.

J'aurais cru qu'il l'avait appris par Gaia. Or la bouffée

d'anxiété qui se dégageait de lui me disait qu'il ne savait pas grand-chose. Sinon, il ne serait pas si inquiet.

— Cela dit, il y a une différence entre eux et moi, nuançai-je pour l'inciter à poursuivre la conversation.

— Quelle différence ?

Pour une fois, il parut quelque peu intéressé au lieu d'être condescendant.

Je souris, sachant que cette réponse allait le faire réfléchir :

— Ce sont toutes des femmes.

17

___

KETOS

Les femmes Noir étaient rares.

Les déesses étaient encore plus rares.

Pourtant j'en connaissais quatre, dont Layla.

Auric me dévisagea bouche bée, sa surprise palpable et prévisible.

— Les autres sont toutes des femmes Noir ?

— Oui.

— Alors va t'accoupler avec l'une d'elles, répondit-il aussitôt.

Je blêmis, troublé par cette pensée.

— Elles sont comme des sœurs pour moi. Et on n'est pas compatibles. Pas du tout.

Donc Layla ne serait pas non plus attirée par leurs senteurs. Sinon, j'aurais été au moins légèrement intéressé, de la même manière que je trouvai le parfum de gaulthérie d'Auric attrayant.

Il grogna encore, battant des ailes pour rester sur place dans la légère brise qui se levait.

— Layla n'est pas à toi.

— Pas encore, répondis-je avec assurance. Elle n'est pas *encore* à moi.

Il gronda. Je levai les yeux au ciel.

— Soit on peut se disputer à ce sujet, ce qui finira par m'obliger à te noyer dans la mer, soit tu peux me dire ce qui te dérange vraiment. Au-delà de ton aversion évidente pour moi en tant que rival, je veux dire. Ce qui, soit dit en passant, ne changera jamais. Quand elle me choisira, j'accepterai. On le sait tous les deux.

— *Si* elle te choisit, corrigea-t-il.

Je me contentai de le fixer.

Il me rendit mon regard.

On ne se connaissait peut-être pas très bien, mais nous savions tous deux quelle serait ma réponse à sa déclaration. Parce qu'il donnerait la même dans ma situation.

Je bâillai, fatigué de ce jeu immature de possession.

— Si tu ne veux pas me dire ce qui te préoccupe, alors on peut rentrer. J'ai des affaires à régler. (Je déployai mes ailes, me préparant à m'envoler, mais l'aura qui l'entourait pulsait d'une anxiété qui me retenait captif.) Sérieux, que se passe-t-il ?

Son expression trahit ce qu'il pensait de ma capacité à ressentir son malaise. Mais la texture turbulente de ses iris bleu-vert signalait aussi qu'il voulait dire quelque chose.

J'attendis donc qu'il rassemble ses idées, faisant de mon mieux pour avoir l'air patient. Il semblait tergiverser entre le désir de parler et celui de se taire.

Finalement ses épaules s'affaissèrent, et j'eus la nette impression qu'il cédait à une sorte d'attraction. Peut-être liée à notre propre compatibilité, provoquée par la connexion de nos âmes à travers Layla.

Ou peut-être avait-il décidé que j'étais un dernier recours.

Si c'était le cas, alors j'étais encore plus intrigué.

— Les quatre derniers jours, commença-t-il lentement, remuant la mâchoire comme s'il forçait les mots à sortir entre ses dents serrées. Les quatre derniers jours ont tous été les mêmes.

Je clignai des yeux.

— D'accord… ?

Je trouvais bizarre de s'inquiéter pour ça. Était-il habitué au changement constant en tant que commandant ?

— Je me réveille. J'explore. Mais Iston me trouve, et je vais à la cuisine, où il est toujours neuf heures quand j'arrive. Puis Netiri entre, flirte avec moi bien que je lui rappelle chaque jour que j'ai une compagne, et j'apporte le petit-déjeuner à Layla. Nous volons. Puis on va voir la mère de Layla pour le thé. Puis on se douche, on se change et on vous retrouve tous pour le dîner. On baise. On dort. Et ça se répète.

Je l'étudiai, essayant de déterminer ce qu'il pouvait bien vouloir dire. Ç'avait l'air un peu routinier, c'était sûr. Toutefois, le passage concernant Netiri me surprit. La femelle Noir n'était pas accouplée, mais pas forcément aguicheuse. En fait, Vasilios m'encourageait à la prendre comme conseillère, de préférence à la tête de ma future garde. Elle était âgée, ayant été parmi les rares à échapper à la peste sept cents ans plus tôt, et c'était une amie de confiance de la famille.

Mais un flirt ? Non. J'avais du mal à le croire.

— Écoute, je sais que ça paraît dingue, souligna-t-il, m'ôtant les mots de la bouche. Mais je me suis réveillé aujourd'hui avant le lever du soleil et je suis allé directement à la cuisine, où l'horloge affichait encore neuf heures. Et même pas trois minutes plus tard, Netiri est apparue, comme chaque matin.

— Elle veut sans doute juste voir ce que tu fais, ce que

je peux comprendre puisque tu as admis explorer, répliquai-je. Iston et elle sont tous deux des conseillers de confiance du roi et de la reine. Ils ont carte blanche et se mêlent souvent des affaires de chacun pour des questions de sécurité. (Je ne pus réfréner la note d'irritation dans ma voix, parce qu'ils s'étaient mêlés de mes affaires plus d'une fois.) Ils sont agaçants, mais ça part d'une bonne intention.

— Alors explique l'horloge, dit-il entre ses dents. Comment se fait-il qu'il soit neuf heures tous les matins ?

— Peut-être que tu te réveilles à la même heure ? proposai-je.

— Non.

— Alors peut-être que l'horloge est cassée. (Je haussai les épaules.) Quoi qu'il en soit, je sûr que tout va bien.

— Si tu dis ça, alors je suppose que tu es derrière cette folie.

J'ouvris des yeux ronds. Il ne pouvait pas être sérieux.

— Tu crois que je ferais exprès de t'imposer un horaire répétitif ? Dans quel but ?

— Je ne sais pas ! s'écria-t-il en levant les bras au ciel. Je n'arrive pas à comprendre, mais je parais être le seul à remarquer la répétition. Novak et Layla sont dans un état béat d'ignorance, à répéter simplement leurs actes et à se faire plaisir. Sorin et Zian n'arrêtent pas de se prélasser sur la plage avec Raven, ce qui est en soi un énorme signal d'alarme. Ils ne sont pas du genre à se détendre dans une telle situation. Ils devraient être méfiants et tout remettre en question. Tout comme Novak.

— Donc c'est la normalité de cette vie qui te préoccupe, traduisis-je.

— C'est plus que de la normalité, rétorqua-t-il, ébouriffant ses plumes en un agacement croissant. Je ne peux pas l'expliquer. Mais quelque chose ne va pas. Ce que tu sais clairement, et le but de tout ceci est juste de m'en distraire. (Il secoua la tête, posa ses mains sur ses hanches baissa les yeux.) Je n'aurais pas dû te suivre jusqu'ici.

— Primo, je te jure que je n'ai rien à voir avec tout ça, insistai-je. Et secundo, si ton instinct te dit que quelque chose ne va pas, alors… alors tu as probablement raison. Mais peut-être que c'est ma présence, ou toutes les informations que vous avez apprises cette semaine. C'est beaucoup à assimiler…

Je me tus, ne sachant pas comment continuer, car j'étais sincère. Je croyais fermement qu'il fallait écouter son instinct, et ce mâle avait vécu longtemps. D'après ce que je savais de lui grâce aux rapports de Sayir – qu'il fournissait aux parents de Layla depuis des années –, Auric était un commandant Nora respecté, et avait été le chef de Novak à un moment donné. Celui de Sorin et de Zian aussi.

Donc ses instincts étaient aiguisés, et si quelque chose le tracassait, cela valait la peine de l'examiner.

Cela pourrait être simplement tous ces changements qui le déstabilisaient.

Ou ce pourrait être quelque chose d'entièrement différent.

Son commentaire sur Novak se laissant porter par le courant m'irrita quelque peu, car il me semblait que si Auric sentait que quelque chose n'allait pas, Novak devrait le sentir aussi. Ça m'avait tout l'air d'une potentielle déconnexion.

Tout comme ses commentaires sur Netiri.

— Quand elle flirte avec toi, c'est de quelle manière ? Netiri, je veux dire, précisai-je, puisque j'avais changé de sujet.

— Elle n'arrête pas de me toucher, grogna-t-il d'un ton plutôt exaspéré. Ce matin, elle a fait courir ses doigts le long de ma colonne comme si elle avait le droit de me caresser.

Il frissonna, visiblement pas remis de cette sensation. Je pouvais le comprendre. Le milieu du dos était un endroit extrêmement intime chez un ange, ce que Netiri savait parfaitement.

— Hier, c'était mon bras, reprit-il. Avant-hier, elle m'a caressé la joue au moment où je partais avec mon plateau-repas. Un plateau pour *Layla*. Ce que je lui ai dit, mais ça l'a laissée complètement indifférente.

— Ça ne ressemble pas du tout à Netiri, admis-je.

— Donc tu ne me crois pas, grogna-t-il.

— Non, je dis que ça ne ressemble pas à la Netiri que je connais, répondis-je, considérant tout ce qu'il avait dit. Et elle te laisse tranquille au dîner.

— Oui. Quand elle est devant les autres.

— Je vois, murmurai-je, réfléchissant à ses propos. Et si je vous rejoignais pour le petit-déjeuner demain ?

Il haussa un sourcil.

— Ce qui m'amène à une question : où es-tu chaque jour, pendant la journée ? rétorqua-t-il, ignorant ma suggestion.

— Comme je t'ai dit, je demeure ailleurs. Je ne passe que le soir, mais je dispose d'une suite. Je pourrais rester ce soir, mettre mon réveil à huit heures et te retrouver dans la cuisine à neuf heures. Et observer ce qui se passe.

— Je n'arrive pas à déterminer si c'est un moyen pratique de m'amadouer pour jouer à je ne sais quel jeu, ou si c'est une offre sincère.

— Eh bien, tu le sauras demain matin, je suppose.

Tout comme je découvrirais s'il y avait une quelconque vérité dans ses affirmations. Du moins concernant l'horloge. Je me doutais que Netiri se comporterait au mieux si elle nous trouvait tous les deux dans la cuisine. Ce qui me donna une idée.

— Tu dis que Netiri vient quand tu es dans la cuisine. Vers quelle heure ?

— Trois minutes après neuf heures. Tous les matins, répondit-il aussitôt.

La précision de sa réponse me mit quelque peu mal à l'aise, car cela signifiait qu'il croyait vraiment que ces incidents se répétaient. Mais on s'en occuperait une fois que j'en aurais observé certains.

— Très bien. Je passerai cinq à dix minutes après, voir si je peux la surprendre en train de flirter avec toi.

Il n'y avait rien de mal à flirter, mais Netiri devait savoir qu'il ne fallait pas titiller un mâle accouplé.

Surtout s'il était lié à la princesse Noir.

Les compagnons accouplés étaient notoirement possessifs les uns envers les autres, c'est pourquoi j'avais accepté le coup de poing d'Auric l'autre jour. Il n'avait pas apprécié l'arrivée d'un autre mâle compatible dans son cercle de compagnons et avait réagi. Layla réagirait de la même façon si elle surprenait Netiri en train de toucher Auric.

Et Layla avait le potentiel de provoquer beaucoup de dégâts en tant que fille de deux anciens royaux.

D'après son expression, Auric doutait de l'aide que je pourrais lui apporter, mais il hocha quand même la tête.

— Tu peux aussi inviter Novak, proposai-je.

— Je ne laisserai pas Layla sans protection, rétorqua-t-il.

— Très juste. Alors peut-être Sorin ou Zian ?

Il secoua la tête.

— Ils sont trop… absorbés par ce… ce… *sort*. (Il souffla un coup et se passa les doigts dans les cheveux.) Je suis conscient que j'ai l'air fou, mais je te jure que quelque chose ne va pas.

— On va trouver une solution.

— À moins que tu n'aies tout organisé, marmonna-t-il.

— Tu n'as pas encore dit ce que j'aurais à y gagner.

— Me retirer moi et Novak du tableau ? suggéra-t-il. La prendre pour toi ?

— Et en quoi ça me plairait un tant soit peu ? lançai-je, irrité qu'il parvienne à une conclusion aussi stupide. Vous êtes tous les deux des compagnons idéaux pour Layla. Vous la gardez en sécurité. Vous la rendez heureuse. *Comment* pourrais-je tirer un quelconque bénéfice en gâchant son bonheur ?

Il eut l'air surpris, comme si mon agacement était une émotion qu'il n'attendait pas de ma part. Bien sûr, j'avais tendance à présenter une facette plus professionnelle, mais bon sang, il venait de m'accuser de vouloir faire du mal à ma future compagne. Aucun homme sain d'esprit n'aurait apprécié une telle allégation.

Ses iris turquoises brillèrent pendant qu'il m'évaluait. Puis il hocha la tête comme s'il approuvait quelque chose.

— Demain matin. Neuf heures dix.

— Oui, acceptai-je.

— Bien. (Il regarda autour de lui.) Maintenant, de quel côté… ?

Je souris.

— Pourquoi ? Tu es un peu perdu ?

— Non.

— Tu es sûr ? me moquai-je.

J'étais tenté de le laisser ici et de lui donner une leçon. Cela nuirait probablement plus à notre relation que ça l'améliorerait à ce stade, mais l'idée était séduisante.

Heureusement pour lui, j'accordais plus d'importance à l'avenir qu'au présent.

Je hochai donc la tête et le guidai vers le courant aérien qui ramenait au domaine.

— Si tu veux éviter les sentinelles, prends chaque fois

un chemin différent, lui criai-je. La clé c'est de modifier tes habitudes. Ils ne savent jamais à quoi s'attendre.

— Tu fais ça souvent ?

— Dès que j'en ai l'occasion, confiai-je en souriant.

Je pris de la vitesse, Auric dans mon sillage. Il restait sur ses gardes, comme s'il ne croyait pas vraiment que j'allais le ramener au palais. Mais quand la côte apparut, ses épaules se détendirent un peu. Du moins jusqu'à ce qu'une sentinelle apparaisse droit devant nous.

Je soupirai et m'arrêtai pour saluer Amadeal. Ses yeux bleus cristallins se plissèrent, ses cheveux blond clair me rappelaient un peu la couleur d'Auric. Sauf que ceux de la sentinelle étaient beaucoup plus courts, dégagés sur les oreilles, alors qu'Auric possédait une crinière plus longue et plus fournie.

— Amadeal, laisse-nous passer, murmurai-je.

— Vous avez laissé l'enceinte sans protection. *Encore.*

Je souris.

— Es-tu contrarié que j'aie été plus malin que ton escadron ou que j'aie décliné ton offre de garde ?

— Nous ne pouvons pas vous protéger si vous employez vos boucliers énergétiques contre nous, dit-il dit d'un ton raide et supérieur.

— Que penses-tu de ça ? Quand l'une de tes sentinelles sera capable de déjouer mes boucliers, j'envisagerai de la laisser me protéger. En attendant, je me débrouillerai tout seul, proposai-je, conscient de mon arrogance.

Mais honnêtement, aucun de ses Noir n'était qualifié pour s'occuper de moi.

Auric et Novak étaient les deux seuls ici à s'en approcher, ce que je ne voulais pas avouer à voix haute car cela ne ferait qu'énerver Amadeal davantage.

— Je vais en parler au roi Vasilios, menaça-t-il.

— Je t'en prie, l'encourageai-je. (je déplaçai un peu

d'énergie pour l'écarter de notre chemin.) À la prochaine, Amadeal.

Il jura dans mon dos, ce qui accentua mon sourire.

Auric ne dit rien, mais je sentis l'approbation dans son aura.

Mmh, peut-être qu'il y a encore un avenir pour nous, me dis-je, percevant un léger soupçon du parfum de Layla dans le vent. *Nous serons bientôt ensemble, ma compagne. Bientôt.*

18

NOVAK

MES YEUX DEVAIENT me jouer des tours, parce qu'alors que je scrutais le ciel, j'aurais juré que je venais de voir Auric voler avec Ketos.

Je battis des paupières pour essayer d'éclaircir ma vision.

Puis les deux mâles en question se posèrent devant nous sur le sable, faisant sursauter Layla.

Auric avait affirmé plus tôt qu'il se passait quelque chose d'étrange. Je le croyais maintenant. Parce qu'il venait d'atterrir sur la plage avec Ketos à ses côtés.

Mais où étais-tu passé ? demandai-je d'un regard.

— Oh ! (Layla avait le souffle un peu court.) Hum, salut. Nous allions rentrer pour revoir ma mère.

— Pour le thé de l'après-midi ? devina Auric, qui jeta un bref regard à Ketos avant de se tourner à nouveau vers notre compagne.

— Oui, répondit-elle en fronçant les sourcils. Ça pose un problème ?

— Pourquoi ça en poserait un ? C'est ce qu'on fait tous

les jours à deux heures. Pourquoi aujourd'hui serait différent ?

Le tranchant de son ton ne m'échappa pas. Je faillis l'attraper par le bras pour lui demander quel était son problème, mais Ketos se mit à parler, introduisant ainsi une toute nouvelle inconnue dans l'équation.

— Ça vous dérange si je me joins à vous ? s'enquit-il.

Oui, pensai-je en le fusillant du regard.

— Non, bien sûr que non, répondit Layla. Plus on est de fous, plus on rit.

Auric grogna. Je faillis gronder.

Ketos adressa à Layla un sourire éblouissant.

— C'est bien mon avis.

Ouais, bien sûr que c'est ton avis. Mais il pouvait toujours rêver, ce n'était pas près d'arriver.

— Peut-être que tu pourrais escorter Lay pendant que Novak et moi allons voir Sorin et Zian, proposa Auric.

Je le fixai bouche bée. *Mais qu'est-ce que tu racontes ? Escorter Lay ? Tu as perdu la tête ?*

— J'en serais ravi, approuva Ketos en offrant son bras à Layla. On y va ?

Elle cilla, surprise.

— Je, euh…

Elle lança un regard à Auric, sa confusion était évidente.

— Tout va bien, dit ce dernier. On vous rejoindra. D'ailleurs, Ketos n'est-il pas censé t'enseigner l'histoire ?

Je plissai les yeux. *N'est-ce pas ce que fait sa mère toute la semaine ?*

Mais Auric m'ignora, portant son attention sur Layla et le bras tendu de Ketos.

— Tu pourras nous raconter après, ajouta-t-il.

Après quoi ? faillis-je demander, serrant le poing sur mon flanc. *Pourquoi tu permets ça, bordel ?*

De toute évidence, je n'avais pas été assez attentif tout à l'heure.

Auric avait dit que quelque chose n'allait pas, et maintenant il le prouvait avec ce comportement insensé. *Laisser Ketos escorter* notre *compagne ? Tu as complètement perdu l'esprit ou quoi ?* avais-je envie de savoir.

Bien sûr, elle serait en sécurité avec le mâle. Il était compatible, donc il la protégerait. Mais je ne voulais pas qu'il la touche – ce qui était en train de se produire en ce moment même, vu qu'elle glissait son bras sous le sien.

Je fis un pas en avant, prêt à arracher ce membre offensant du corps de Ketos, mais Auric m'arrêta en posant la main sur ma poitrine.

Je grondai après lui, ce qui incita Layla à se retourner vers nous.

— C'est bon, mentit Auric. Novak et moi avons juste une certaine agressivité que nous devons régler.

Elle fronça les sourcils, visiblement gênée par cette idée.

— Peut-être que je devrais…

— Vas-y, lui dis-je, posant les yeux sur Auric.

Il avait voulu faire une déclaration, attirer mon attention, et il avait réussi.

— C'est bon, Lay, mentit encore Auric, me faisant plisser les paupières. Ketos me parlait justement de son travail. Je pense que tu vas trouver ça fascinant.

L'autre mâle haussa un sourcil, m'indiquant qu'ils n'avaient pas du tout discuté de ça. Mais il gomma rapidement l'expression avec un sourire et opina :

— Oui. À Dublin. Mon travail dans les investissements financiers.

Je ricanai.

Mais Layla semblait attirée par l'accent du Noir. Ou peut-être par lui.

Parce qu'il la touche. Ce que je reprocherais à Auric puisqu'il avait orchestré tout ça.

Ketos se mit à parler, distrayant suffisamment Layla pour qu'elle lui emboîte le pas, tandis qu'Auric et moi restions silencieux dans leur sillage, fixant le Nora tandis que Layla s'éloignait de nous au bord de ma vision.

À chaque pas qu'elle faisait, ma colère montait.

Tu viens de la laisser partir avec ce golden boy, accusai-je Auric du regard.

— Il ne va pas nous la voler, répondit-il à voix basse. Il ne pense pas qu'elle va faire un choix.

Et tu crois ça, putain ?

— Il m'a paru assez offensé quand j'ai suggéré l'alternative, à savoir qu'il avait l'intention de la prendre pour lui. Il m'a sorti une répartie du genre pourquoi ferait-il sciemment du mal à Layla ? Ce qui… est sans doute un bon point.

Je me renfrognai. *Donc il t'a embrouillé et tu l'as cru ?*

— Si nos rôles étaient inversés, je ne voudrais pas que Layla choisisse. Surtout en sachant à quel point ses compagnons comptent pour elle. (Il déglutit, mal à l'aise.) Je n'aime peut-être pas ce bâtard, mais son lien avec elle signifie qu'il la protégera. Et je préfère qu'il soit à nos côtés pour la protéger plutôt que nous combattre.

Je levai les yeux au ciel. *Alors il t'a séduit avec son odeur.*

Auric sourcilla.

— Arrête avec ce jeu du silence et parle à voix haute, putain.

— Tu es un idiot.

Mon commandant aboya un rire et fit quelques pas en arrière.

— Sans doute. Mais qu'est-ce que je suis censé faire, bordel ? Aucun d'entre vous ne veut m'écouter.

Oh ? Alors ta réaction a été de te confier à lui ? Le prince Noir ? Notre foutu rival ?

Je pivotai sur mon talon et flanquai mon poing dans la figure d'Auric parce que ça me faisait beaucoup plus de bien que de voir ma compagne partir avec ce prince pompeux. Et ça me permit aussi de dissiper un peu de ma fureur d'être *remplacé* par cet enfoiré.

Le coup prit Auric au dépourvu, et du sang gicla sur sa lèvre, mais c'était loin d'être assez violent pour me soulager de ses torts.

Tu l'as envoyée avec ce connard ? Seule ? Après être revenu d'un rendez-vous dans le ciel ?

Mais qu'est-ce que tu as dans la tête, bordel ?

— Novak, avertit Auric.

L'air miroitait derrière lui, signalant que ses ailes étaient sur le point de réapparaître. Les miennes étaient librement hérissées dans mon dos, avec leurs lames tranchantes et mortelles.

Je ne tuerais pas Auric, mais je le ferais souffrir si ça pouvait le réveiller.

— Écoute-moi, Novak. Quelque chose ne va pas, commença-t-il. Rien de tout ça n'est…

Je ne le laissai pas achever sa phrase. Je poignardai ses pieds avec mes plumes-rasoirs et le fis danser. Il sauta sans mal hors de portée des armes, puis ses ailes surgirent et le propulsèrent vers moi en une attaque directe.

Comme j'étais déséquilibré, Auric fut assez rapide pour m'envoyer un coup de poing au visage. La douleur explosa dans ma mâchoire, je grondai et pivotai pour bloquer mon bras autour de son cou.

Tu as perdu la tête ? grognai-je tandis qu'il baissait le menton pour m'empêcher de lui couper les voies respiratoires. *Pourquoi tu n'écartes pas les jambes de Layla pour lui, hein ? Ou alors il t'a déjà enculé, et maintenant tu es son chien ?*

Auric avait beau n'être pas capable de m'entendre, il me *comprit*.

Et me maîtrisa avec une rare démonstration de force, me retournant sur le dos et me rouant de coups de poing.

— Réveille-toi, Novak, putain ! intima-t-il. Rien…

Coup de poing.

— De tout ça…

Coup de poing.

— N'est réel !

C'était des paroles bizarres, qui se gravèrent en moi tandis que j'essayais de bloquer ses frappes puissantes.

Je ne me souvenais pas de la dernière fois où je l'avais vu comme ça. *Qu'est-ce qui ne va pas chez lui ?*

Les gardes crièrent, tentèrent de nous séparer, mais Auric les repoussa en rugissant.

Ce petit répit me laissa hébété et je fixai le ciel brisé, plissant les yeux sur les étranges motifs dans l'air qui dansaient d'avant en arrière.

C'est quoi ce bordel ? me demandai-je.

Je ressentais quelque chose d'incongru. Je n'arrivais pas à mettre le doigt dessus, mais ç'avait sûrement à voir avec le fait d'avoir été frappé plusieurs fois au visage par mon commandant furieux.

Me relevant péniblement, je me débarrassai de cette sensation bizarre du mieux que je pus. *Je vais te botter le cul,* grognai-je en m'élançant à nouveau sur Auric.

Nous aurions pu facilement nous battre jusqu'au coucher du soleil, mais Sorin et Zian fondirent du ciel sur nous.

— C'est quoi votre problème à tous les deux ? s'écria Zian, dont les pieds atterrirent sur ma poitrine, me faisant reculer de plusieurs pas.

Sorin retint Auric et tous deux nous écartèrent encore plus l'un de l'autre. Je montrai les dents.

Raven se tenait à l'écart, sourcils froncés, l'air perplexe. Elle jetait des coups d'œil à l'océan, puis à nous, comme si elle essayait de se libérer d'un enchantement.

Ce n'était pas la première fois qu'Auric et moi nous battions, mais peut-être la première fois qu'elle nous voyait nous sauter à la gorge comme ça.

Ressaisis-toi, grognai-je à Auric.

— C'est toi qui dois te réveiller, me lança-t-il.

Pourquoi persistait-il à dire ça ? J'étais bien réveillé !

Et énervé.

Parce que ma compagne était seule avec Ketos en ce moment, quelque part où je ne pouvais pas la voir, et *Auric* avait permis que cela se produise.

À quoi pensait-il de toute façon ?

Je m'éloignai d'un pas raide, ne pouvant regarder Auric sans risquer d'être violent à nouveau, et m'aventurai dans le palais, le sang rugissant dans mes oreilles.

Une lueur étrange semblait scintiller sur toutes choses. Les murs. Les tableaux. Le sol.

Avec quelle force cet enfoiré m'a-t-il cogné ? me demandai-je.

Sauf que l'ordre d'Auric de me réveiller résonnait dans ma tête.

Et je ne pouvais pas écarter cette impression que quelque chose n'allait pas du tout.

Et si Auric était sur une piste ? Et si rien de tout ça n'était réel ?

19

LAYLA

Kᴇᴛᴏs sᴇʀᴠᴀɪᴛ le thé de la même manière que ma mère, ce qui me fit me demander si elle lui avait enseigné cet art.

Au lieu de garder cette question pour moi, je la lui posai :

— Est-ce que tu as aidé à élever Ketos ?

D'après mes précédentes discussions avec elle, je savais qu'il avait été trouvé tout bébé, son pouvoir indiquant son héritage divin. Ainsi que ses marques d'or, peut-être. Et elle avait mentionné qu'un cercle de compagnons l'avait élevé en Irlande. Mais je ne savais pas grand-chose d'autre.

Ma mère écarquilla les yeux à cette question, puis jeta un coup d'œil à Ketos et lâcha un petit rire.

— Non, il a été entièrement élevé en Irlande par Gadriel, Batar et Ariel. Tous les enfants changelins apparaissent dans des cercles de mâles forts de par le monde, lesquels les élèvent. Et comme aucun de nous ne peut se permettre d'être au même endroit, il est rare que nous nous retrouvions pendant de longues périodes. Comme cette semaine.

Ketos sourit en réponse.

— Oui. Généralement, le temps que nous passons ensemble équivaut à moins d'une journée. Comme votre mère l'a dit, nous ne pouvons pas rester longtemps ensemble. Ça fournit une trop belle cible pour les Nora.

— C'est pour ça qu'il y a tant de gardes ?

Je me rappelais l'escadron de sentinelles dans le ciel lors de mes vols matinaux avec mes compagnons.

— Oui, murmura Ketos. Il y en a en abondance ici en ce moment pour assurer votre sécurité à tous.

Je fronçai les sourcils.

— Pas à vous ?

— Ketos n'arrête pas de leur échapper, confia ma mère d'un ton conspirateur. C'est un vrai rebelle.

Il gloussa et se détendit dans le canapé près de moi. Il était assez proche pour me toucher, mais il conservait une faible distance entre nous, comme s'il ne voulait pas trop empiéter sur mon espace.

— Je n'ai pas besoin d'un garde.

— Si, tu en as besoin, répondit-elle avec aisance. Mais je vais garder cet argument pour mon mari.

— Un geste très gentil, murmura Ketos.

— J'ai toujours été généreuse, répliqua-t-elle.

Ses yeux pétillaient d'une sorte de plaisanterie que je ne compris pas. Mais Ketos rit, suggérant qu'il saisissait le double sens.

Lorsqu'il surprit mon regard confus, il haussa un sourcil et interpella ma mère :

— Vous n'avez pas parlé à votre fille de votre lignée ?

— Elle ne l'a pas demandé.

Je fronçai de nouveau les sourcils.

— Je ne comprends pas. Que voulez-vous dire par « lignée » ? Comme des grands-parents ?

Je me redressai un peu. Je savais que mon père était fils

de dieux, comme Ketos. Mais je n'avais pas pensé à la lignée de ma mère.

— Oui, tes grands-parents, acquiesça-t-elle, le regard toujours rieur. Les dieux, autrement dit.

— Oh.

Je fus un peu découragée. Car je ne pouvais pas vraiment rencontrer des dieux.

— Votre mère fait exprès d'être élusive, murmura Ketos, son regard violet étincelant de connaissance. Elle est assez puissante, cependant. Parce que sa mère était une descendante directe des dieux, comme Vasilios. Ce qui fait de votre mère une deuxième génération ayant une lignée très forte.

Je sourcillai.

— Quel dieu ?

— La déesse de la fertilité, dit doucement ma mère. C'est pourquoi je fournis toujours des conseils d'accouplement ou le don de procréation.

Je la fixai, bouche bée.

— De procréation ?

Elle hocha la tête.

— J'ai aidé plus d'un cercle de compagnons.

— C'est aussi pourquoi elle trouve toujours en premier les changelins – qui sont aussi de mon espèce, ou les enfants divins de ma génération, ajouta Ketos. Les dieux les lui laissent, lui confient notre protection.

— Mais je croyais… je croyais que vous aviez dit que les dieux les déposaient près des puissants cercles de compagnons ?

— En effet, murmura-t-elle. Mais je suis la première à les sentir.

— Y compris Ketos ?

— Y compris Ketos, répéta-t-elle, posant sur lui un regard pétillant. Il a été le dernier cadeau des dieux.

— Les changelins apparaissent tous les cinquante à soixante-dix ans depuis un peu plus de deux siècles, précisa Ketos. Ce qui signifie que vous devriez en recevoir un autre bientôt, si les dieux continuent à nous accorder leurs faveurs.

Elle acquiesça, ses cheveux fuchsia brillant dans les rayons du soleil de l'après-midi qui entraient par les portes de son balcon. Tout comme la suite qu'elle m'avait donnée, la sienne possédait une terrasse qui s'étendait tout le long du salon jusqu'à ce que je supposais être des chambres à l'arrière. Je n'étais venue que dans le salon principal où elle préférait servir du thé et des biscuits.

— Ketos est le plus jeune des changelins, me dit Gaia. Il a eu soixante ans le mois dernier.

Je le dévisageai, évaluant son apparence de jeunesse. Comme tous les anges, il avait très bien vieilli, ses traits figés à jamais à l'approche de la trentaine.

— Vous êtes très beau pour votre âge, Ketos.

Il sourit, et me parcourut des yeux avec le même intérêt.

— Tout comme vous, Princesse.

— Je n'ai que vingt et un ans, dis-je, rougissant tandis qu'il continuait de m'étudier. En… années Nora ?

Je posais la question car je ne savais pas trop s'il y avait une différence.

— Le temps s'écoule de la même manière ici que dans notre royaume d'origine, expliqua ma mère, décelant mon incertitude. La plupart des aspects sont similaires, à part la mortalité et la fragilité des humains. Et ils ne peuvent pas voler. (Elle désigna Ketos.) Ton fiancé en sait beaucoup plus que moi sur les mortels. Les changelins font tous semblant d'être des humains dans leurs premières années, et vont même dans leurs écoles et universités.

— Oui, confirma-t-il. J'ai étudié à Oxford en

Angleterre. En fait, j'avais prévu de m'inscrire bientôt à Yale, aux États-Unis, pour préparer un diplôme de médecine. Mais je pense que tout cela va changer maintenant que vous êtes là.

— Un diplôme de médecine ? répétai-je, fascinée. Spécialisée sur les humains ?

Il inclina le menton.

— Leur anatomie de base est semblable à la nôtre. Nous sommes invincibles et immunisés contre leurs maladies, mais je me suis dit que cela pourrait m'aider à comprendre un peu mieux les mutations et les fléaux potentiels.

— C'est aussi ce que Kiya a étudié, intervint ma mère. L'une des autres changelins. Elle est médecin à Seattle.

— Kiya, une femelle changelin ? relevai-je, une sensation inattendue roulant dans mon estomac.

Ketos est-il aussi compatible avec elle ?

Ma mère but une gorgée de son thé avant de répondre :

— Ce sont toutes des femelles, à part Ketos.

— Oh.

Je n'aimais pas trop ce détail.

Ketos tira doucement une mèche de mes cheveux, attirant mon attention sur lui.

—Je ne suis pas compatible avec elles, Layla.

—Je... je ne pensais pas à ça, mentis-je.

Son sourire me dit qu'il savait que je mentais.

— Je voulais juste que vous le sachiez. Elles sont comme des sœurs pour moi. Ce que votre mère sait parfaitement.

Elle lui adressa un sourire innocent qui me fit comprendre qu'elle avait abordé le sujet exprès pour me provoquer.

—Bien sûr.

— Mmh, fredonna-t-il, clairement amusé.

Nous tombâmes dans un silence complice, qui fut bien vite rompu par une sonnerie de téléphone.

Je m'adossai à ma chaise en soupirant tandis que Ketos, sourcils froncés, sortait l'appareil.

Sauvée par le téléphone.

— J'oubliais que j'avais des affaires à régler, avoua-t-il d'un air penaud, en me jetant un regard. Auric et vous m'avez distrait.

J'esquissai un sourire destiné à le mettre à l'aise.

— Ce n'est pas grave.

Ketos se leva, puis hésita. Mais Gaia lui sourit à son tour.

— Prends ton appel. Nous serons là, ou nous vous verrons plus tard au dîner.

Ketos nous présenta ses excuses et s'inclina avant de partir, bien que de toute évidence, il n'en avait aucune envie. Cela me rappela un peu mon père quittant la table l'autre soir. Il n'avait pas souhaité s'excuser, mais s'y était senti obligé.

Quelles affaires urgentes ont-ils donc à régler ? me demandai-je. Non pas que cela me dérangeait, mais je voulais vraiment comprendre comment ils vivaient dans ce monde.

Mon père n'avait pas donné de détails sur la raison de son voyage, ce que je réalisai à cet instant. J'avais été prise au dépourvu lorsque ma mère avait mentionné une femme de chambre – ayant appris depuis que je l'appellerais si nécessaire, ce que je n'avais pas encore fait – et je n'avais pas posé de questions. Je faillis le faire maintenant, mais l'expression de Gaia me dit qu'elle-même avait une question urgente :

— Alors, qu'en penses-tu ? Es-tu aussi attirée par le prince qu'il l'est par toi ?

Une bouffée de chaleur monta dans mon cou, surtout que je savais à présent que son don était lié à la *fertilité*.

Donc mentir ne serait pas possible dans une telle situation.

Plus tôt, j'avais aussi tenté de cacher ma possessivité innée envers lui — et sans doute échoué. Ç'avait été une réponse intrinsèque, née de notre lien potentiel plus que de toute autre chose. Toutefois, je ne pouvais pas nier que le prince m'intriguait. Pas seulement à cause de son parfum, mais aussi de sa personnalité. Il était exactement le genre de compagnon que j'avais désiré en grandissant.

À part Auric, en tout cas.

Mais Ketos et lui ne pouvaient pas être plus différents.

Auric était un guerrier. Mon protecteur. Quelqu'un qui me forçait à apprendre. À grandir. Pour devenir un ange meilleur.

Alors que Ketos était royal, un mâle qui comprenait la politique, destiné à diriger.

Et Novak… Novak était ma bête. Mon chevalier silencieux. Celui vers qui je me tournais toujours quand un problème devait être résolu.

Ma mère arqua un sourcil, mon silence persistant devait l'intriguer.

Je m'éclaircis la gorge.

— C'est un peu accablant, avouai-je doucement. Je ne vais pas te mentir. J'éprouve de l'attirance pour lui. Mais Novak et Auric sont les miens. Et leurs opinions comptent aussi pour moi. Je ne les vois pas accepter Ketos, ou quiconque, dans notre cercle de compagnons.

D'ailleurs peu importait qui c'était. Nul ne serait assez bien pour moi à leurs yeux. Pas même un dieu.

Ou peut-être était-ce précisément ce qui les faisait se sentir si menacés.

Ma mère me dévisagea longuement.

— Je comprends que tes compagnons représentent beaucoup pour toi, mais s'ils ressentent la même chose envers toi – ce que je soupçonne –, alors ils seront ouverts à tes choix.

Je me mordillai la lèvre, n'en étant pas si sûre. Oui, ils se souciaient de moi autant que je me souciais d'eux. Mais ils étaient très possessifs.

Et je n'étais même pas certaine de vouloir que Ketos rejoigne notre cercle. Je le connaissais à peine. Donc pour l'instant, que Novak et Auric l'acceptent ou non était un débat stérile. Parce que *moi* je ne l'acceptais pas.

Pas encore, en tout cas, murmura une petite voix en moi. Une voix traîtresse. Qui avait un peu trop aimé la sensation de son bras sur le mien tout à l'heure. Qui s'attardait encore dans les notes résiduelles de son parfum d'ambroisie dans l'air.

Ma mère sourit d'un air entendu, captant probablement mon intérêt non exprimé.

— Il ne te poussera pas à choisir, Layla. Il est très patient.

— Patient, répétai-je, roulant ce mot sur ma langue avant de sourire. Je ne pense pas qu'Auric ou Novak connaissent la définition de ce terme.

Ce n'était pas vrai. Ils s'étaient tous deux montrés très patients avec moi lorsque nous étions enfermés dans le pénitencier.

Mais tellement de choses avaient changé depuis. Avaient *évolué.*

Et concernant Ketos, je doutais fort qu'ils sachent être *patients* avec lui.

Bien qu'Auric l'ait laissé m'escorter jusqu'ici, me rappelai-je, fronçant un peu les sourcils. *Il voulait parler à Novak.*

Où sont-ils ? Pourquoi ne sont-ils pas encore là ? Que font-ils ?

— Les humains ont un dicton, reprit ma mère, m'arrachant à mes pensées. La patience est une vertu.

— Mmh, marmonnai-je, amusée par la tournure de la phrase. Je savais que j'aimais les humains pour une bonne raison.

La reine Gaia rit, un son décontracté et réconfortant à mes oreilles. Elle tenait son thé sur ses genoux. J'étais sûre qu'il était froid depuis longtemps, mais elle finit par en boire une gorgée, posant sur moi un regard pensif.

— Tu as tellement de choses à apprendre. Tu n'as guère eu de choix dans ta vie. (Elle posa son thé sur la table.) Cette fois, c'est différent, Layla. Cette fois, tu peux choisir.

Ça me hérissa, car je savais qu'elle parlait de Ketos.

— J'ai choisi, répliquai-je. J'ai choisi Auric et Novak.

Ma mère cligna des yeux plusieurs fois.

— Bien sûr, je sais. (Elle jeta un coup d'œil à la porte.) Je te vois rarement sans l'un ou l'autre. Où sont-ils maintenant ?

Sa question raviva mes pensées, me faisant sourciller.

— Je les ai laissés discuter dehors.

Mais je les soupçonnais de se bagarrer pour une raison que je ne comprenais pas bien.

Enfin, si, un peu.

Auric avait permis à Ketos de m'escorter, et Novak n'avait clairement pas approuvé.

J'aurais dû rester, pensai-je. *Mais je me suis sentie obligée… de venir ici.*

Comme si quelque chose n'aurait pas tourné rond si je ne l'avais pas fait. Une faille dans un programme. Ce qui était une sensation bizarre.

Oui, j'avais établi une routine ces derniers jours, qui incluait de passer du temps avec ma mère. Mais ça ne l'aurait sûrement pas dérangée que j'aie quelques minutes de retard.

— Comment s'intègrent-ils ? demanda-t-elle, interrompant encore mes pensées.

— Comment s'intègrent-ils ? répétai-je comme un perroquet.

Eh bien, voyons voir. Novak fait semblant de ne pas savoir se servir d'une fourchette la moitié du temps, et l'autre moitié, il me montre tout ce qu'il peut me faire avec sa langue.

— Novak n'est pas fait pour la vie de cour, remarquai-je. Mais il ferait n'importe quoi pour moi.

— Et l'autre ? Le Nora ?

— Je crois qu'il a du mal à s'adapter.

Pas seulement à cause de son comportement aujourd'hui, mais de son comportement en général. Il libérait rarement ses ailes, alors que Novak déployait souvent les siennes.

Est-ce parce qu'il ne se sent pas à sa place avec ses ailes blanches ?

Je pourrais le comprendre. La honte d'être la seule à avoir des ailes noires à la Cour Nora me blessait encore au fond du cœur. C'était une plaie qui ne guérirait sans doute jamais complètement.

J'avais détesté mes ailes. Auric détestait-il les siennes en ce moment ?

Est-ce qu'il détestait être ici parce qu'il était l'intrus ?

C'est de ça que mes compagnons discutent dehors ?

— Il ne doit pas se sentir très bien accueilli, présuma ma mère d'un ton songeur. Je vais voir si je peux trouver un moyen de l'aider. C'est ton compagnon, ce qui le rend important pour nous tous.

Une vague de soulagement déferla en moi, et j'allais lui exprimer ma gratitude quand la porte du salon s'ouvrit à la volée.

Les yeux ronds, je découvris un Novak ensanglanté grognant sur le seuil comme un animal fou.

Oh merde.

Je me levai, alarmée, et Gaia poussa un soupir désapprobateur.

Car non seulement il était débraillé, mais aussi en train de saigner sur son parquet.

— Novak, soufflai-je. (M'avançant vers lui, je remarquai les entailles et les bleus qui fleurissaient sur tout son corps.) Qu'est-ce qui ne va pas ? Qu'est-ce qui s'est passé ?

C'est Auric qui t'a fait ça ? Pourquoi ?

Son regard parut s'adoucir quand je le rejoignis. Mais il lui fallut un moment pour se rappeler comment former des mots.

—Je suggère qu'on aille se préparer pour le dîner.

Le dîner ? Bien sûr.

Ravalant la boule dans ma gorge, je me tournai pour adresser à ma mère un faible sourire.

— Nous, euh, te verrons au dîner, alors ?

Les traits de ma mère étaient dépourvus d'expression. Même si elle souhaitait manifestement que mes compagnons se sentent bienvenus, ils devaient au moins faire un effort.

Et quoi qu'il soit arrivé à Novak, c'était une histoire qu'il ne semblait pas désireux de raconter devant ma mère.

Ça me convenait. Je ne voulais rien d'autre que fuir d'ici au plus vite avant qu'elle nous jette dehors.

— Bien sûr, ma chérie, dit-elle avec un sourire crispé.

Novak lui adressa un signe de tête – il eut au moins cette décence – avant de tourner les talons, sans même prendre la peine de s'assurer que je le suivais.

Je serrai les poings et quittai la pièce à grands pas.

Parce qu'il allait bien malgré tout, il était juste énervé.

Novak a intérêt à avoir une bonne raison de m'humilier comme ça.

Et où est Auric, putain ?

20

RAVEN

Les pieds dans le sable granuleux, je contemplais la mer, dont les vagues scintillaient en une invite chaleureuse. Pourtant je savais que l'eau était froide. Alors pourquoi persistais-je à vouloir nager ?

Mon esprit essaie-t-il de me dire qu'il y a quelque chose dans l'eau ? me demandai-je en regardant autour de moi.

La vague impression de vivre un rêve tourbillonnait à nouveau en moi, me donnant le vertige. Je tentai de la combattre en me servant de mon don de guérison, mais cette sensation brumeuse de bonheur continuait à envahir mon esprit.

Peut-être... peut-être que je devrais juste plonger dedans, songeai-je.

Je faillis le faire, mais la peur des picotements glacés me retint.

C'est ridicule. J'avais affronté bien pire que des vagues froides.

« Réveille-toi. »

Les mots d'Auric résonnaient dans ma tête, exigeant que j'ouvre les yeux. *Que je me réveille.*

L'eau glacée ruisselait sur mes orteils, mais au lieu de reculer, je m'avançai vers l'étendue liquide.

« *Réveille-toi.* »

Le ton d'Auric changea un peu. Plus grave. Me rappelant quelqu'un d'autre.

Fronçant les sourcils, je me forçai à faire un autre pas. Puis un autre. Jusqu'à ce que ma poitrine me fasse mal à cause de la chute brutale de la température.

Ça ne va pas. Ça ne va pas du tout.

Je le sentais. Quelque chose arrivait… quelque chose de mortel.

Ça va m'avaler tout entière.

« *Réveille-toi* », répéta la voix.

Pas Auric. Mais qui ?

L'océan tournoyait autour de moi, et le sable se dérobait sous mes pieds, me laissant à la merci de l'eau glacée qui se referma sur ma tête sans prévenir.

Je criai, mais l'eau s'engouffra dans ma bouche et m'étouffa.

Pourquoi étais-je entrée dans la mer ? Je ne savais même pas nager !

J'essayai de me mettre debout, mais je n'arrivais pas à trouver mon équilibre. Et un fort courant m'emportait latéralement.

« *Réveille-toi !* » rugit cette voix.

Sayir ? pensai-je, battant follement des bras pour remonter à la surface.

Mon instinct me disait de déployer mes ailes et de m'envoler – vers le ciel, vers la sécurité. Mais j'avais pris l'élixir quelques instants plus tôt, et il me laissait toujours déséquilibrée et désorientée. Pour je ne sais quelle raison, je ne m'en étais pas souciée jusqu'à présent.

« *Enfin !* » gronda la voix, me donnant le vertige.

Qu'est-ce qui se passe ?

Des taches sombres pailletaient ma vision, mes poumons réclamant de l'air. Cette sensation de fausseté se pressa tout autour de moi comme si l'océan voulait m'engloutir, refusant de me lâcher maintenant que j'avais réalisé que quelque chose n'allait pas.

Mais je n'étais pas seule. Non, je n'étais jamais vraiment seule.

La voix de mon père résonnait dans ma tête.

« *Tu vois ?* »

L'océan parut me recracher à ce moment-là. Je haletai, toussai − et *ouvris les yeux*.

Ce fut comme si je voyais pour la première fois depuis des jours. Juste un instant, tout devint clair.

Des guerriers Nora.

Un portail dans l'océan.

Une armée. J'écarquillai les yeux, et un cri se logea dans ma gorge remplie d'eau.

« *Réveille-toi !* cria mon père. *Et cours !* »

Sorin ! Zian ! J'appelai mes compagnons, mais ma bouche refusa de fonctionner. Tout comme mon corps. Je… Je ne pouvais pas… Je tourbillonnais, désorientée, la tête en bas, en train de me *noyer*.

« *Ne me laisse pas tomber*, menaça mon père. *Pas après tout ce que je t'ai donné.* »

Va te faire foutre, lui répondis-je dans un grognement. Mon regard retrouva les guerriers. Ils clignotaient, tour à tour visibles et invisibles, quand quelque chose m'attrapa par-derrière. Quelque chose de dur. Musclé.

Un bras.

Mais je nageais dans le mauvais sens. Il m'entraînait vers le bas. Sous l'eau. *Il me tuait*. Je tentai de me débattre, plantai mes ongles dans la chair en criant sans bruit sous les vagues. Puis soudain, une force m'arracha aux flots.

— Respire, m'intima Sorin, ses lèvres à mon oreille, me faisant cligner des yeux.

Je haletais, mes poumons hurlaient leur besoin d'air et mon esprit était troublé par les souvenirs, la réalité et ce putain de mirage qui nous entourait.

Parce que les soldats étaient partis.

Le portail avait disparu.

Un mauvais rêve ? me demandai-je, fronçant les sourcils.

« *Tu vois ?* » Cette voix résonna dans ma tête, la présence de mon père m'étouffant une fois de plus.

Je cillai, bouche bée, en voyant le mirage s'estomper à nouveau, révélant le portail au-delà.

Un Nora se tenait à proximité, ses lèvres retroussées en un sourire cruel tandis qu'il observait mes compagnons me traîner vers le rivage. Il ne me regardait pas moi, mais *eux*. Et une rage meurtrière brillait dans ses yeux.

Puis il disparut de nouveau derrière un voile de ciel bleu. Tous disparurent. Les soldats et le portail aussi.

Je clignai des yeux une nouvelle fois, et me retrouvai entourée d'une poignée de sentinelles une seconde plus tard, quand mon dos atterrit sur la roche.

Mais ces guerriers-là étaient Noir, pas Nora.

Est-ce que j'avais perdu la tête ?

— Que… que s-s'est-il passé ? bégayai-je, écorchant mes mots.

— Tu as essayé de nager, répondit Zian, l'air soucieux.

— Sans succès, je dois dire, se moqua Sorin.

— Sans aucun succès, renchérit Zian.

— Mais… mais le portail…

Je toussai encore, mon esprit s'embrumant une fois de plus, le rêve s'installant à nouveau.

Ou était-ce la réalité, et la vision était le rêve ?

Je suis tellement désorientée, perdue.

Iston se pointa avec un plateau de cocktails.

— Vous allez bien ?

— Elle va bien, grogna Zian.

Il attrapa un verre et me le tendit.

— Bois, mon petit oiseau.

À moitié dans les vapes, j'acceptai l'offre et bus à petites gorgées. C'était bien plus agréable que l'eau de mer salée et m'aida à me détendre.

Je fermai de nouveau les yeux et pris une grande respiration.

Mais je ne pouvais pas oublier les gardes Nora. Ni le portail au-delà. Même quand mes compagnons m'aidèrent à regagner ma chaise longue.

Un serviteur remplit nos plateaux de plage de friandises et j'en piochai une doucement, la grignotai sans vraiment la goûter, tout en scrutant l'océan en quête d'un indice que tout ceci n'était qu'un mirage.

— Je pourrais vraiment m'habituer à vivre comme ça, déclara Sorin tandis que je croquais une olive sur un bâton fantaisie. (Puis il me regarda.) À part le danger de noyade.

— Peut-être qu'on devrait lui apprendre à nager comme prochain entraînement, suggéra Zian.

Entraînement, songeai-je, appréciant ce mot. Il me rappelait une époque où la survie était notre norme. Non pas que ça me manquait, mais quelque chose me turlupinait encore.

J'ai vu quelque chose dans l'eau...

Qu'est-ce... Qu'est-ce que c'était ?

Un... un portail ?

Je fronçai les sourcils. *Qu'est-ce qui m'arrive ?*

— Marché conclu, dit Sorin en tapant son bâton sans olive contre le verre de Zian.

Mes compagnons réfléchissaient à comment

m'empêcher de me noyer à nouveau tandis que je m'étendais sur ma chaise longue et fermais les yeux, ayant besoin de me reposer.

Peut-être que la noyade avait provoqué une hallucination due à la peur ? me demandai-je. *Ou peut-être que je rate quelque chose.*

Peut-être… Peut-être que je dois juste me réveiller.

21

LAYLA

— Que s'est-il passé ? demandai-je à voix basse quand nous empruntâmes le couloir menant à notre suite.

— Auric a perdu la tête, marmonna Novak. Mais je pense qu'il pourrait avoir levé un lièvre.

— Qu'est-ce que tu veux dire ?

Il jeta un coup d'œil autour de lui comme s'il cherchait une sentinelle ou une caméra.

— C'est trop parfait ici.

Je fronçai les sourcils.

— Trop parfait ?

Il s'arrêta à la porte de nos chambres.

— Ouais. Genre trop beau pour être vrai.

— Comme un rêve, opinai-je.

— Exactement.

— Est-ce vraiment si terrible ? On a traversé beaucoup d'épreuves. Alors même si tout ça paraît un peu étrange, est-ce qu'on ne mérite pas ce sursis ?

Il m'étudia un moment, sans nier ni approuver, et poussa la porte.

Auric se tenait derrière, la figure toute propre, mais je distinguais quand même les ecchymoses persistantes sur sa mâchoire.

Quand aucun d'eux ne bougea ni ne prononça un mot, je sus que cette bagarre avait été pire qu'un simple échange de coups. Mes compagnons avaient tendance à évacuer leurs frustrations l'un sur l'autre, ce qui se terminait souvent par du sexe, mais cette fois-ci, c'était différent.

Ils se fixaient l'un l'autre, et la tension palpable dans l'air me fit reculer tandis que je réfléchissais à ce que je devais dire.

Auric passa ses doigts dans ses cheveux humides.

— Je vais faire un tour, dit-il en me frôlant. Tout seul.

— *Auric*, lançai-je d'un ton sans appel.

Je n'allais pas le laisser s'en aller sans la moindre explication. Il se retourna et darda son regard sur moi, mais il n'était pas en colère. Ses yeux brillaient de perplexité et de désespoir.

— Qu'est-ce qui se passe ? m'enquis-je, me forçant à adoucir mon ton, une main posée sur son bras musclé.

Auric sembla soupeser ma question et son regard dériva vers Novak. Puis il fronça les sourcils.

— Cet endroit n'est pas ce qu'il paraît.

Apparemment, je devrais m'en contenter car il m'ignora et partit sans un mot de plus.

Je voulus le suivre, mais la voix de Novak m'arrêta :

— Laisse-le partir.

Je stoppai mais ne me retournai pas. À la place, je scrutai le couloir en essayant de comprendre pourquoi mes compagnons perdaient l'esprit.

À quel propos au juste ? Tout était super ici, n'est-ce pas ?

Mais pas pour lui, me dis-je. *Les Noir le détestent au premier coup d'œil.*

À cause de ses ailes.

Il avait passé sa vie à juger les Noir, à les haïr, pour découvrir que c'était tout le contraire. Et maintenant, comme un fichu coup du sort, les rôles s'étaient inversés.

Ce n'est pas son utopie. C'est son cauchemar qui prend vie. Un cauchemar que je comprenais très bien. Je fis un pas vers lui, mais Novak me saisit à la taille.

— Il ne devrait pas être seul en ce moment, chuchotai-je, le cœur serré.

Novak effleura ma nuque de ses lèvres.

— Je crois que c'est exactement ce qu'il lui faut, petite cerise.

Je secouai la tête.

— Il se sent déjà seul. Il… il a besoin de nous. (Je refermai ma main sur les doigts de Novak et sourcillai en constatant qu'il saignait toujours.) Et tu dois soigner ces blessures.

— Seulement si tu m'aides, murmura-t-il à mon oreille.

J'ouvris la bouche pour protester, mais il me coupa la parole :

— Il va revenir. Laisse-lui juste quelques minutes.

— Comment peux-tu en être sûr ?

— Parce que c'est Auric. Il est parti pour éviter de me cogner encore. (Sa voix était douce mais claire contre mon oreille.) Crois-moi, petite fleur. Il n'ira pas loin. Pas avec toi ici.

Je déglutis, la gorge serrée.

Cela ressemblait à un choix. Un choix que je ne voulais pas faire.

Mais Novak le fit à ma place, en me tirant à travers la pièce vers la salle de bain.

Auric avait mal, mais Novak aussi. Parce qu'ils s'étaient battus l'un contre l'autre.

« Cet endroit n'est pas ce qu'il paraît. »

Pourquoi ? voulais-je lui demander. *Parce que c'est l'inverse de ce qu'on a toujours connu ?*

Ou voulait-il insinuer autre chose ?

Novak me fit asseoir sur un tabouret, puis alla se laver les mains au lavabo. Je battis des paupières dans son dos, me perdant un instant dans ses plumes quand il ôta sa chemise enchantée.

Puis je me renfrognai quand il se retourna pour révéler son torse meurtri.

Il prit des affaires de toilette sur le lavabo – dont je supposais qu'Auric s'était servi – et se tourna pour tamponner quelque chose sur son front.

Quand il siffla, je me levai et le poussai sur le tabouret, prenant ses soins en charge. Ça m'aida à me sentir un peu utile. Et ça me laissa le temps de réfléchir pendant que je nettoyais les blessures de mon compagnon.

Auric s'était comporté normalement ces derniers jours. Mais aujourd'hui, quelque chose l'avait irrité. Quelque chose qui s'était produit pendant ses repérages ce matin. Et ç'avait déclenché une étrange série d'événements, à commencer par son envie de parler à Novak. *Seul.*

— De quoi avez-vous discuté ce matin à propos des repérages d'Auric ? m'interrogeai-je à voix haute, réalisant que personne ne me l'avait dit.

Novak resta silencieux un instant, ses iris glacés scintillaient.

— Il a essayé de me dire qu'on est coincés dans une sorte de routine. Et il pense que quelque chose ne va pas à ce sujet.

— Pourquoi ?

— Parce qu'à chaque fois qu'il va dans la cuisine, il neuf heures pile. Peu importe quand il se réveille, c'est toujours cette heure-là.

Je fronçai de nouveau les sourcils.

— L'horloge est cassée ?

Il secoua la tête.

— Je ne sais pas. Mais il a aussi parlé de Netiri.

Mon regard s'étrécit.

— Qu'est-ce qu'il y a avec elle ?

— Il a dit qu'elle est *toujours* là.

Ma poitrine émit un grondement que je ne pus réfréner.

— Pourquoi il ne me l'a pas dit ?

— Je l'ignore. (Ses narines se dilatèrent, ses pupilles aussi.) Mais j'ai aimé ce son. Fais-le encore.

Je soupirai, et continuai de nettoyer les coupures sur son visage.

— Concentre-toi, Novak.

— Je suis toujours concentré, petite cerise, répondit-il. (Mais quelque chose dans cette déclaration le fit sourciller.) Sauf dernièrement. Auric m'a joué un sale tour.

— Bon, tu n'aurais peut-être pas dû te battre avec ton commandant.

Je ponctuai la suggestion en appliquant un tampon d'alcool directement sur sa lèvre éclatée. Il grogna en réaction.

— Il t'a donné à Ketos comme un putain de dessert sur un plateau d'argent.

La létalité de son ton me donna la chair de poule.

J'envisageai d'appeler Raven pour lui demander de guérir Novak, mais je doutais que mon compagnon l'apprécie. De plus, il n'était pas si blessé que ça. Il avait surtout une entaille sous l'oreille qui avait saigné le long de sa mâchoire – que je finissais de nettoyer à présent. Une lèvre éclatée, que j'avais déjà soignée. Et des jointures tuméfiées. Il survivrait sans l'aide de Raven.

De plus, Auric était un combattant compétent, ce que Novak savait très bien. Il voudrait guérir à l'ancienne toutes les blessures qu'il avait gagnées.

— Rien à dire sur Ketos ? m'aiguillonna Novak.

Je soutins son regard.

— Il n'y a rien à dire parce qu'il ne s'est rien passé.

Il plissa les paupières.

— Mais vous êtes compatibles.

— De toute évidence.

— Est-ce que tu le veux ?

Une question directe, à laquelle j'aurais dû m'attendre de la part de Novak, qui n'était pas du genre à mâcher ses mots. Je déglutis, examinant de nouveau la blessure sous son oreille.

— Je suis… attirée par lui, avouai-je à mi-voix. Mais je le connais à peine.

— Tu me connaissais à peine aussi, me fit-il calmement remarquer.

— Notre situation était différente.

— En quoi ?

— Eh bien, pour commencer, on partageait une cellule. Je ne pouvais pas échapper à ton odeur.

C'était censé être un commentaire léger, mais il me saisit le poignet et ses yeux bleu argenté étincelèrent quand je croisai son regard.

— Tu ne peux pas échapper à la sienne non plus. Pas ici.

Je l'étudiai un long moment, puis me raclai la gorge.

— Je vous ai, Auric et toi.

— En effet, acquiesça-t-il. Mais ça ne me dit pas si tu veux aussi Ketos.

Ce n'était pas le genre de Novak d'être bavard, ce qui signifiait que cette conversation était importante.

Très importante.

Parce que sa bagarre avec Auric concernait Ketos, réalisai-je. *Et Auric permettant à Ketos de m'escorter pour aller voir ma mère.*

Est-ce que ça voulait dire qu'Auric était plus ouvert à l'idée de ma compatibilité avec Ketos ? Ou bien c'était autre chose ?

Auric était toujours respectable. Or il ne s'intégrait pas ici. Ce qui avait été bien clair dès le début.

Est-ce qu'il songe à partir ? me demandai-je, mon cœur manquant un battement. *Est-ce qu'il… est-ce qu'il pense à ce que Ketos… le remplace ?*

Non.

Non !

Je ne le permettrais jamais.

— Layla ? appela Novak d'un ton quelque peu inquiet.

— Est-ce qu'Auric pense que je veux le remplacer par Ketos ? Parce que je vais le tuer si c'est le cas.

Novak ouvrit des yeux ronds.

— *Quoi ?*

— C'est pour ça qu'il est si bizarre ? Il n'a même pas tenté de s'intégrer ici depuis une semaine, et il propose déjà des alternatives ? Il croit que je vais juste accepter Ketos comme, quoi, *un remplaçant* ? (Ma colère enflait à chaque mot.) Parce que ça n'arrivera *pas*. Auric est à moi. Et toi aussi.

Novak resserra sa prise sur mon poignet.

— Layla.

— Quoi ? grognai-je, furieuse à présent.

— Prends une douche avec moi.

J'arquai les sourcils.

— Tu te fous de moi ?

— Je ne plaisante pas, répondit-il, me dominant de toute sa taille. Déshabille-toi.

Je lui grondai dessus. Et il fit de même.

— Auric est là dehors à penser que je peux le remplacer, m'emportai-je. Et tu veux prendre une douche ?

— Il ne pense pas que tu vas le remplacer, répliqua Novak. Et si c'est le cas, je vais lui faire entendre raison.

Mon regard s'étrécit.

— Sauf si je le frappe d'abord.

Il retroussa le coin de ses lèvres.

— Je vais aimer regarder ça. Après notre douche.

— Je ne veux pas d'une putain de douche.

— Eh bien, c'est fort dommage. Parce que j'en ai marre de sentir Ketos sur toi. Donc soit tu prends une douche avec moi, soit je vais trouver le prince et le tuer. À toi de choisir.

Je le fixai.

— Quel genre de choix c'est là ?

— Un choix très facile à faire pour toi, je crois, vu tes sentiments contradictoires. Mais je ne suis pas comme toi. Je serais heureux de le tuer si ça éliminait cette complication.

Un autre discours de Novak, qu'il semblait ne prononcer que lorsque nous étions seuls.

Je le dévisageai longuement.

— Je ne veux pas que tu le tues.

— Je sais.

— Mais il ne va remplacer ni Auric ni toi.

— Je sais.

Je haussai un sourcil.

— Alors pourquoi me poser la question ?

— Parce que j'ai besoin de connaître tes sentiments pour pouvoir me préparer.

— À quoi ?

— À la possibilité que notre cercle s'agrandisse,

répondit-il sans ambages, me faisant à nouveau écarquiller les yeux.

— Tu… tu serais… d'accord avec ça ?

— Non, grogna-t-il. Pas du tout. Mais j'apprendrais à faire avec. Pour toi.

Mon cœur bondit dans ma poitrine, ses mots me mirent sens dessus dessous.

— Tu… tu ferais ça ?

Il inclina le menton et posa la main sur ma joue.

— Je ferais n'importe quoi pour toi, répéta-t-il, ses lèvres sur les miennes. Y compris te déshabiller et te baiser dans la douche. Tout de suite. Si ça peut te faire sentir mieux.

J'esquissai une moue.

— Ça te ferait plutôt te sentir mieux *toi*.

— Alors on est d'accord ? s'enquit-il, sa paume glissant vers ma nuque.

Je faillis dire oui.

Mais Auric était toujours dans mes pensées.

Ainsi que Ketos.

Et les révélations de Novak sur Ketos.

J'eus du mal à déglutir.

— Auric…

— Il reviendra, promit Novak. Sinon je le forcerai.

Je hochai la tête contre lui. Puis le laissai me déshabiller et m'entraîner sous la douche.

Mais on ne baisa pas.

À la place, nous nous lavâmes mutuellement et laissâmes nos mains faire toute la conversation. C'était tout à fait le style de Novak : ses communications silencieuses en disaient bien plus long que les mots.

À chaque caresse de ses doigts, il me disait qu'il ne me quitterait jamais, qu'il me vénérerait, qu'il serait là pour toujours et à jamais. Chaque doux baiser était un autre vœu murmuré, me signifiant qu'il ne laisserait rien m'arriver, me protégerait, garderait mon cœur pour toujours.

Donc il s'assurerait vraiment qu'Auric revienne et ne nous quitte pas. Il ferait en sorte que j'aie une chance de lui dire qu'il était irremplaçable.

Et chaque fois que je caressais du bout des doigts les formes musculeuses de Novak, je dessinais des symboles et des mots d'amour. Des lettres que lui seul pouvait comprendre, un nouveau langage conçu uniquement pour nous.

Nous nous embrassâmes. Nous caressâmes. Nous chérissâmes. Jusqu'à ce que mon corps frissonne d'un désir indéniable.

Novak prit cela comme un signe d'arrêter, me sortit de la douche et nous sécha tous les deux. Nous nous habillâmes en silence, attendant le retour d'Auric.

Mais il ne revint pas.

Nous allâmes donc dîner sans lui.

Sa chaise resta vide tout le temps, me détournant de la conversation polie qu'entretenaient ma mère et Ketos. Il semblait tout autant préoccupé que moi par la disparition d'Auric, mais il arrivait mieux à le cacher.

Ma mère n'émit pas de commentaire sur l'absence d'Auric, et Ketos non plus. Mais tout le monde à table l'avait remarquée.

Raven haussa un sourcil à plusieurs reprises. Je secouai la tête à chaque fois, ne souhaitant pas en parler.

Ni Sorin ni Zian n'avaient l'air surpris, mais ils dardèrent sur Novak quelques regards interrogateurs, auxquels il répondit par quelques mouvements de mâchoire.

Au dessert, je pris une bouchée de mousse au chocolat mais la goûtai à peine, alors qu'elle devait être divine.

Je ne pus m'empêcher de promener mon regard dans la salle à manger, la trouvant plus vide que d'habitude.

Car Iston et Netiri avaient disparu eux aussi.

Parce qu'Auric n'est pas là, supposai-je. Ce qui prouvait qu'ils n'assistaient au dîner qu'à cause de mon compagnon Nora.

J'aurais bien aimé voir Netiri, toutefois. Surtout pour lui dire de laisser mon compagnon tranquille.

Une fois le dîner terminé, Novak et moi retournâmes en silence dans notre chambre. Je faillis suggérer de partir à la recherche d'Auric, mais Novak secoua la tête, me disant que la réponse serait non avant même que je n'exprime cette pensée à voix haute.

Ce que je compris au moment où la porte s'ouvrit.

Et Auric se tenait derrière.

Novak l'avait su, d'une certaine façon. Peut-être qu'il l'avait senti. Je ne savais pas trop, mais à la vue d'Auric, mon cœur battit aussitôt la chamade.

— Auric ! soufflai-je en accourant vers lui.

Il me serra en une étreinte qui manqua m'étouffer. J'enfouis ma tête dans son cou, respirant son odeur familière tandis que ses plumes nous enveloppaient.

Il a volé, réalisai-je, me délectant de son parfum de gaulthérie. *Mon compagnon.*

— S'il te plaît, ne pars plus, murmurai-je contre sa poitrine. Tu es à moi. Je ne pourrais jamais te remplacer.

Il se figea contre moi.

— Hein ?

— Elle pense que tu essaies de la caser avec le golden boy, grommela Novak.

Auric s'écarta de moi, les yeux plissés.

— Pourquoi diable tu penses une chose pareille ?

— Parce que tu... tu es parti. Et cet endroit... tu ne l'aimes pas... ici...

Je m'interrompis, mon raisonnement ne sonnant plus aussi juste en l'exprimant à voix haute.

Auric parut surpris.

— Et ça m'amène à vouloir que tu t'accouples avec Ketos ? Au lieu de moi ?

Mes lèvres se tordirent.

— Tu as agi de façon étrange.

— Parce que cet endroit m'embrouille la tête, grogna-t-il. Pas parce que je veux t'abandonner. (Il plaqua une main sur ma nuque et me fixa d'un regard intense.) Je ne pourrais jamais t'abandonner, Lay. Tu es à moi autant que je suis à toi. Et aucun prince ne va me *remplacer*.

— Tu me le promets ? chuchotai-je, cherchant son regard. Tu ne veux plus partir ?

— Oh si, je veux partir. Mais avec toi, Lay. Toujours avec toi.

Ses lèvres capturèrent les miennes avant que je puisse répondre, sa bouche chuchotant une bénédiction pour mon âme. Je frissonnai en réponse, enroulant mes doigts dans sa chemise.

Je fronçai le nez quand une odeur bizarre me frappa.

Des œufs pourris. Netiri…

— As-tu…

— Plus de blablas, intima-t-il d'un ton empressé, en passant sa chemise par-dessus sa tête. Je veux que tu saches qui tu es pour moi. Qui tu es pour *nous*. (Son regard dériva vers Novak avant de revenir au mien.) Je t'aime, Lay. Je le pensais quand je l'ai dit. Et je le pense toujours.

Mon regard fouilla le sien, et je remarquai l'impression de perte qui s'épanouissait dans ses profondeurs.

Quelque chose entre nous était blessé. Mais pas brisé.

Un sentiment d'étrangeté dans cette bizarre tranche d'utopie.

Ou est-ce un cauchemar ? pensai-je en scrutant ses traits. *Le cauchemar d'Auric…*

Pourtant, à la façon dont il me regardait, j'étais son rêve. Son fantasme. Sa *vérité*.

Je me hissai sur la pointe des pieds pour l'embrasser de nouveau, acceptant ses désirs, les lui retournant à l'identique.

Parce que je l'aimais aussi. Tellement que ça faisait *mal*.

22

AURIC

J'avais besoin de Layla en ce moment. Car elle était le seul être sensé dans ce lieu.

La quitter avait été une erreur, mais je ne savais pas quoi faire d'autre. J'essayais seulement de donner un sens à cette impression de fausseté qui ne voulait pas partir.

Mais ça…

Je me sens si bien, murmurai-je contre la bouche de Layla, ma langue la réclamant une fois de plus.

Novak me laissait la place, m'offrait ce moment, sachant que j'en avais besoin. Et je l'acceptais pour ce que c'était — des excuses de sa part. Une compréhension. Une histoire pleine de hauts et de bas qui nous amenait toujours à nous pardonner l'un l'autre, peu importait la force des coups.

Il avait blessé ma fierté. Trahi ma confiance. Mais je lui avais rendu la pareille, nos égos étant en désaccord alors que nous étions confrontés à la vérité.

Cependant, ce qui comptait dans tout ça, c'était Layla. Notre princesse. Notre *compagne*.

Et je le lui dis avec ma bouche.

Je t'aime, disais-je. *Tu es à moi. Je suis désolé d'être parti. Je suis désolé de me sentir si perdu. Je suis désolé que ce monde soit si déroutant.*

Rien de tout cela n'était de sa faute.

Cette fausseté, cet endroit, cette *vie* — c'était le résultat d'un destin foireux.

Et elle ne méritait pas d'être coincée au milieu. Elle méritait d'être vénérée. Aimée. Chérie par moi. Par Novak. Par *nous.*

Je la soulevai du sol, la tenant par les hanches, et elle enroula ses jambes autour de ma taille. Puis je la portai vers le lit, Novak sur mes talons. Il avait déjà perdu sa cravate et sa chemise, son torse était ferme et affiné par son dur entraînement de guerrier.

Il se plaça derrière Layla pendant que je la reposais doucement sur ses pieds. Une main sur chaque épaule, il fit descendre les bretelles de sa robe.

Mon regard suivit le mouvement, sa chair se révéla lentement dans la lumière du soir, la faisant ressembler à sa déesse de naissance. Ses seins illuminés par la lune luisaient d'une douce teinte dorée.

Je me penchai pour capturer son mamelon dans ma bouche, la pointe tendue paraissant implorer mon contact. Puis je passai à l'autre sein tandis que sa robe s'affalait à ses pieds.

Novak saisit son menton et inclina sa tête en arrière pour un baiser affamé, lui serrant la gorge de l'autre main.

Je grignotai son téton rose en me délectant de la vue de leurs bouches qui s'adoraient.

Ça c'était mon foyer. Même si ça ressemblait à un rêve déjanté. Même si nous étions coincés dans une sorte de sortilège. C'était mon tout.

Et il fallait que Layla le sache.

Me remplacer par Ketos ? faillis-je grogner. *Putain, non.*

Avais-je admis la possibilité qu'il rejoigne notre cercle de compagnons ? Malheureusement oui, je l'avais admise. Mais il ne me remplacerait pas.

Parce que je ne quitterais jamais Layla. Tout comme je savais qu'elle ne me quitterait jamais. Nous étions accouplés. Des parties de la même âme. Liés pour l'éternité.

Rien ne pourrait se mettre entre nous. Surtout pas un autre compagnon compatible. Si elle choisissait de l'accepter, on trouverait une solution.

Jusque-là, nous étions juste nous. *Novak. Layla. Et moi.*

Je traçai un chemin de baisers jusqu'à son cou, et ma bouche captura la sienne dès que Novak la libéra. Il ôta ses vêtements puis vint dans mon dos, posa ses mains sur mes hanches. Son toucher fut timide au début, comme s'il s'attendait à ce que je le repousse d'un coup de pied.

Comme je ne le fis pas, ses mains devinrent plus audacieuses, s'avançant sur mon abdomen et plus bas pour déboutonner mon pantalon. Ses dents mordillèrent mon épaule nue tandis qu'il abaissait ma fermeture éclair, puis sa main trouva ma queue et la serra rudement. Je grognai en réponse et frissonnai lorsqu'il la branla fermement entre moi et Layla. Son doux parfum de cerise s'épanouissait autour de nous, son désir avait un goût décadent sur ma langue, mêlé à l'essence fumée de Novak.

Putain.

J'étais perdu en eux, en leurs attouchements, leurs mains, leurs langues.

Layla avait commencé à tracer un chemin humide vers le bas, me fixant de ses magnifiques yeux bleus hypnotiques.

On aurait dit qu'elle communiquait silencieusement avec Novak. Ou peut-être qu'il avait donné un ordre. Ou peut-être qu'ils agissaient naturellement ensemble, comprenant leurs motivations sans paroles. Je ne savais pas trop.

Quand sa bouche se referma autour de mon gland, je frémis et faillis *jouir*. Mais Novak serra, sa prise inflexible exigeait que je n'explose pas. En jurant, je renversai ma tête contre son épaule et il planta ses dents dans mon cou. Me marquant. Me revendiquant comme sien.

Un moment tellement féroce qu'il en devenait carrément bestial.

Et tellement parfait.

Parce que c'était Novak.

Je grognai de nouveau et fourrai ma main dans les cheveux de Layla, serrée contre moi.

— Vous êtes tous les deux en train de me tuer.

Elle ronronna en guise d'approbation, une vibration qui me fit mal aux couilles.

— Je vais te baiser, m'avertit Novak dans un grondement sourd. Et tu vas la baiser.

Je voulus lui dire d'aller se faire foutre, lui rappeler que je ne me soumettais à personne, et encore moins à lui, mais ce moment me parut trop fragile pour résister. Il avait besoin de ça. Un rappel. Un moyen de raviver notre lien pendant que Layla subissait notre force brute.

C'est tellement tordu, pensai-je, pressant mon dos contre lui dans ma version d'un accord. *Une seule fois*, lui disais-je. *Profites-en tant que ça dure.*

Son grognement contre mon oreille me dit qu'il n'était pas d'accord, que ce ne serait pas une seule fois. Et il me rappelait qu'on avait déjà fait ça avant. Juste entre nous. Jamais avec une femme. On avait toujours mis la femme entre nous.

Mais tout ça allait changer.

À cause d'elle.

Donc nous allions faire ça maintenant. *Et recommencer plus tard.*

Layla me fixait de ses yeux ivres de désir, son excitation était une balise qui me fit céder aux désirs de Novak sur-le-champ. Parce que, putain, je voulais tout. Avec eux.

Toujours eux.

Novak lâcha ma bite et couvrit ma main de la sienne tandis qu'il encourageait Layla à me prendre plus à fond dans sa bouche.

— Suce-le, intima-t-il. À fond. Complètement. Rends-le fou.

Puis il s'écarta, me laissant un moment seul avec notre déesse.

Je le jure, sa beauté était si parfaite que je voulais m'agenouiller pour l'adorer, non l'inverse. Elle ne devrait jamais avoir à le faire devant moi.

Mais la voir comme ça, avec ses lèvres enveloppant ma queue. *Putain de merde.* J'étais cuit. Je ne pouvais plus bouger. J'étais l'esclave de sa bouche, de sa langue, d'*elle*.

Ma Layla. *Ma reine.*

Une déesse dont le regard coquin me disait qu'elle savait qu'elle me détruisait à chaque succion et léchage.

Novak fredonna son approbation en revenant, sa bite épaisse et prête. Mais il n'alla pas voir Layla. Il vint à moi.

Et je sus pourquoi quand je sentis ses doigts explorer mon cul.

Du lubrifiant.

Je ne lui demandai pas où il l'avait trouvé. Probablement dans un tiroir quelque part. Je m'en fichais. Je lui cédai simplement, détendis mes muscles et le laissai me pénétrer d'une manière intime que je n'avais pas ressentie depuis très longtemps.

Trop longtemps, songeai-je, perdu dans la sensation que me procuraient la bouche et les doigts de Layla. Je resserrai ma prise dans ses cheveux, l'estomac serré à force de résister à l'envie de me libérer dans sa putain de belle gorge.

Elle promena ses dents le long de ma tige, ses iris stupéfiants souriant de triomphe.

— Tu vas me mettre à genoux, Princesse, lui dis-je en déglutissant. Fais-moi te supplier d'arrêter avant que j'explose.

Car je voulais être en elle. La baiser. *La prendre pendant que Novak me prenait.*

Merde, rien que d'y penser, je faillis perdre le contrôle.

C'était un test de conviction. Un effort pour m'en tenir à ma résolution et refuser de céder à la tentation.

Mais j'avais une damnée succube qui me suçait la bite.

Et elle était si exquise que j'en perdais la tête.

Novak enfonça un autre doigt en moi, son geste brutal me fit reculer un peu et cracher une insulte.

Il répondit en me mordant de nouveau.

— *Putain.* (Je stoppai les mouvements de Layla, mon corps était trop tendu.) Arrête de me mordre.

Il lécha la blessure en réponse, ce que je traduisis par *Pas de promesses.*

Je grondai et empoignai les cheveux de Layla pour l'écarter de moi. Elle glapit quand je passai mes bras sous les siens et la hissai sur le lit. Puis je me penchai sur elle et dévorai sa bouche. Ses seins se soulevaient et s'abaissaient contre moi tandis que je saisissais ses cuisses et les écartais de mes hanches. Le bas de son corps pendait à moitié hors du lit, me forçant à équilibrer son poids. Mais je la tenais avec aisance, mes pieds au sol tandis que je pressais plus fermement ma poitrine contre la sienne.

— *Auric...* haleta-t-elle, ses ongles plantés dans mes épaules.

J'appuyai mon entrejambe contre la sienne, appréciant

comme sa chatte pleurait pratiquement pour moi. *Pour nous.*

— Prends-la, osa Novak.

J'acceptai sans mot dire, poussant loin en elle et cueillant son cri avec ma langue. *À moi*, disaient mes hanches, épousant les siennes une fois de plus. *Cette femelle est à moi.*

Novak gloussa derrière moi, ses mains de nouveau sur mes hanches, abaissant… écartant…

J'inspirai, me figeai, me préparai à ce que je savais être une dure…

— *Putain*, grognai-je, mon cul protestant contre la pénétration peu gracieuse de Novak.

Il émit un son féroce en réponse, sans aucune excuse, et me força à m'arc-bouter de chaque côté de la tête de Layla.

Elle me regarda avec étonnement, ses lèvres pulpeuses gonflées par mon baiser.

Je frottai mon nez contre le sien, puis grimaçai quand Novak me pénétra encore profondément. *Enfoiré.* Mais à chaque mouvement brutal de ses hanches, la chaleur revenait en moi, spiralant vivement, me poussant à bouger avec lui. Contre lui. Avec lui encore.

Une bataille. Une bataille qui me faisait entrer et sortir de la douce chatte de Layla pendant que Novak me dominait par-derrière.

Mais il ne me faisait pas me sentir petit.

Ses mains étaient respectueuses quand il me prit, ses paumes caressaient mes flancs, me mémorisaient, me *possédaient*, en totale contradiction avec la sauvagerie sous-jacente.

Une énigme enivrante qui me coupait le souffle. Mon cœur battait la chamade. Ma poitrine brûlait du besoin de respirer.

Et Layla devint mon oxygène, ma bouée de sauvetage.

Elle m'embrassa, prenant mes joues en coupe, tandis que nous nous livrions tous les trois à une danse charnelle. La peau qui claque. Sueur. Larmes. *Sang.*

C'était tout nous.

Violent. Parfait.

Ma poitrine menaçait d'éclater, mes veines palpitaient de feu liquide.

— Putain, je t'aime, soufflai-je contre les lèvres de Layla, pour elle et pour Novak.

Et ils répondirent de même.

Nous nous déclarâmes tous trois notre amour, cette relation tordue était un cercle complet d'adoration et de respect mutuel.

Ils étaient mes raisons de respirer. Layla était mon cœur. Novak était mon âme.

Ensemble… ensemble ils étaient tout. *Mon foyer. Mon univers. Ma seule vraie réalité.*

Je déversai toutes mes émotions refoulées dans la bouche de Layla. Mes hanches s'entrechoquaient aux siennes avec une brutalité qui, je le savais, laisserait des traces. Mais elle l'acceptait. Elle *nous* acceptait.

Et soudain tout fut à nouveau parfait. Magnifique. Un nouveau départ.

Rempli d'amour. De bonheur. Un futur chaleureux.

Je m'immobilisai contre elle, mon orgasme était si proche que je le sentais monter. Mais je voulais qu'elle jouisse avec moi. *Avec nous.*

Mais ce fut la main de Novak qui me contourna pour caresser le clito de Layla.

Ses lèvres posées sur mon dos, il se poussait de l'autre main contre mes fesses pour mieux me baiser.

Il dirigeait ce moment. Il en prenait le contrôle,

m'offrant quelques secondes de répit. Me permettant de me soumettre.

Je te tiens, exprimait sa bouche. *Abandonne-toi à nous. Laisse-toi aller.*

Layla se pressa contre moi, força mes hanches à bouger à nouveau, resserra ses cuisses autour de moi.

— *Auric*, souffla-t-elle. *Novak.*

Il grogna. Je haletai.

Et mes entrailles... craquèrent. Se dévidèrent. Explosèrent. Libérant toute la tension d'aujourd'hui. De cette semaine. *De cette vie.*

Directement dans la douce chaleur de Layla qui me pompait, pressant chaque goutte en tombant dans l'extase avec moi.

Novak rugit dans mon dos, me dominant totalement alors qu'il se vidait en moi.

Haletant. Tremblant. Palpitant.

Je me sentais tellement utile. Tellement complet. *Tellement bien.*

J'embrassai Layla, mes émotions se déversant à nouveau directement en elle – *mon cœur*. Elle garderait ces sentiments en sécurité. Elle les garderait pour l'éternité. Elle serait à moi jusqu'à mon dernier souffle.

Et Novak aussi.

Novak serait ma force quand j'en aurais besoin. Mon esprit. Celui sur lequel je pouvais compter quand ma vie partait en vrille.

J'expirai toute ma mauvaise énergie et inhalai leur présence collective, mon être se sentant à nouveau complet.

Ça dura quelques minutes.

Finalement nous allâmes tous les trois dans la douche, où Novak lécha mon essence sur la douce chatte de Layla, la faisant jouir encore et encore pendant que je l'embrassais tout du long.

C'était érotique. Euphorique. Exactement ce qu'il nous fallait pour guérir.

J'embrassai Novak quand il eut fini, désirant ardemment le goût de cerise de Layla.

Pendant ce temps, elle nous observait les pupilles gonflées de désir, son halètement nous poussant à nous branler pour elle. *Sur* elle.

Puis on étala l'essence sur sa peau, la revendiquant de la manière la plus hédoniste qui soit.

Après quoi nous la lavâmes et l'adorâmes avec nos mains. Et plus tard, au lit, avec nos bouches.

Jusqu'à ce qu'elle perde conscience, le plaisir étant trop fort.

Elle était affalée sur la poitrine de Novak, sa tête contre son cœur. Mais les yeux de Novak étaient sur moi tandis que je m'installais derrière elle.

On est bien ? sembla-t-il demander.

Je déglutis et lui adressai un petit signe de tête. *On est bien.*

Il tendit la main pour effleurer ma mâchoire. C'était un geste inhabituellement doux de sa part. Intime, aussi.

— Je te crois, dit-il – des mots que je ne m'attendais pas à entendre de sa part. On trouvera une solution demain.

Je déglutis encore, pour une tout autre raison.

— Merci, répondis-je.

Son regard de glace scintillait dans la nuit, son énergie possessive nous enveloppait tous les trois.

Il avait senti ma faiblesse ce soir, mon état brisé, et il me disait maintenant qu'il me soutenait. Pas de questions. Pas d'exigences. Juste une simple compréhension. Que j'appréciais plus que je ne pourrais le lui dire.

Sa main quitta mon visage pour se poser sur la tête de Layla. *À nous*, disait ce contact.

Je me penchai pour embrasser sa tempe, d'accord avec lui. *À nous.*

Puis je me lovai contre d'elle, ma tête près de l'épaule de Novak, et fermai les yeux.

C'est bien. C'est sûr.

C'est notre foyer.

23

AURIC

M ON ESTOMAC GARGOUILLA, un son qui me fit sortir de ma torpeur et entrouvrir un œil.

Argh. Le soleil n'était même pas encore levé. Mais je n'avais rien mangé depuis hier matin. Et j'étais resté debout… *tard…* à jouer avec Layla et Novak.

Je suis immortel, dis-je à mes entrailles qui rouspétaient. *Laissez-moi tranquille.*

Mon estomac grogna encore, protestant contre mon désir de dormir.

Layla bougea contre moi, un son doux s'échappait d'elle, sans doute à cause de ma faim qui l'avait tirée elle aussi du sommeil.

Je serrai les dents.

Bon. J'allais prendre un en-cas et revenir au lit. Puis je câlinerais Layla toute la journée. Parce que j'emmerde la routine.

Sauf que Ketos doit me retrouver dans la cuisine, me rappelai-je, fronçant les sourcils. *Si j'y vais maintenant, est-ce que ça va gâcher nos plans ?* Peut-être qu'y aller maintenant romprait enfin le charme.

J'écartai ces pensées encore un moment et serrai Layla contre moi, j'avais besoin de l'aimer. J'enfouis mon nez dans ses cheveux et tentai de chasser toute mauvaise impression en respirant son doux parfum de fleur de cerisier.

Ça marcha jusqu'à un certain point.

Jusqu'à ce que mon estomac s'exprime encore.

Elle se tortilla, ouvrit ses lèvres sur un bâillement qui me dit qu'elle était sur le point de se réveiller. Je la lâchai en soupirant et roulai hors du lit.

La quitter était comme briser un sort, et tous mes souvenirs de la veille s'abattirent de nouveau sur mes épaules.

Me disputer avec Novak.

Errer dans le domaine.

Discuter avec Ketos.

Me battre avec Novak.

Quitter Layla.

Me balader à nouveau.

Tomber sur Iston et Netiri à chaque putain de tournant.

Retourner vers Layla et Novak.

Leur faire l'amour.

Je déglutis, voulant vraiment vivre dans ce dernier souvenir pour toujours. Mais je devais régler ce problème.

Je scrutai Novak, désirant qu'il se réveille. Mais il ne bougea pas, ses lèvres entrouvertes, plongé dans un sommeil profond qui s'intensifia quand Layla roula sur lui. Ses bras se refermèrent automatiquement autour d'elle, et son corps me dit qu'il la protégerait même dans ses rêves.

Plutôt que de le déranger et de risquer de réveiller Layla, je trouvai un bout de papier et écrivis un mot :

Je vais à la cuisine pour une collation nocturne. Le soleil est couché. On va voir combien de temps il va le rester. A

Je le laissai sur la table de nuit à côté de lui. Puis j'enfilai un pantalon et une chemise et sortis de la suite.

La lune luisait au-dessus de ma tête, globe brillant qui me fit grimacer.

J'avais passé des heures à errer la veille, faisant clairement comprendre à tous ceux que je croisais que je fouinais. Aucun garde ne m'avait arrêté. Juste Iston et Netiri qui se pointaient à chaque tournant.

— Tu cherches à manger ? avait ronronné Netiri.

Non.

— Désirez-vous que je vous escorte jusqu'au dîner, monsieur ? avait demandé Iston.

Non.

— Tu as envie d'une collation ? (Encore Netiri.)

Va te faire foutre.

Quelque chose n'allait pas chez eux ni dans cet endroit. Et j'allais le prouver, bordel.

Je tournai à l'angle et filai directement vers la cuisine.

Et bien sûr, l'horloge affichait neuf heures quand j'y entrai.

Putain, c'est pas croyable.

Sourcils froncés, je posai mes deux mains sur le plan de travail, essayant de trouver un foutu sens à tout ça.

Puis la porte s'ouvrit derrière moi. Je ne voulais pas me retourner, mais je le fis.

Netiri apparut à point nommé, mais cette fois elle ne portait pas sa jupe moulante et son chemisier décolleté habituels. Non, elle était dans un satané peignoir. Et ne portait rien dessous, ce que je devinai à la finesse du tissu.

Son odeur fétide me retourna l'estomac et un grognement s'échappa de ma gorge.

— Qu'est-ce que tu fous, bordel ? crachai-je, abandonnant les formalités et les plaisanteries sociales – ras le bol de ce putain de truc.

Elle battit timidement des paupières.

—Je reprends là où on en est restés hier soir.

Je haussai les sourcils.

— Hier soir ? Tu veux dire quand tu m'as suivi partout dans ce foutu palais ?

Je jetai un coup d'œil à l'horloge : 09:04. Ketos serait là dans une minute, ou six. En supposant que je pouvais lui faire confiance pour se montrer. En supposant aussi qu'il n'était pas toujours minuit dans la chambre où il dormait.

C'est vraiment n'importe quoi.

Il fallait qu'il se pointe et voie ça. Ou quelqu'un, du moins. N'importe qui. Sinon, c'était ma parole contre celle de cette *ancienne* Noir. Et vu la réponse de Ketos à mes informations hier, il semblait peu probable que l'on me croie si je l'accusais franchement de me harceler sexuellement.

Cependant, si quelqu'un d'autre que Ketos entrait maintenant, ce serait assez accablant.

Parce que cette cinglée a perdu la tête.

Comme pour prouver mes dires, Netiri s'avança et posa ses mains sur ma poitrine.

J'enserrai ses bras et la poussai contre le réfrigérateur, le faisant trembler, puis je reculai.

— Arrête, exigeai-je.

Elle fit la moue.

— Tu ne veux plus de moi ? On s'est tellement amusés la nuit dernière. Ou tu es juste un mâle du genre « Je tire un coup et basta » ? demanda-t-elle en s'approchant à nouveau de moi.

— La seule femme que j'ai baisée hier soir, c'est Layla.

— Tu es sûr ? (Son regard brillait de malice.) Es-tu sûr de quoi que ce soit ?

Mon estomac s'aigrit à ses sous-entendus, mais je rejetai ses propos sans même y penser. Parce que oui, j'étais sacrément sûr. Mon corps ne réagissait qu'à Layla ou Novak. Et le fait que cette femelle ait pu tenter de déformer cette histoire me prouvait à quel point elle ne connaissait pas les liens d'accouplement.

Elle se jeta sur moi, passa ses bras autour de mon cou, et sa puanteur putride me donna un haut-le-cœur. Je l'empoignai encore, et cette fois la repoussai sans la lâcher et lui tordis le corps en lui faisant une clé de cou.

Je posai mes lèvres sur son oreille et je serrai. *Fort.*

— Je ne déconne pas, Netiri. Je vais te briser le cou si tu ne recules pas tout de suite, putain.

Et je le pensais.

J'en avais assez de cette merde.

Cette tarée gloussa comme si c'était une sorte de préliminaires de malade. Elle se tortilla contre moi et essaya de me saisir. Ma réaction fut de la lâcher et de m'écarter, mais elle en profita pour glisser de nouveau ses bras autour de mon cou, me sauter dessus et enrouler ses jambes autour de ma taille. Ses mouvements étaient plus rapides et sa force plus grande que ce à quoi je m'attendais.

Ketos l'avait qualifiée de vieille. Je le croyais maintenant.

— Putain de…

Elle pressa sa bouche contre la mienne, m'écœurant de nouveau, pendant que j'essayais de la décrocher de mon cou. Elle était comme une putain d'araignée cramponnée à moi avec son essence collante. J'attrapai une poignée de ses cheveux pour l'arracher de moi.

C'est pile à ce moment que Ketos décida d'entrer.

Putain, génial.

— Mais qu'est-ce que tu fais ? lança-t-il.

Netiri glapit et tomba de moi, rougissant de sa gêne d'être prise sur le fait.

Je crachai et m'essuyai la bouche, essayant de me débarrasser de son goût.

— Elle m'a attaqué, putain !

— Une sacrée attaque, remarqua Ketos d'un ton impassible, tandis que Netiri rajustait son peignoir diaphane.

— C'est très embarrassant, commença-t-elle. Je suis désolée que tu aies dû voir ça, Ketos. Auric et moi…

Je l'interrompis d'un grognement et me mis à voir rouge.

— Désolée qu'il ait dû voir ça ? répétai-je. Désolé qu'il ait dû voir que tu m'attaquais, tu veux dire ?

Elle eut l'audace de rougir à nouveau, et son regard se fit rêveur.

— Eh bien, je ne dirais pas que je t'ai *attaqué*…

Je la fis taire d'un geste tranchant de la main. Parce que c'était nul.

— Tu crois franchement que j'aurais cherché à la peloter après t'avoir demandé de venir ce matin ? demandai-je à Ketos.

J'étais conscient que ça sentait mauvais, mais Ketos devait savoir que c'était un piège. Une lueur de sympathie brilla dans son regard, m'assurant qu'il partageait la conviction qu'il se passait vraiment quelque chose ici.

— Je pense que nous…

Il s'interrompit sur une grimace quand Iston apparut derrière lui, me faisant sourciller.

— Ketos ?

Ses yeux s'arrondirent et il porta la main à son abdomen – que transperça un éclat métallique.

Oh… Putain !

Je bondis en avant – trop tard. Il s'écroulait déjà. Si Ketos était le Noir le plus puissant que j'aie jamais rencontré, ses pouvoirs nécessitaient de l'énergie. Il leur fallait de la vie.

Et Iston… *Iston l'a poignardé dans le dos.*

— Putain ! J'attrapai Ketos avant qu'il ne touche le sol, fouillant la pièce du regard tandis que son sang s'épanchait sur ma chemise.

Des caméras ? Des témoins ? Netiri…

Elle m'adressa un clin d'œil et un grand sourire, puis tomba à genoux et se mit à sangloter.

Dieux…

Une alarme retentit la seconde suivante, ce qui me stupéfia. *Est-ce que quelqu'un a vu ça ?* Mais il ne semblait pas y avoir de caméras ici. *Pourquoi ne l'ai-je pas remarqué avant ? Pourquoi n'y a-t-il pas de caméras ici ?*

Ç'aurait été le bon moyen de piéger Netiri, mais je n'y avais même pas pensé.

Comment… ?

Mes genoux se dérobèrent lorsque le lourd corps de Ketos céda, nous entraînant tous deux au sol. Ses yeux étaient clos, son corps complètement mou contre moi. Je l'allongeai par terre, cherchant un moyen de le sauver.

Ce coup monté concernait-il Ketos ? N'étais que l'appât ?

Iston. Je levai les yeux, mais il n'était plus sur le seuil. Il m'avait laissé seul avec Netiri et un Ketos mourant.

Avec les alarmes qui beuglent.

Quelqu'un devait venir, on allait expliquer ça.

Non. Netiri… Netiri va…

Je l'ignorai. Je m'occuperais de ça dans une minute. Il fallait que Ketos vive. Parce que ça *tuerait* Layla. Elle ne l'avait peut-être pas choisi comme compagnon, mais il était compatible. Et bien qu'elle ne me l'ait pas avoué, je savais qu'elle était intéressée.

— Raven ! criai-je, réfléchissant à toute allure.

Je ne pouvais pas retirer la lame sans risquer sa vie. Il avait beau être un dieu, l'arme l'avait vite terrassé, ce qui donnait à croire qu'elle avait des pouvoirs magiques.

Des pas retentirent dans les couloirs, mais c'étaient les pas lourds de sentinelles bottées, pas la réponse de Raven à mon appel.

Je hurlai de nouveau son nom, aussi fort que je le pus, priant pour qu'elle m'entende.

Seul Iston apparut, l'air affolé, et il pointa le doigt vers moi.

— Là ! Il a poignardé le prince Ketos !

Quoi… ?

Je m'attendais à quelque chose comme ça, mais tout se passait trop vite. C'était trop fou pour l'appréhender.

Iston agita les mains pour montrer la tenue de Netiri, ce qui paralysa mon esprit, tandis qu'Iston continuait à énumérer des accusations clairement préparées à l'avance.

Ketos allait le dire à Layla.

Ce bâtard de Nora l'a poignardé pour le faire taire.

C'est un scandale !

Un bras puissant repoussa les gardes, révélant un Novak à moitié habillé et Layla à ses côtés. Tous deux me dévisagèrent, puis Layla lança un regard à Netiri, les yeux écarquillés.

Par les dieux. Avait-elle entendu les accusations idiotes d'Iston ?

— Il ment ! criai-je, mais les gardes n'en avaient cure. Ketos va mourir. *Raven !*

Il n'y avait pas de temps à perdre. J'avais besoin de quelqu'un pour me concentrer sur ce qui était important. Sur Ketos.

Parce qu'il connaît la vérité.

Parce que Layla a besoin de lui.

Parce qu'il doit vivre, bon sang !

— Raven ! criai-je en boucle. Rav…

Quelque chose de dur s'abattit sur mon crâne, faisant vaciller le monde, jusqu'à ce que je fixe une paire d'yeux bleus effrayés.

Layla.

Et puis tout devint noir.

— Tu l'as vu, n'est-ce pas ? Le portail dans l'océan ? demanda Sayir, ses ailes blanches à pointes noires s'ébouriffant autour de lui en signe d'agitation. Raven, dis-moi que tu l'as vu.

Argh.

— Pourquoi ça devient un truc chiant ? soupirai-je. Une fille ne peut pas dormir sans que son cinglé de père vienne perturber ses rêves au milieu de la nuit ?

— *Raven*, grogna-t-il. On manque de temps. Tu dois te concentrer.

— J'y arriverais bien mieux si tu cessais d'interrompre mon sommeil.

— Envisage un instant qu'il y a une raison qui m'amène ici, insista-t-il. (La note d'urgence dans sa voix attira mon regard vers lui.) Ce n'est pas un rêve ou un cauchemar. C'est réel. J'essaie de t'aider.

— M'aider, répétai-je. Biiien.

Parce qu'il avait été tellement serviable auparavant.

— Tu dois sauver le prince Ketos. Layla et lui sont les clés de tout. Tu dois me faire confiance.

— Pourquoi diable je te ferais confiance ? répliquai-je en me redressant pour le fixer.

Le Réformateur se tenait à quelques mètres du lit, et même si je savais que je dormais, c'était une expérience un brin surréaliste de voir mes deux compagnons inconscients à mes côtés.

— Si tu voulais bien m'écouter, insista mon père, tu verrais que ce que je dis vrai. (Il pointa un doigt vers le balcon.) Tu as vu le portail, Raven. Tu as vu ce que ce mirage essaie de cacher.

Je bâillai en guise de réponse. Ce n'était pas parce que j'étais physiquement endormie que je me reposais, vu que le Réformateur ne cessait pas de m'importuner.

— J'ai failli me noyer, lui rappelai-je.

Cette expérience atroce avait été un réel cauchemar, que je ne voulais pas répéter.

— Mais tu ne l'as pas fait.

— Parce que mes compagnons m'ont sauvée, rétorquai-je.

Mon père se mit à faire les cent pas, comme si c'était moi qui l'irritais et non l'inverse.

— Raven, je ne sais pas comment te le dire autrement. Ce mirage est un piège. Les guerriers Nora arrivent. (Il claqua ses mains sur le bout du lit, me faisant sursauter.) Tu dois te *réveiller, bordel !*

J'enroulai mes doigts dans les draps.

Quelque chose n'allait pas. Mon père était toujours si calme et pondéré. C'était un monstre calculateur, mais pas rugissant. Même dans ses pires moments, il ne m'avait jamais crié dessus. Ni même insultée. Il préférait afficher sa façade élégante habituelle.

J'ouvris les lèvres pour parler, mais je ne sus quoi dire. Ça semblait si réel, comme si mon père me parlait vraiment. Sauf que je ne l'avais jamais vu comme ça.

Il me regarda. Me scruta, même.

— Ils arrivent, Raven. *Aujourd'hui*. Et si tu ne guéris pas le prince Ketos, tes compagnons et toi allez mourir.

Je plissai le front.

— Guérir le prince Ketos ?

Le guérir de quoi ?

— Ketos est le seul à savoir où sont gardés tous les secrets. Sauve-le pour vous sauver vous-même.

Sur ce, il tourna les talons, et l'air se brouilla autour de lui alors qu'une spirale de magie noire et violette ondulait dans la pièce, révélant un portail par lequel disparut le Réformateur.

Je restai bouche bée. *Ça ne s'est certainement jamais produit jusqu'ici.*

Et l'odeur de brûlé qui suivit était également nouvelle.

C'était trop réaliste. Trop… trop… Mes yeux s'écarquillèrent. *Merde.*

— Sorin ! criai-je. Zian !

Ils remuèrent à mes côtés tandis que le portail commençait à se dissiper.

— Sayir !

Mais mon *père*, le Réformateur, était déjà parti, ne subsista derrière lui qu'une bouffée de fumée quand le portail se referma. *Et une marque dentelée sur le sol.*

Je me précipitai hors du lit pour suivre la trace, les lèvres tremblantes. *Sayir était ici. Dans ma chambre. Dans la vraie vie.*

— Raven ? murmura Sorin.

— Ce n'était pas un rêve, soufflai-je. Il… il était là… Sayir était là.

En un clin d'œil, Zian fut à mes côtés, une lame à la main, scrutant la pièce. Ses narines se dilatèrent, humant le parfum métallique qui flottait dans l'air.

De lui. De mon père. Sayir. Le Réformateur.

Je fis le tour de la trace du portail, en quête de tout détail important, quand ses paroles me frappèrent de nouveau.

« Si tu ne guéris pas le prince Ketos, tes compagnons et toi allez mourir. »

J'ouvris les lèvres, prête à répéter ces mots à Sorin et Zian, quand un hurlement parvint à mes oreilles. Un beuglement qui criait *mon nom.*

Auric.

Il m'appelait, mais je ne savais pas trop comment je pouvais l'entendre.

Je fis un nouveau cercle et ma peau se hérissa d'énergie tandis que l'air se déchirait et se fracturait autour de moi.

Qu'est-ce que… ?

Puis tout se *brisa.* Comme du verre. Mais ce n'était pas tangible. C'était ma vision qui s'effritait pour révéler la réalité derrière le mirage.

Oh, putain…

Une sensation de froid parcourut ma peau – suivie d'une chaleur torride qui me fit exhaler un soupir sifflant.

Rien autour de moi n'avait changé – et pourtant tout était complètement différent.

J'étais dans la même pièce. Je portais le même pyjama soyeux. Mais mon esprit était enfin le mien. Du moins pour le moment.

Et Auric criait mon nom.

J'éprouvais cette envie de rêver, de dormir, de me *détendre.* Mais je la combattis, me raccrochai à l'urgence d'Auric et au fait que mon père s'était téléporté ici pour me *prévenir.*

— J'arrive ! criai-je, sachant qu'Auric ne pouvait pas m'entendre.

Mais il avait besoin de moi. Et bon sang, ce commandant avait tenté de nous prévenir. Il était venu nous voir sur la plage hier et avait débité son charabia – un charabia qui prenait soudain tout son sens. Il nous avait dit que tout ça n'était pas réel, qu'il fallait se réveiller.

Et nous l'avions ignoré.

Merde. Merde. Merde.

Cette envie de retourner au lit et de fermer les yeux me frappa de plein fouet lorsque je sortis dans le couloir. Je gémis en tombant à genoux et en me prenant la tête.

Non. Va te faire foutre. Ce n'est pas réel. Dégage !

Je poussai la barrière invisible et la sentis se briser à nouveau, ses bords déchiquetés menaçant de trancher mon âme. Mon talent de guérison s'activa par réflexe, calmant aussitôt mon esprit et me permettant de *voir*. Tout comme je l'avais fait sous les vagues.

Je m'étais noyée. Vraiment noyée. Et je m'étais guérie pour rester en vie. C'était ce qui m'avait permis de voir, réalisai-je, ouvrant des yeux ronds.

Puis je chassai tout ça et je courus, ma force de guérison me permettant de garder la tête froide tandis que je m'obstinais à suivre l'écho d'Auric. Une partie de moi savait que ce n'était pas vraiment lui, mais une force ou une énergie faisait en sorte que le son parvienne à mes oreilles.

Ketos, soufflai-je. *Ketos s'est assuré que l'appel d'Auric me parvienne.*

J'ignorais ce qui se passait, je savais juste que l'on avait besoin de moi.

Mes compagnons crièrent derrière moi, luttèrent pour traverser le mirage et rejoindre leur compagne. Je repoussai une partie de mon pouvoir vers l'arrière, espérant que mon essence de guérison les atteindrait et leur donnerait l'énergie nécessaire pour me suivre.

Leurs pas lourds me dirent que ça avait marché. Tout

comme leurs voix qui voulaient savoir ce que je faisais et où j'allais.

— Je ne sais pas ! avouai-je. Mais on doit se dépêcher !

Ça me prend trop d'énergie, déplorai-je quand le brouillard se referma une fois de plus autour de moi. Mais je le repoussai avec un autre coup de guérison.

— Qu'est-ce qui se passe ? demanda Sorin, saisissant mon bras.

Il n'essayait pas de m'arrêter, juste de me suivre. Mais il me fallait tellement de concentration pour continuer à bouger que je me contentai de siffler :

— Faites-moi confiance.

Ils cessèrent de poser des questions et me suivirent, leur présence étant une protection chaleureuse et bienvenue dans mon dos, tandis que nous progressions dans la folie de ce mirage. Je n'avais aucune idée du genre de pouvoir qui faisait fonctionner tout ça, mais il était immense. *Et terrifiant.* Mais je le combattais de toutes mes forces, naviguant à travers cette trouble réalité à la poursuite de ce bourdonnement sonore.

Raven... Raven... Raven...

Il m'emmena en bas, au centre de la maison. Et je remontai dans une autre aile. *L'aile de Layla*, reconnus-je vaguement.

Puis j'arrivai dans sa cuisine – où le prince Ketos se vidait de son sang sur le sol. Je me figeai, cherchant Auric, mais ne le vis nulle part. Or je l'avais entendu crier après moi. *Pour Ketos.*

Les gardes étaient tout autour de lui, l'enveloppant dans une housse mortuaire comme s'il était déjà mort. Or sa poitrine bougeait très légèrement, et je sentais son esprit encore en lui.

— *Dégagez*, exigeai-je en écartant le garde le plus proche de moi.

Il grogna, son énergie changea alors qu'il venait vers moi, mais Zian le bloqua. Ou bien Sorin. Je n'étais pas sûre, mais ils furent aussitôt dans mon dos, grondant après les gardes en guise d'avertissement. *Touchez-la et vous mourrez*, disaient-ils dans leurs grondements animaux.

Je leur faisais confiance pour me protéger, et mon énergie changea déjà lorsque je passais ma main au-dessus du corps étendu de Ketos. *Allez*, pensai-je. *Dis-moi comment te réparer. Montre-moi où ça fait le plus mal.*

Le chaos tourbillonnait autour de moi, le palais tout entier perdait la tête.

Layla et Novak se tenaient dans un coin, écoutant Netiri pleurer en prétendant avoir vu Auric poignarder Ketos. Mais je sentais son mensonge. Je pouvais même le goûter.

Car la vérité était dans le sang de Ketos.

Il doit survivre.

J'ignorais où était Auric, mais ils l'avaient piégé, d'une façon ou d'une autre. Ce qui signifiait qu'on ne pouvait pas leur faire confiance.

Auric a vu à travers tout ça. Peut-être Ketos aussi.

Je trouvai la source de sa blessure – la lame plongée dans son abdomen – et l'arrachai. Car le métal *aspirait* son énergie. Ketos avait utilisé ce qu'il en restait pour renforcer l'appel d'Auric. Je ressentais tout ça, sentais la vérité sous mes doigts alors que son corps se mettait à bourdonner.

Putain. Mon père avait raison. Tout ça n'est qu'un mirage.

Et maintenant je devais faire ce qu'il avait dit – sauver Ketos.

« Si tu ne guéris pas le Prince Ketos, tes compagnons et toi allez mourir. »

Ça n'arrivera pas, pensai-je, de la sueur perlant sur mon front. *Ketos va vivre. Et on va se tirer d'ici.*

Je réalisai que c'était encore plus impératif maintenant,

quand je regardai par la fenêtre. Car depuis que j'avais brisé le mirage, je pouvais voir notre réalité à l'extérieur. Et le portail bien réel qui brillait au milieu de l'océan.

Le portail que personne d'autre ne semblait remarquer. Le portail qui s'animait.

Juste maintenant.

25

LAYLA

Quelques minutes plus tôt

Je… je ne pouvais pas bouger.

Je ne pouvais que regarder, mon cœur battant si lentement que j'avais l'impression d'être morte. Seule. *Froide.* Sauf que Novak se tenait juste à côté de moi, ses ailes enroulées autour de mes épaules dans une ombre protectrice de grâce et de létalité.

Je ne… Je ne… Je cillai, puis déglutis, reportant mon regard sur Ketos. *Mort… ?*

Mais ce n'est pas possible… Il ne peut pas…

Le monde devint sombre. Puis s'éclaira de nouveau.

Mes yeux, pensai-je. *Mes yeux qui se ferment et s'ouvrent.*

Mais ça ne semblait pas réel. Rien de tout cela ne semblait réel.

Ketos… est… Ils le mettent dans une housse mortuaire ?

Parce que… *Parce qu'il est mort.*

Non, protesta mon cœur. *Non !*

Je le sentais encore, son parfum d'ambroisie narguait

mon nez, m'appelait à m'agenouiller, à me rapprocher de lui, à l'*accepter*.

Et Auric…

Sa fragrance de gaulthérie colorait aussi l'air, tourbillonnant lourdement avec celle de Ketos, me déconcertant grandement. Car ils se *complétaient* l'un l'autre, presque comme s'ils avaient tissé leurs essences ensemble en une sorte d'étreinte magique qu'aucun de nous ne pouvait voir.

Ça n'avait aucun sens.

Tout comme les mots qui sortaient de la bouche de Netiri, quelque chose à propos d'Auric poignardant Ketos parce qu'il les avait surpris.

— Il allait le dire à Layla, marmonnait Netiri d'une voix brisée. Et Auric… Auric a juste… *réagi*.

Novak grogna à côté de moi, un son qui me dit qu'il ne croyait pas un seul mot sortant de la bouche de cette femme.

Et moi non plus. Mais je n'avais aucune explication pour ce qui s'était passé ici.

Mon cœur cafouilla, mes yeux retombèrent sur la forme immobile de Ketos. *On n'a jamais eu le temps. On… on avait besoin de plus de temps. Je… J'aurais pu… Je n'ai pas…*

Les plumes de Novak effleurèrent mes bras, me remettant les pieds sur terre une fois de plus.

Et cette *femme* continuait de parler. D'accuser Auric. De raconter des *mensonges*.

Il ne l'aurait *jamais* touchée. Je le ressentais au plus profond de mon âme.

Alors pourquoi as-tu laissé les gardes l'emmener ? demanda une partie coupable en moi.

Parce que je ne savais pas quoi faire, murmurai-je en réponse.

Tout s'était passé si vite. Auric hurlait le nom de

Raven, et l'instant suivant, les gardes l'assommaient et Iston ordonnait qu'on l'emprisonne.

L'emprisonner où ? me demandai-je. *Et... et qu'en est-il de Ketos ? Pourquoi le mettent-ils dans un sac ? Je peux encore le sentir !*

Mes lèvres s'entrouvrirent sur un ordre qui me taraudait la langue quand Raven fit irruption dans la pièce.

— Dégagez ! exigea-t-elle en bousculant l'un des gardes.

Puis elle s'agenouilla devant Ketos.

Zian et Sorin se placèrent aussitôt dans son dos, grognant et menaçant quiconque oserait toucher leur compagne.

Même Novak se raidit, et ses plumes se changèrent en lames sur ma peau. Il ne me coupa pas, son contact restant doux, mais il était prêt à massacrer quiconque tenterait d'intervenir. Et il s'assura que tous le savaient par un grondement bas et hostile qui hérissa les poils de mes bras en signe d'appréciation.

Sauf que ça ne fit pas taire Netiri. Elle continuait à pleurer. Et maintenant elle entrait dans les détails de son histoire. Chaque mot me donnait envie de prendre une lame et de la *poignarder*.

— Ça s'est intensifié, et une chose en entraînant une autre ce matin, on... on s'est embrassés... (Elle fit mine de frissonner, ce qui me fit plisser les yeux.) Puis le prince Ketos est entré.

— Que s'est-il passé ensuite ? demanda Iston d'un ton sans émotion.

Je les ignorai, me concentrai sur Raven et l'odeur de son énergie curative. Elle paraissait évaluer Ketos. J'avais envie de m'agenouiller, de lui demander si elle pouvait le sauver, mais je ne voulais pas l'interrompre.

Et j'étais toujours... *figée*. Comme si mon corps entier

avait cessé de fonctionner. *À cause de mes compagnons,* pensai-je. *Non. Mon compagnon, Auric. Et… et Ketos… ?*

Nos âmes n'étaient pas vraiment liées, mais nous étions connectés d'une certaine façon.

Compatibles. *Fiancés.*

Je frissonnai.

Mes entrailles passaient du chaud au froid, mon esprit tournait à cent à l'heure. J'avais envie de hurler. Courir. Sauver Auric. Examiner Ketos. Dire à tout le monde dans cette pièce de fermer sa gueule. M'arracher les cheveux. Pleurer. Prendre le contrôle et ordonner à tous ces Noir de se mettre à genoux.

Je ne savais pas trop.

Trop de désirs contradictoires.

Raven arracha la lame du corps de Ketos, faisant grogner plusieurs gardes. Elle jeta cet objet choquant, marmonnant quelque chose à propos d'enchantements, et appuya ses paumes sur la poitrine du prince.

Deux gardes voulurent s'avancer, leurs intentions étaient claires.

Ils furent stoppés aussitôt par un grognement de Novak. Ils se figèrent en le regardant. Il avait toujours son aile mortelle drapée sur mon épaule, mais cela ne diminuait en rien le danger qu'il représentait. Il allait les tuer, et son expression le confirmait.

Les gardes firent promptement un pas en arrière.

Mais d'une certaine manière, cela ne parut pas suffisant.

Je ne voulais pas qu'ils tentent de tuer mon dernier compagnon debout. J'avais besoin de lui. *Nous* avions besoin de lui.

Une priorité pesa sur mes épaules, et mon cœur battit un peu plus vite. Je déglutis de nouveau, cette fois ce fut facile qu'avant. Et je redressai la tête.

— Personne dans cette pièce ne doit le toucher, déclarai-je d'un ton calme mais royal. À part Raven.

Son regard croisa le mien, et ses iris bleu nuit recelaient une note de détresse que je ne comprenais pas.

Est-ce Ketos ? Est-il parti trop loin ?

Ses yeux papillotèrent vers les fenêtres, puis se reposèrent sur le prince Noir.

Fronçant les sourcils, je suivis son regard, d'abord vers l'océan, puis sur Ketos. *Qu'est-ce que je rate ?*

Elle semblait paniquée. Mais aussi déterminée.

Iston posa une autre question, amenant Netiri à reprendre la parole. Mais je ne voulais plus entendre sa putain de voix.

— Ferme-la.

Deux mots prononcés doucement, bien que chargés de puissance.

Ses lèvres s'entrouvrirent, mais aucun son ne s'en échappa.

— Elle perturbe les preuves ! lança Iston. (Sa façade calme avait disparu maintenant qu'il n'interrogeait plus Netiri. Comme s'il venait de remarquer la présence de Raven.) Arrêtez-la !

Trois gardes s'avancèrent, Novak se hérissa, mais je posai une main sur sa poitrine et leur barrai le chemin.

— Ne dérangez pas…

Une main claqua sur ma joue, me faisant sursauter et gronder Novak.

Je cillai quand la tête d'un des gardes roula de ses épaules sur le sol, en un mouvement rapide et inattendu.

Un geste que je n'avais pas vu car Novak avait balancé son aile trop vite.

Son style de violence ne comportait pas de coup de semonce. Il agissait, tout simplement.

Il se tenait devant moi à présent, me barrant la vue des

deux gardes restants. Zian et Sorin grondaient de l'autre côté de la pièce, pendant que Raven s'affairait entre nous, la peau luisante de sueur.

C'était tellement surréaliste.

Iston aboya quelque chose, mais je ne pris pas la peine de traduire ses mots en une pensée cohérente. J'étais trop occupée à scruter la pièce en quête d'une explication.

Un garde Noir venait de me *frapper*. Moi, la *fille* du roi Vasilios et de la reine Gaia.

Leurs gardes ne m'auraient jamais frappé, en aucune circonstance.

Ce… ce n'est pas normal.

Jetant un coup d'œil autour de moi, je remarquai une traînée de sang et de cendres qui éclaboussait les murs, un mélange qui n'était pas là un instant plus tôt.

Avec quelle force ce garde m'avait-il frappé ?

Mais je n'eus pas l'occasion de parler ou de réagir car soudain l'air se mit à scintiller.

L'enfer se déchaîna lorsque Sorin, Zian et Novak se mirent à tournoyer dans la pièce dans une danse macabre, tuant tout sur leur passage.

Je m'accroupis près de Raven et Ketos, abasourdie par leur décision d'*assassiner* tout le monde dans la pièce. Mais je connaissais Novak. Quelque chose l'avait poussé à agir.

Quelque chose avait…

Je fronçai les sourcils. *Les cendres…*

Il y avait des cendres partout. Comme au pénitencier.

Comment est-ce possible ?

— Layla, je sais que c'est difficile à entendre, dit soudain Iston, sa proximité me faisant sursauter.

Qu'est-ce que… ?

Je regardais le carnage, mais Iston attira mon attention en posant sa main sur mon épaule. Elle était froide. *Trop froide.*

— Vous êtes sous le choc, mais s'il vous faut des preuves, il y a des vidéos. Venez avec moi dans la salle de sécurité. (Il indiqua une caméra au coin du plafond. Je ne me souvenais pas de l'avoir vue avant.) Tout est documenté. Je vais vous montrer. Venez avec moi.

C'est inutile, me dis-je. *Parce qu'Auric ne m'aurait jamais fait ça.*

Et s'il avait de vraies preuves, il n'aurait pas eu besoin de prendre la déposition de Netiri devant moi.

Non. Tout ça c'est des conneries. Que des mensonges.

L'odeur rafraîchissante de l'ambroisie sur le sol s'intensifia, ne faisant que confirmer davantage mon intuition. Parce qu'elle était toujours chargée de gaulthérie.

Et je ne croyais pas que c'était parce qu'Auric l'avait poignardé.

Non, leur magie s'était *mélangée* d'une manière ou d'une autre. Je le sentais.

Iston resserra sa prise.

— *Princesse.*

Je m'écartai vivement de lui.

— Non.

Je ne voulais plus entendre un seul mot de sa bouche. Ni de celle de Netiri. Parce qu'ils avaient *tort* tous les deux.

Soudain deux gardes se ruèrent sur Raven, et je criai son nom en guise d'avertissement, mais ils rebondirent sur une barrière invisible.

Cette même barrière vibra, l'énergie chatouilla ma peau et repoussa Iston loin de moi en une forte impulsion qui l'envoya contre le mur.

J'arquai les sourcils. *Ketos ? Ou est-ce que j'ai… ?*

Non. Non, je ne créais pas de boucliers magiques.

Toutefois je sentais la poussée d'énergie balayer ma peau, se répercuter autour de nous et créer une sorte de dôme.

Bizarre.

Raven commença à osciller, les yeux clos.

— Presque… là, marmonna-t-elle, cillant de nouveau. Maudit brouillard.

— Brouillard ? répétai-je.

— C'est un *mirage*, grinça-t-elle, désignant la fenêtre du menton.

Je regardai à nouveau à l'extérieur et ne vis que l'océan.

Raven jura, son corps tremblait sous l'effort.

Soudain elle me saisit le poignet et envoya une impulsion à travers moi. Brève. Totalement inopportune. Mais *révélatrice.*

Car avec cette bouffée de guérison, je pus *voir*. Et ce que je vis fit s'arrêter mon cœur.

— Un portail…

Plein de guerriers Nora.

— Oui, siffla-t-elle.

Sa tête retomba sur la poitrine de Ketos à qui elle continuait d'insuffler de l'énergie.

Tout en se soignant elle-même. *Et…*

Je regardai ses compagnons. *Et ses compagnons.*

Je restai bouche bée devant elle, réalisant l'étendue croissante de ses capacités. Elle était *puissante*. Ce qui ne devrait pas me choquer, je suppose. Elle était la fille de Sayir, après tout.

Mais ça… c'était impressionnant.

Et ça prouvait que tout ce qu'Auric avait voulu nous dire était vrai : quelque chose dans cet endroit n'allait pas du tout. Il n'avait pas été capable de voir à travers le mirage, mais il l'avait senti. Il avait essayé de nous prévenir. Et je ne l'avais pas écouté.

Je… j'avais besoin d'aller le voir.

Mais je… j'avais besoin que Ketos vive, aussi.

Cette barrière autour de nous pulsait d'une étrange énergie, que je ressentais, et je soupçonnais qu'elle venait de lui.

Ou peut-être de nous.

Je n'aurais su dire. Je ne pouvais pas la définir. Je savais juste qu'il devait survivre. Et ensuite nous trouverions Auric. Pour le sauver. Le libérer.

C'était un tel bordel. Tout comme la pièce autour de nous.

Je restai bouche bée devant le carnage. On était littéralement au milieu d'une mer de cendres et de sang.

Et au milieu de tout ça trônait un dieu très énervé, imbibé de sang, avec ses plumes-rasoirs qui dégoulinaient de sang immortel.

Novak.

Quelques minutes plus tôt

CE CONNARD AVAIT FRAPPÉ ma déesse. Ma Layla. Ma compagne.

Je lui avais tranché la tête. Et vu son sang grésiller avant de tomber en cendres.

Comme les mirages de la maison de correction. C'est quoi ce bordel ?

Zian croisa mon regard, ses yeux bleu nuit remplis de fureur.

Ces enfoirés devaient payer. *Car ils n'étaient pas de vrais gardes.* Aucun d'eux n'aurait été assez stupide pour frapper leur future reine.

Et ce sang cendré criait *fausseté*.

Je tournoyai, mes ailes réagirent instinctivement à mes pensées et je me mis à tuer.

Mais l'instant d'après, une explosion d'énergie me frappa, m'envoyant à travers la pièce contre un mur, tête la première.

Putain.

Mon crâne me fit mal, le monde tourna autour de moi. Je me cramponnai à la réalité, luttant pour retrouver ma vision avant de recevoir un autre coup. Ce qui me parut prendre une éternité. Tout bougeait à un rythme languide, presque comme si je me réveillais d'un rêve.

Comme quand Auric me frappait. Et comme au temps du pénitencier.

Je fronçai les sourcils.

Dans la cuisine luisaient ces mêmes scintillements que j'avais déjà vus, ce qui me fit plisser les yeux.

Oh, merde… Je savais ce que ça voulait dire. *C'est un foutu mirage.*

Les lueurs indiquaient des enchantements, destinés à me garder… docile ? Complaisant ?

Je parcourus du regard la cuisine et la salle à manger pour constater que tout était exactement pareil. Les gardes noirs s'infiltraient dans la pièce. Ketos était toujours à terre. Auric n'était plus là. Tout le monde était bien ce qu'il disait être, donc ce n'était pas l'une des manipulations mentales de Sayir.

Non, c'était un autre genre de sort. Un sort qui nous gardait à dessein calmes et à l'aise… Et *distraits.*

C'est alors que je sentis l'énergie négative venant de l'extérieur.

Quelque chose de gros arrivait.

Quelque chose de caché.

Quelque chose que j'aurais dû remarquer mais qui m'avait échappé à cause de ce que ces satanés anges m'avaient fait.

Iston et Netiri, réalisai-je avec un grognement.

J'ignorais comment je le savais… Je le savais, c'est tout. La méchanceté émanait d'eux comme une puanteur. Ou peut-être était-ce l'énergie que je sentais pulser dans leurs auras, comme s'ils portaient des notes signées personnellement par Ketos qui disaient *Attention, méchants.*

Est-ce que j'imagine tout ça ? me demandai-je. *J'invente des preuves pour appuyer mes théories ?*

Peut-être. Mais c'était la seule conclusion qui avait un sens après des jours de folie.

La fausseté. La trahison. La sensation d'*autre* chose.

Et soudain, tout était clair à nouveau.

Et j'entendais Iston chanter. Pas parler. Pas d'excuses, d'ordres ou de questions. Non. *Une mélopée.*

Et la magie résiduelle sous-jacente à ce mot me donna la chair de poule.

C'est toi qui fais ça, connard.

Les gardes me regardèrent finalement, réalisant que je n'étais plus au milieu de la pièce. Je grondai quand ils chargèrent, mais ils rebondirent contre le bouclier invisible entre nous.

Un bouclier d'énergie. Venant de Ketos.

C'était lui qui ordonnait tout ça. La poussée d'éveil. Les signatures énergétiques sur Netiri et Iston. Ma capacité à entendre les mélopées. C'était lui. Il nous *aidait*. Il s'assurait que Raven puisse le sauver et la protégeait, ainsi que Layla.

Ou bien c'est Layla ? me demandai-je, troublé par le pouvoir qui se dégageait d'elle. *Ou est-ce une sorte de combinaison des deux ?* Parce que ce pouvoir avait surgi quand Layla avait crié aux gardes de reculer.

Ou est-ce que je ma mémoire me jouait des tours ?

J'observai ma compagne, notant la façon dont elle se tenait au-dessus de Ketos, ayant clairement besoin de lui pour survivre.

Parce que tout ça était destiné à le tuer. Il représente une menace.

Je jetai un nouveau coup d'œil à la fenêtre, cette présence hostile me nouait les tripes.

Il représente une menace pour ce qui vient.

Par conséquent, nous avions besoin qu'il vive. Et qu'Iston *meure.*

Mes plumes se changèrent en rasoirs prêts à jouer.

— Il faudrait que ce champ d'énergie s'abaisse maintenant, dis-je d'un ton égal, sans trop savoir si mes paroles étaient destinées à Layla ou à Ketos.

Quoi qu'il en soit, je sentis le bourdonnement du pouvoir qui me libérait.

Je souris, puis tailladai la première vague de gardes écervelés qui bataillaient contre le bouclier de Layla.

Moins d'une minute s'était écoulée depuis que j'avais heurté le mur. Mon esprit avait tout traité rapidement grâce à ces quelques secondes de répit.

Ce qui me laissait beaucoup d'êtres à tuer, tandis que mon cousin et Sorin s'affairaient de l'autre côté de la pièce.

Je grondai après les gardes, et ma soif de sang bien réveillée repeignit les murs en rouge. *Une si belle couleur.* Normalement, je préférais les défis, mais là j'étais trop énervé pour engager un vrai combat. Alors je *massacrais,* simplement.

Parce que j'avais été ensorcelé. Drogué. Trompé.

J'avais ignoré les avertissements de mon commandant. L'avais *combattu.* Tout ça parce que j'avais été *manipulé.*

Le prix pour ça était le sang. La mort. Les hurlements.

Je décapitai un garde qui se retournait contre moi, ayant enfin remarqué que je n'étais pas de leur côté.

Puis je fronçai les sourcils en constatant qu'ils tombaient en cendres, me privant du sang que je désirais tant.

Pas encore. Putain de merde.

Quoique tous les gardes ne tombaient pas en cendres, certains saignaient. Ce qui rendait les choses encore plus confuses, mais je décidai de l'ignorer. Pour l'instant, mon boulot était de *tuer*. Si mes ennemis saignaient, c'était juste un bonus.

Je repeignis la cuisine en rouge cendré, tachant tellement les murs que personne ne pourrait plus jamais utiliser cet espace sans avoir le goût du carnage dans la bouche pendant des jours.

Trois autres gardes tentèrent de m'abattre en même temps, mais la cuisine était trop petite pour qu'ils puissent échapper à mes ailes. C'était presque pathétiquement facile de trancher mes ennemis. J'enjambais le tas de corps qui grandissait tandis que d'autres attaquaient sans réfléchir.

Ils sont tous sous l'emprise de ce maudit sort.

J'aurais dû éprouver de la compassion pour les gardes qui n'avaient sans doute pas d'autre choix, mais je ne pouvais pas savoir avec certitude qui était un ennemi ou un ami sous contrôle mental.

Tout ce à quoi je pouvais m'escrimer pour l'instant était la survie de Layla et de tous ceux à qui elle tenait.

Ce que je dois faire, c'est tuer Iston.

Je repérai sa mélopée qui venait des placards. J'étirai mes lèvres en un rictus féroce.

Tu peux bien te cacher, mais un bon chasseur trouve toujours sa proie.

Ce lâche se planquait comme un oisillon.

J'avançai à pas de loup et plantai mes ailes dans le bois finement travaillé du placard. Un cri retentit, qui fut coupé lorsque je frappai à nouveau. Et encore.

Du sang suinta de sous les boiseries, satisfaisant mes sombres désirs. Je frappai une fois de plus, projetant des échardes et des planches fendues dans toute la cuisine. Et révélant Iston à l'intérieur.

Ses doigts tressaillirent, une réponse physiologique à une mort soudaine et douloureuse, tandis que son cerveau envoyait à son corps des signaux de fuite.

Bon débarras.

Ceci fait, je me retournai en quête de Netiri, mais il ne restait que de la cendre et des cadavres, à part un dernier garde que Sorin embrochait avec son couteau.

Les cris avaient cessé, mais un grondement me donnait l'impression que les murs étaient sur le point de s'écrouler.

C'est alors que je réalisai que le palais tremblait.

Et cette force que j'avais sentie venir de l'extérieur ne faisait pas partie du sort. C'était ce que le sort avait essayé de dissimuler.

— Putain, qu'est-ce qui se passe ? marmonnai-je, en scrutant la pièce en quête de réponses.

Layla leva les yeux vers moi, ses traits sublimes à présent couverts de sang, me donnant envie de l'embrasser. Mais ce n'était pas encore fini.

— Je vais chercher Auric, lui dis-je. Ce n'est pas lui qui a fait ça.

— Je sais, opina Layla d'une voix tremblante, mais son regard était clair. Dépêche-toi. Il y a dehors un portail rempli de guerriers Nora.

J'arquai les sourcils.

Puis le palais gronda de nouveau tandis que de nouvelles bottes foulaient le sol du couloir. Mes plumes se hérissèrent d'avance.

— Vas-y ! cria Layla.

J'hésitai, car je ne pouvais pas la laisser ici. C'était ma responsabilité de protéger ma compagne. Mais Auric avait aussi besoin de moi.

Mon commandant. Mon meilleur ami.

Je… je devais choisir. Et je détestais ce choix. Mais un regard furieux de Layla me dit de *bouger.*

Le seul choix était *nous*. Mais là, elle comptait sur moi pour trouver Auric.

— Maintenant, Novak ! cria-t-elle, me confirmant que je l'avais bien comprise.

Sur un signe de tête, je fonçai à travers la porte et me frayai un chemin dans le hall, massacrant tous les gardes que je croisais.

Des balles sifflèrent et tintèrent sur mes ailes. *Putains de flingues.*

Je détestais les flingues. Si archaïques et si médiocres.

Les murs tremblèrent à nouveau, m'aspergèrent de terre et de débris tandis que je me taillais un chemin, me protégeant jusqu'à ce que je sois assez proche pour décapiter tous les gardes assez stupides pour me faire face.

Iston ne chantait plus. Il n'avait plus de langue pour chanter. Mais ces gardes venaient toujours sur moi, bloqués sur le dernier ordre qu'il leur avait donné de m'arrêter.

Bonne chance, les gars.

Je devais protéger Layla. Et trouver Auric. Donc je ne pouvais laisser personne en vie sur mon passage.

Leur nombre menaça de me submerger quand j'eus tailladé la rangée suivante de gardes. Ils s'étaient serrés les uns contre les autres, se servant mutuellement de boucliers, ce qui permit à un Noir de passer au travers.

Un rugissement s'échappa de ma gorge quand une douleur fulgura dans ma hanche.

Cet enfoiré m'a blessé !

Mes ailes s'abaissèrent pour lui trancher la main. Il hurla, puis j'enroulai mes doigts autour de sa gorge et je *serrai*.

Avec un grognement, je lâchai le poids mort et arrachai la dague de sa main coupée. Puis je le poignardai dans l'œil avec.

Sorin bondit devant moi et tira en pleine face sur un Noir qui s'approchait, faisant gicler du sang sur les murs fissurés.

Mon évaluation des armes à feu changea légèrement. *Médiocres mais efficaces,* me dis-je. Sorin m'adressa un signe de tête avant de retourner à la cuisine, me faisant confiance pour m'occuper du reste.

Je me frayai un chemin jusqu'au bout du couloir, lacérant garde après garde jusqu'à ce qu'il n'en reste plus. J'avais détruit tout le monde pour protéger Layla, tout en me battant pour atteindre Auric.

Seulement, quand j'eus achevé mon parcours meurtrier, je me retrouvai dans le salon.

Et je n'avais aucune idée d'où aller. L'odeur de gaulthérie d'Auric s'était presque entièrement dissipée.

Il n'y avait personne. Pas la moindre perturbation, à part le grondement continu qui résonnait à l'extérieur. Aucun signe de vie dans les couloirs ou les portes ouvertes.

Et Auric… *n'était plus là.*

Mon cœur cognait dans ma poitrine, son battement résonnait fort dans mes oreilles.

Novak vient de tuer une douzaine de gardes. Une douzaine de putains de gardes. Sans pause. Sans hésitation. Sans même un battement de cil.

Putain de merde.

J'avais déjà vu mon cousin tuer, mais là… c'était un tout autre niveau. Un carnage comme je n'en avais jamais vu. Froid. Calculateur. *La mort personnifiée.*

C'était plus un soulagement qu'autre chose. Tout avait changé en un instant, soudain le monde était de nouveau clair. En partie grâce à l'influence curative de Raven, mais aussi grâce à la létalité de Novak.

Iston est mort. Netiri a fui. Auric a été enlevé. Et Ketos…

Je me concentrai sur Raven, remarquant ses épaules voûtées et ses paupières étroitement closes.

Ketos pourrait survivre.

Grâce à ma compagne. Grâce tout ce que nous avions fait. Grâce à cette folle séquence d'événements.

Je ne savais pas trop comment tout cela était arrivé, mais j'avais rassemblé assez de pièces pour les emboîter.

C'était Iston et Netiri les vrais coupables. Pas Auric.

Et tout n'est qu'une illusion.

Sauf ce que je voyais devant moi. Sauf ma compagne et les vibrations qui pulsaient autour d'elle.

Layla et Ketos étaient réels, eux aussi. Ainsi que Sorin, silencieux, focalisé sur notre compagne.

Il s'agenouilla près d'elle et posa la main sur son dos, l'inquiétude plissant son front.

La peau pâle de Raven luisait de sueur, tout son corps paraissait tendu. Mais elle se concentrait sans faille sur le prince Noir.

Elle marmonna des mots à propos de brouillard, lui disant d'aller se faire voir.

Du brouillard, me répétai-je, reconnaissant la description. *Oui, du brouillard.* C'était une description adéquate de la sensation que j'éprouvais maintenant, mon esprit s'embrumant d'un mélange de rêve et de réalité.

Raven avait vu clair. Elle avait tenté de nous le dire à plusieurs reprises.

Putain, elle avait failli se noyer en essayant de se libérer du sort qui avait foutu en l'air nos versions de la réalité.

Mais on était plus avisés que ça. On avait déjà subi ce genre de chose.

Et pourtant… c'était en quelque sorte bien pire. Parce qu'on avait voulu croire qu'on était en sécurité. *Mais on n'est jamais en sécurité. Ce n'est pas notre vie ni notre destinée.*

Raven frissonna, amenant Sorin à se presser contre elle, lui offrir sa force. Je montais la garde derrière eux, au cas où d'autres de ces soudards à l'esprit dérangé débouleraient.

Quoique Layla semblait créer une sorte de bouclier. Je

sentais son énergie qui pulsait autour de nous, sa chaleur formant une couverture réconfortante sur notre peau.

Ou bien est-ce Ketos ? me demandai-je, Raven m'ayant parlé de son pouvoir énergétique. Et Layla m'avait fait part de ce détail lorsqu'elle avait donné à ma compagne le collier de coquillages – qu'elle portait autour du cou en ce moment, tandis qu'elle continuait à soigner le prince Noir.

Une autre vague d'énergie effleura mon esprit, dissipant un peu plus le brouillard. Cela me permit de voir un peu plus clair, de remarquer le mélange de cendre et de sang qui repeignait la pièce aux couleurs de la mort.

— Est-ce que tu vois tout ça ? demandai-je à Sorin.

— Ouais, confirma-t-il, grimaçant quand Raven se mit à trembler.

Il promena sa main le long de son dos, sur la chemise de nuit soyeuse qu'elle portait encore. Normalement, j'aurais aimé la couvrir avec quelque chose de plus approprié. Mais ce n'était pas le moment.

Putain, je venais de tuer des Noir, juste vêtu d'un foutu pantalon de flanelle. Pareil pour Sorin.

C'était comme un cauchemar sanglant. Seulement c'était *réel. Et couvert de cendres.*

Novak apparut dans l'embrasure de la porte, l'air hanté, tel un ange exterminateur.

— Je ne sens plus Auric, grinça-t-il.

Je haussai les sourcils. Ça ne pouvait pas être bon signe. Pas avec leur passé.

Il tourna son regard de glace sur Layla.

— Je... je ne le sens pas non plus, souffla-t-elle, baissant les yeux sur Ketos avant de les lever vers la fenêtre. Et le portail...

Le portail ? relevai-je en suivant son regard.

Et je sentis mon monde se décaler.

— Oh, putain.

Des guerriers Nora. Partout.

Il fallait qu'on se barre d'ici.

— On doit *bouger*.

— Non, intima Raven d'une voix cassée. On a besoin de lui.

— Quoi ?

— Il est la clé, expliqua-t-elle entre ses dents serrées. On a besoin de lui et de Layla pour vivre. Pour *survivre*.

J'ignorais comment elle savait ça ou ce que ça voulait dire, mais je me souvenais que son père avait employé le mot *clé* en parlant de Layla. Et même si je me foutais de toute la merde qui s'était produite depuis son arrivée, je ne pouvais pas nier sa position dans ce monde.

Novak émit un bruit qui me fit croiser son regard. Un moment intense s'installa entre nous, un moment où, au sens figuré, il laissa la couronne entre mes mains.

Il me mit la pression avec ce seul regard qui me disait de protéger sa compagne, pendant qu'il partait à la poursuite de son autre compagnon.

C'était tout Novak. Il transmettait tellement de choses rien qu'avec ses yeux.

La dernière fois qu'il m'avait dit de monter la garde, j'avais merdé. J'avais choisi mes compagnons au lieu des siens. Mais bien qu'il sache que je le referais, cette occasion-là était différente. Car Raven venait de dire qu'on devait s'assurer que Ketos et Layla *survivent*.

Novak me demandait si je pouvais le faire, si je pouvais tous les protéger. C'était un lourd fardeau, qui fit de nouveau cogner mon cœur.

Mais j'inclinai le menton, confirmant que j'allais essayer.

Son regard s'étrécit. *Ce n'est pas suffisant,* semblait-il dire. Alors je répondis par un regard noir.

Il y a un putain de portail dehors.

Sans blague.

Ma confiance se sent un peu blessée, voulus-je grogner.

Reprends-toi, m'intima-t-il muettement. *Reprends-toi et bats-toi, putain.*

Je déglutis, ne sachant pas trop si c'était une vraie conversation ou des voix que j'avais dans ma tête. Mais peu importait, car celui qui prononçait ces mots avait raison.

Je ne pouvais pas m'apitoyer sur mon sort. Ni me remettre en question. Je devais me fier à mes instincts... et me *battre.*

Novak m'adressa un ferme signe de tête, ses iris glacés brillant de fierté.

Et puis il s'en alla, me laissant de garde. Pour protéger. Et *tuer.*

J'allai à la fenêtre pour évaluer le portail. Il était dans l'océan, tourbillonnant comme un vortex mortel, crachant des guerriers de ses profondeurs.

Mais les anges dans l'air et à terre semblaient batailler contre une sorte de mur invisible.

Un bouclier, réalisai-je. *Un bouclier similaire à...*

Mes lèvres s'écartèrent à la vue de Layla et de l'énergie qui bourdonnait autour d'elle, autour de nous.

C'est elle. Elle a créé une barrière... faite d'énergie. L'énergie de Ketos, ou la sienne ?

J'ouvris la bouche pour demander, quand une vague de chaleur ardente roussit mes sens. Je tournai de nouveau mon regard vers la fenêtre, et mon pouls s'accéléra.

Parce que le portail venait de s'élargir pour révéler une *armée* de Nora. Pas seulement quelques-uns dans le ciel ou des dizaines à terre. Mais une centaine de soldats en plus.

Et ce n'est que la première vague.

— *Putain,* chuchota Sorin, m'ôtant le mot de la bouche.

— Putain, en effet...

28

LAYLA

JE TIRAI sur le bouclier que j'avais réussi à ériger, essayant en vain de le pousser vers l'extérieur et de bloquer l'invasion qui arrivait.

Je ne pouvais pas les voir, étant à terre avec Ketos. Mais je pouvais les *sentir*.

Même si je n'avais aucune idée du fonctionnement de ma nouvelle magie, je savais que les boucliers nous protégeraient au moins assez longtemps pour nous permettre de s'envoler.

On doit partir. Cette barrière ne va pas tenir. Je la sentais s'effilocher sur les bords, mon énergie s'épuisant rapidement. Et je n'avais aucune idée de comment la renforcer.

Je n'étais même pas pleinement convaincue que c'était *mon* pouvoir. Il semblait connecté à Ketos d'une certaine façon. Et pourtant, non. Comme si c'était le mien.

Mais j'avais l'impression qu'il était béni par lui. Ou inspiré par notre lien ?

Je ne saurais le dire. Et ça n'avait pas d'importance.

Parce que la magie s'effritait et Ketos était toujours inconscient.

Allez ! lui lançai-je mentalement, mon cœur battant la chamade. *Il faut que tu te réveilles.*

Et que Novak retrouve Auric.

Ma gorge s'assécha et mon corps trembla alors que le manque de mes compagnons tourbillonnait autour de moi. *Ce bouclier est lié à nous tous.*

Mais notre cercle était endommagé. Pas brisé. Pas irrécupérable. Juste *blessé.*

Je n'avais pas cru une seconde qu'Auric m'avait trahi. Il ne s'agissait pas de ça. C'était à propos de sa disparition.

Où t'ont-ils emmené ? me demandai-je.

Et pourquoi tu ne te réveilles pas ? m'adressai-je muettement à Ketos. Je comprenais qu'il venait d'être poignardé et avait failli mourir, mais une part sauvage en moi avait besoin qu'il bouge. Qu'il se recharge. Qu'il *vive.*

Toutefois ma volonté n'était pas suffisante pour le forcer à se réveiller.

Il a juste besoin d'un peu plus de temps, pensai-je. Je déglutis quand l'énergie à l'extérieur ondula une fois de plus.

Mais on n'a pas assez de temps. Nous devons courir... voler... nous échapper maintenant.

Avant que la barrière ne s'effondre. Avant que l'entité au-dehors n'attaque vraiment. *Avant qu'il ne soit trop tard pour que nous puissions tous survivre.*

Mais Ketos... Nous devrions le porter. *On ne peut pas le laisser ici. Il est... il est censé être... peut-être... à moi.*

Raven faiblissait, tout le sang drainé de son visage tandis qu'elle continuait à pousser son énergie curative en Ketos.

Ça marchait, du moins en surface. Car tout ce qui restait du coup de couteau était un trait rouge vif, ce qui suggérait que ses blessures internes étaient encore en train de guérir. Mais il respirait normalement maintenant.

Et je sentais un peu de son pouvoir caresser le mien, comme s'il goûtait la nouvelle énergie qui l'entourait.

Est-ce que ça veut dire que c'est là mon talent ? me demandai-je, en la tendant une fois de plus pour en lisser les bords effilochés. Mais quelque chose pulsa en retour, l'abîmant à nouveau en un instant.

Ça ne va pas tenir, me dis-je, pantelante.

— Qu'est-ce qui les retient ? s'étonna Sorin, qui tenait Raven pour qu'elle reste droite.

— Une barrière, répondis-je. Elle est sur le point de… de se *rompre*.

Je fermai les yeux quand une autre explosion faillit tout détruire. Mais je tirai sur un brin de magie dans l'air, m'en servis pour renforcer le bouclier invisible comme une planche contre un mur qui s'incline.

Je me forçai à me relever et gagnai la fenêtre, mon esprit bâtissant une autre couche fortifiante pendant que je bougeais. C'était comme si je continuais à tirer des bouts d'énergie de l'air et à les transformer en briques.

Cependant, un feu grandissait à l'extérieur, le portail transformant l'eau qui l'entourait en vapeur. Les mâchoires enflammées du trou magique étaient juste au-delà de l'endroit où nous avions volé chaque jour.

Je m'en souvenais vaguement, me rappelais les sentinelles… les gardes qui nous avaient pratiquement enfermés à l'intérieur du périmètre, comme dans une sorte de prison magnifiée.

Mais peut-être était-ce le bord de je ne sais quel bouclier que ces guerriers Nora avaient tenté de forcer. Une sorte de runes ou de magie qui protégeait le domaine.

Ou peut-être que ce mirage avait créé ces sentinelles.

— Raven ! cria Sorin. *Merde !*

Je pivotai vers eux juste au moment où elle perdait conscience à côté de Ketos.

Zian accourut vers eux, son inquiétude étant une vague palpable qui me fit frissonner. Mais je ne le suivis pas, mon regard étant distrait par l'ensemble de la scène.

La pièce. Le carnage. Le sang étrange.

Iston.

Les Noir à terre. Les… faux, aussi.

Je fronçai les sourcils. *Tout le monde ici n'est pas un vrai Noir.* Ce qui laissait entendre que les sentinelles dehors n'étaient peut-être pas réelles non plus.

Elles étaient apparues en masse pour monter la garde. *À cause de notre arrivée*, pensai-je, fronçant les sourcils. Ce qui avait mené à tout ça.

Si tôt après notre arrivée, aussi.

Parce que nous les avons amenées ici, réalisai-je, les yeux écarquillés. *D'une certaine façon, nous les avons amenées ici.*

Cela prit soudain tout son sens. Mes parents avaient survécu dans ce royaume sans être repérés pendant des centaines d'années. Puis j'étais arrivée…

Et les guerriers Nora aussi.

Cela ne pouvait pas être une coïncidence. Ils avaient trouvé mes parents… à cause de moi. Ou peut-être d'Auric. Ou de nous deux.

Mon soi-disant père, *le roi Sefid*, m'avait envoyée au pénitencier Noir pour me réformer, mais il n'avait jamais été question de réforme.

Il savait que la famille royale Noir finirait par venir me chercher, et s'était servi de moi comme appât.

Mais ça n'explique pas Sayir… À moins que…

À moins que Sayir n'ait fait inconsciemment partie des plans de son frère. Ou peut-être l'avait-il aidé à tout orchestrer.

Quoi qu'il en soit, ç'avait toujours été une fin de partie

foudroyante, avec moi comme dernière pièce sur l'échiquier.

Mais une partie de tout ça ne tenait pas debout.

Si Sefid avait déjà tous ces espions en place, pourquoi avait-il besoin de moi comme appât ?

Parce que Netiri travaillait clairement pour lui, comme tous ces gardes cendrés.

Quoique, ces mêmes gardes pourraient être nouveaux. Je n'arrivais pas à me rappeler s'ils nous avaient accueillis l'autre nuit ou s'ils avaient été remplacés.

Mais quand même, si Netiri et Iston – que je supposais être complice vu la façon horrible dont mon compagnon l'avait massacré – étaient dans le coup, alors…

Pourquoi maintenant ? Pourquoi pas avant ? Pourquoi Sefid a-t-il eu besoin de moi ?

Je retournai à la fenêtre et observai les guerriers Nora qui s'alignaient sur le rivage, leurs ailes brillant sous le soleil matinal.

À moins… à moins qu'il n'ait pas eu d'espions en place avant mon arrivée, songeai-je, envisageant la possibilité que mon « père » ait eu besoin de moi pour pouvoir franchir correctement une sorte de barrière.

Je repensai à la façon dont nous avions voyagé jusqu'ici. Le trajet jusqu'à Buenos Aires. L'avion. L'élixir. Notre arrivée. Le transport. *Quelque chose m'échappe. Mais quoi ?* Je revins en arrière, me remémorai tous ceux qui avaient voyagé avec nous.

Puis j'ouvris des yeux ronds.

Clyde. Quand j'ai vu ce petit démon Blaze pour la dernière fois ? Avant l'avion.

Il avait dû se passer quelque chose entre le décollage et l'atterrissage, quelque chose dont je ne me souvenais pas. Nous avions pris l'élixir. Puis… puis nous avions dormi.

— Vous avez tous dormi dans l'avion ? demandai-je, faisant face à Sorin et Zian.

Je savais que Raven et moi avions dormi, mais les hommes ?

— Quoi ? fit Sorin, l'air de n'avoir aucune idée de ce dont je parlais.

— Dans l'avion, en venant ici, est-ce que vous avez tous dormi ?

J'étais un peu excitée, mais je sentais que la vérité restait juste hors de portée. La raison pour laquelle on avait besoin de moi. La raison du sort de ces derniers jours. La raison pour laquelle tout cela se déroulait en ce moment même devant nous.

Auric était censé constituer une diversion finale, compris-je, ressentant cette vérité jusque dans mes os. C'était la seule explication qui avait un sens. Mais nous avions vu clair dans tout ça. Et maintenant... *maintenant les guerriers Nora arrivent.*

— Ouais, je crois qu'on a tous dormi à un moment donné, répondit finalement Sorin, plissant les yeux. Pourquoi ?

— Ils ont fait quelque chose dans cet avion, lui dis-je. Je... je ne sais pas quoi. Mais il s'est produit quelque chose. (Je regardai autour de moi.) Où est Gaia ? Où est Kyril ? *Où est Clyde ?*

C'était comme si on m'avait enlevé un voile des yeux, l'explication filant juste hors de vue.

— Sayir possède la technologie pour nous faire voir des choses, repris-je, réfléchissant tout haut. Il nous a fait imaginer toutes ces bêtes. Pourquoi pas les Noir, aussi ?

Il aurait même pu faire croire à Novak qu'il était resté éveillé dans cet avion, alors qu'en réalité, il avait dormi. Car à l'en croire, il était resté conscient. Auric avait dit la même chose. Mais si tout ça n'était qu'un mensonge ? S'ils croyaient avoir été éveillés alors qu'ils avaient vraiment dormi ?

La technologie de Sayir était terriblement réelle.

Ce qui signifiait… que ma mère n'était peut-être même pas là du tout.

Et peut-être que Kyril était la taupe depuis le début. C'était lui qui nous avait conduits à Iston, à cet avion, à cet endroit.

Mais Clyde lui avait fait confiance. Et j'avais confiance en Clyde.

À moins que le petit démon Blaze ait été dans le coup tout du long, lui aussi.

Je me mis à faire les cent pas, jetant un œil au bouclier invisible au-dehors pour m'assurer qu'il tenait toujours. Nous devions fuir. Mais pour cela, nous devions comprendre le jeu. Sans réponses, nous ne pouvions pas élaborer de stratégie.

— J'ai besoin de Novak, dis-je. J'ai besoin d'Auric. (Ils pourraient m'aider à démêler tout ça.) Auric savait que nous étions pris dans une boucle. Il a pu percer tout ça à jour, peut-être parce que la magie n'a pas marché sur lui en tant que Nora. Comme la peste. (Je fis la moue.) Mais Novak… Je crois qu'il a pu voir clair aussi.

Pas moi, cependant. J'avais été aveugle. Heureuse. Profitant de la liberté et de l'amour de mes compagnons.

Comme j'étais naïve. Mais ce n'était pas le moment de me réprimander.

Réfléchis, Layla, réfléchis. Tout était là. Nous avions pris le vol. Ils nous avaient donné l'élixir. Nous avions dormi. Quelque chose dans l'élixir avait dû nous assommer.

— Combien de temps dure un vol de Buenos Aires à Rome ? m'enquis-je, faisant toujours les cent pas. L'un de vous le sait-il ?

Sorin et Zian secouèrent tous deux la tête.

Raven gémit, elle commençait à se réveiller. Ketos ne bougeait toujours pas.

Le sol continuait de gronder.

Nous manquions de temps, mais je devais résoudre ce puzzle. Cette énigme. C'était important. *Pourquoi maintenant ?*

Si Netiri et Iston avaient œuvré pour Sefid tout ce temps, ils se seraient engagés dans cette bataille des années plus tôt. Donc soit ils avaient subi un lavage de cerveau, soit ils avaient été remplacés. Sourcils froncés, je baissai les yeux sur la dépouille d'Iston. Il n'était pas du tout tombé en cendres. Son visage demeurait le même – ce qu'il en restait, du moins.

Mais je me demande…

Je tirai un couteau d'un bloc porte-couteaux et m'approchai de son cadavre. C'était mal à bien des égards, mais je devais savoir.

Je penchai sa tête et incisai son cou à l'endroit où Sayir nous avait implanté ces puces. Je grognai quand j'en trouvai une logée dans son crâne.

Je la laissai tomber à terre devant Zian et Sorin. Tous deux portèrent aussitôt la main à leur nuque. Zian sortit une lame et en enfonça la pointe dans la peau de Sorin, mais ce dernier ne fit que saigner. Sorin répéta l'action sur Zian, et obtint le même résultat.

Puis ils essayèrent de réveiller Raven pour qu'elle les contrôle avec son pouvoir de guérison, mais elle était trop faible pour faire plus que marmonner des mots inintelligibles.

Je m'agenouillai à côté de Ketos, déplaçai doucement sa tête et pressai la lame sur son cou, mais il saisit mon poignet en un éclair, son regard alerte levé vers le mien.

Mon cœur manqua un battement à le voir réveillé, et mon âme se réjouit d'un tourbillon d'émotions que je n'eus pas le temps d'analyser. À la place, je déglutis et le laissai déceler certaines de ces émotions dans mes yeux.

— Je… je vérifiais si vous avez un implant, lui expliquai-je.

Et je suis si heureuse que tu sois en vie. Que nous ayons une chance. Que… que nous puissions mieux nous connaître.

Il ne répondit pas tout de suite, le regard suspicieux et la poigne ferme. Il était proche de la guérison complète à présent, confirmant que Raven lui avait donné une quantité extrême d'énergie.

Après un long moment, il relâcha lentement mon poignet et me tendit son cou. Je pratiquai la plus petite entaille possible, et ne trouvai rien en lui.

— Donc juste Iston, conclus-je en fronçant les sourcils. Alors comment nous ont-ils ensorcelés ces derniers jours ?

— La nourriture, croassa Raven, qui se mit à tousser.

Je la regardai en sourcillant, puis me remémorai tous nos repas. Auric avait fait le petit-déjeuner. Mais ma mère nous avait offert le thé l'après-midi. Et le dîner était toujours préparé par l'équipe de Noir.

Mais ça n'explique toujours pas le but de ma présence ici, songeai-je en me relevant. Il me fallait prendre de la distance avec le prince à terre. Ce n'était pas le moment d'explorer notre lien.

Bien que je sois tout à fait reconnaissante qu'il ait survécu, parce que je voulais avoir l'occasion de le connaître. De voir… voir ce qui pourrait exister entre nous. Dans mon cercle de compagnons. *Peut-être.*

Ketos posa la main sur sa poitrine en grimaçant et demanda d'une voix rauque :

— Qu'est-ce qui se passe ?

— Nous avons tous été victimes d'une sorte

d'enchantement pendant que les Nora cherchaient un moyen de contourner ce bouclier invisible, résumai-je. Et quelqu'un vous a poignardé. Je ne sais pas qui, mais ils ont accusé Auric.

Ce qui était faux, je le savais. *Il n'aurait jamais fait ça.*

Quoi qu'il en soit, j'avais besoin de comprendre.

— Il est arrivé quelque chose dans l'avion. Nous avons été drogués. Iston portait une puce. Je ne sais pas pour Kyril ou Netiri. J'ignore où est Clyde. Mais c'est clair que nous avons été distraits pour laisser aux Nora assez de temps pour attaquer.

Et tout ça se passait pendant l'absence de Vasilios.

Je fronçai les sourcils.

C'est pour ça qu'ils attendent maintenant ? Son retour ?

Peut-être qu'il ne s'agissait pas du tout de moi, mais de s'assurer qu'ils entrent au bon moment. Vasilios ne devait pas revenir avant deux jours. Cependant, Auric avait vu clair dans leur jeu. Il savait que quelque chose n'allait pas.

— C'est pour ça qu'ils l'ont piégé, soufflai-je. Parce qu'Auric ne jouait pas le jeu. Il les avait percés à jour.

— Et il m'en a parlé aussi, dit Ketos.

Sa voix était toujours rauque, mais la rougeur sur sa poitrine commençait à s'estomper dans son teint pâle. Sa peau était juste tachée de sang séché.

— Je… je suis venu ici ce matin… pour être témoin de ce qu'il m'avait dit. Seulement Netiri…

La cuisine se mit à trembler et un grand *boum* résonna dans le domaine.

Je me tournai vers la plage, et mon cœur cessa de battre tandis qu'une décharge d'énergie grésillait sur ma peau.

Ce n'était pas comme les autres attaques. Celle-ci avait eu un impact. Énorme. Et carrément destructeur.

Car ils n'avaient pas seulement effiloché les bords de mon bouclier. Ils l'avaient *démoli*.

— Ils arrivent, chuchotai-je.

Il fallait fuir. *Tout de suite.*

29

KETOS

L'ÉNERGIE TOURBILLONNAIT AUTOUR de moi, sa familiarité faisant appel à mon âme, me demandant de l'absorber, de la prendre, de la laisser me guérir complètement.

Sauf que la source de cette énergie me fit hésiter.

Layla.

Je fronçai les sourcils. Je ne comprenais pas comment elle avait créé cette… cette *entité* de pouvoir. Jusqu'à ce que je réalise…

Elle est en train d'hériter de son don.

Je béai d'admiration, alors même que mon esprit me suppliait de puiser dans cette énergie étrangère, de la laisser renforcer mes réserves, me donner de la force.

Mais je ne la lui prendrais jamais.

Elle était ma fiancée. Ma compagne compatible. Et elle se tenait dans cette pièce comme une guerrière, nous surplombant tous, la mâchoire serrée de détermination.

— Ils arrivent, répéta-t-elle, des mots que j'avais à peine entendus la première fois, mais à présent je saisissais leur sens.

Les fondations tremblaient autour de nous, et cette

délicieuse énergie qui tourbillonnait dans l'air était fragmentée, brisée, *détruite* par quelque chose à l'extérieur. Et elle dansait dans toute la pièce en revenant peu à peu dans l'aura de Layla. Je doutais qu'elle puisse la voir, mais elle la ressentait sans aucun doute.

C'était de l'énergie.

C'était *nous*.

J'essayai de bouger, de m'asseoir, de capter l'odeur, de comprendre ce qui venait de se passer. Layla avait fait un bref résumé, disant que j'avais failli mourir, mais…

Je cillai en voyant le sang qui couvrait ma poitrine, ma peau, *tout mon corps*.

Putain de merde.

Pas étonnant que j'aie l'impression que l'énergie avait été drainée de mon corps.

Je déglutis, la nausée me retourna l'estomac tandis que je fléchissais mes doigts, découvrant le sang séché qui se craquelait sur les plis de mes paumes.

Putain, me redis-je, étourdi par la révélation d'avoir frôlé la mort. Étourdi par la folie de cette situation. Étourdi par l'absence de souvenir de ce qui s'était passé au juste. Étourdi par l'énergie qui flottait dans la pièce, dont l'attrait me donnait envie de la *boire*, la *dévorer*, la *revendiquer*.

Reprends-toi, m'intimai-je en me secouant mentalement.

Je n'avais pas le temps de rêvasser. Ni de retrouver tous mes repères. Ce qui était dehors arrivait, comme Layla l'avait averti. Je le sentais.

Des flashes de ce qui avait mené à ce moment clignotèrent derrière mes paupières, des souvenirs d'Auric, de Netiri, d'avoir été… *poignardé*.

Je frissonnai. *Je pourrais me passer de cette sensation.* Mais elle était là, pulsant dans ma poitrine, réchauffée par une autre source d'énergie que je n'avais pas encore considérée.

Une sorte d'énergie curative.

Raven.

Je me rappelai vaguement Auric hurlant son nom, me faisant pousser son appel affolé à travers le palais pour atteindre ses oreilles. Ç'avait été mon dernier combat, les derniers fragments de mon pouvoir renforçant ce seul mot pour des raisons que je n'arrivais pas à définir.

Parce que ça m'avait paru juste, tout simplement. Parce qu'Auric l'avait crié, m'avait fait comprendre qu'il avait besoin d'elle. J'avais écouté, par réflexe. Et m'étais assuré qu'elle puisse l'entendre aussi.

Et elle m'avait guéri.

La femelle gémit, au bord de l'inconscience, tandis qu'un de ses compagnons la tenait comme un oiseau brisé, ce qui serra mon cœur de gratitude et de honte.

De la gratitude pour m'avoir aidé.

De la honte que ça l'ait blessée.

Elle m'avait fourni une quantité incroyable d'énergie – exactement ce dont j'avais besoin pour survivre à ce qui aurait dû être une blessure mortelle.

— Il faut partir, dit Layla, m'arrachant à mes pensées et me ramenant au présent.

Un présent où cette énergie flottait autour d'elle et où les murs du palais résonnaient d'avertissements furieux.

— Où ? s'enquit Zian en montrant la fenêtre. On est encerclés.

— La clé, chuchota Raven, ouvrant ses grands yeux sombres et croisant mon regard. Ketos… est… la clé.

Je sourcillai. *Je suis quoi ?*

— Comment on sort d'ici ? me demanda Sorin d'un ton impatient. Y a-t-il une autre sortie ? À part le ciel ?

Mes plumes tressaillirent derrière moi, leur aspect brisé confirmant à quel point j'avais frôlé la mort. Toutefois je pourrais voler. Ça ferait mal, mais je pourrais me forcer.

Layla s'approcha de nous.

— Ketos.

Cette énergie tournoyait autour d'elle comme un signal lumineux, la faisant briller angéliquement. Durant une fraction de seconde, je me demandai si j'étais tombé dans un rêve.

Mais non, c'était réel. Il fallait que je me concentre.

Je fermai les yeux et pris une inspiration. Je m'étais réveillé brusquement quand j'avais senti la menace dans mon cou, mais j'avais dû faire de gros efforts pour empoigner l'assaillant.

Le poignet de Layla. Qui me contrôlait.

Est-ce que quelqu'un a vérifié son cou ?

— Je l'ai fait, dit Zian, ce qui me fit rouvrir les yeux.

Apparemment, je l'avais exprimé à voix haute.

— Ketos, répéta Layla d'un ton un peu désespéré. Il faut vous lever. Nous devons fuir. Nous devons *voler*.

Je secouai la tête. *Non, pas voler.*

Elle fronça les sourcils.

— Pourquoi vous secouez la tête ? Allez, debout !

Elle me prit la main, m'arrachant presque du sol avec une force qui me surprit. Mais je l'attirai vers moi, profitant de mon élan pour la mettre à genoux tandis que je m'asseyais, mes yeux dans les siens.

— Les souterrains.

— Quoi ?

— Les souterrains, répétai-je plus fort. Il y a des souterrains sous le palais. Ils ont été creusés dans ce but.

— Pour échapper aux Nora si jamais vous étiez découvert, comprit Sorin, une note d'admiration dans la voix.

— Oui, confirmai-je.

— Je ne sais pas ce qui est le pire, réfléchit Zian. Vivre en regardant toujours par-dessus son épaule, ou vivre dans une prison en regardant toujours devant soi.

— Je préfère la liberté, dis-je sans hésiter.

Je n'avais jamais été emprisonné, et ce n'était pas une expérience que j'avais envie de subir. Les dieux ne s'accommodent pas bien de la captivité.

Mes ailes s'ébouriffèrent de nouveau dans mon dos, et cette fois recueillirent un peu d'air, m'aidant à me lever. Je tirai Layla avec moi, son contact m'ancra d'une manière dont je n'avais pas réalisé le besoin.

Jusqu'à elle. Ma fiancée.

Je déglutis, et nos yeux se rivèrent l'un à l'autre un peu plus longtemps qu'ils ne l'auraient dû. Puis je m'écartai et la relâchai.

— Par ici, indiquai-je d'une voix rauque.

Mes ailes serrées dans mon dos, je peinais à retrouver l'équilibre, mes jambes affaiblies par la perte de sang et ma tête vaporeuse par manque d'énergie. Mais je persévérai, me forçai à les mener tous en sécurité. À mener *Layla* en sécurité.

Un pas après l'autre. Direction le salon.

Sauf que Layla ne nous suivait pas. Elle était restée à l'entrée de la cuisine, affichant un air chagriné.

Je m'arrêtai et me tournai vers elle.

— Pourquoi vous ne suivez pas ?

— Je ne peux pas partir sans Auric ou Novak, dit-elle, les yeux scintillants de défi.

C'est alors que je réalisai qu'ils n'étaient pas là. Je n'avais pas vraiment remarqué jusqu'à présent, leurs odeurs persistaient dans l'air autour de Layla, suggérant leur présence constante.

Je jetai un coup d'œil de part et d'autre du couloir.

— Vous savez où ils sont allés ?

Elle se renfrogna. *Mmh.*

— Alors on attend, lui dis-je avant de me tourner vers les autres. Le souterrain est…

— Non, intervint Zian. On ne part pas sans Novak non plus.

— Raven n'est pas en état de se battre, constata Sorin, en la hissant à ses côtés. (Elle gémit et ses yeux se révulsèrent.) Je vais aller vous attendre dans le souterrain. Lui laisser un peu de temps pour récupérer.

Il jeta un coup d'œil à Zian, et tous deux semblèrent avoir un échange tacite, se mettant d'accord sur le fait que le bien-être de Raven passait avant tout.

Je ne pouvais les blâmer. Tous mes instincts me disaient de protéger Layla, même si nous n'étions pas encore accouplés. J'imaginais que si c'était le cas, ce lien serait impossible à ignorer.

— On vous attendra, dit Sorin à Zian.

— N'attendez pas trop longtemps, répondit ce dernier. Si on n'est pas là dans dix minutes, fuyez.

Quelques minutes plus tôt

Où es-tu ? me demandai-je, dilatant mes narines en quête de l'odeur d'Auric. *Ne me dis pas que tu es mort, je n'y crois pas.*

Car c'était la seule explication à son absence d'odeur, et je refusais d'accepter ce destin. Je l'aurais ressenti s'il était mort, alors non. Il était vivant quelque part.

Juste caché.

Je rôdais dans le palais, les yeux plissés, ma rage croissant de seconde en seconde, sans que je flaire mon commandant.

Je t'ai pris la nuit dernière. Tu es à moi. Je t'ai mordu. Où es-tu maintenant, putain ? Mes pensées provoquèrent un grondement dans ma gorge qui s'harmonisait avec les pulsations des murs autour de moi.

Mais j'ignorais le chaos, ma concentration était inébranlable.

Un chasseur traquant sa proie. *Mon commandant.*

Montre-toi, montre-toi, où que tu sois, le titillai-je. Mais son odeur restait insaisissable, comme inexistante.

Je vais te faire saigner quand je te retrouverai, promis-je à Auric. *Parce que je n'apprécie pas ça du tout.*

Chaque seconde, mon pouls s'accélérait, mes sens se développaient un peu plus. La chair de poule me picotait la peau, une réaction dont je pouvais dire franchement qu'elle ne m'était jamais arrivée.

Mais la simple pensée…

Non, grognai-je. *Non. Il est vivant. Il joue juste à cache-cache. Mais je le retrouverai. J'y arrive toujours.*

La bête en moi émit un son grave et féroce, irritée par cette poursuite. Auric appartenait à Layla. Il m'appartenait. Et je ne lui permettrais pas de…

Je marquai une pause, fronçant le nez quand un soupçon de menthe atteignit mes sens.

Auric…

Je humai profondément, cherchant la source de cette senteur de gaulthérie. À la fois boisée et mentholée, mais trop faible.

Je fis un pas sur ma gauche, et l'arôme disparut complètement. Faisant la moue, j'allai dans l'autre sens. Rien non plus.

C'est quoi ce bordel ? grondai-je, revenant à l'endroit où je l'avais à peine senti. Et je regardai en bas.

Je m'agenouillai, et l'odeur augmenta juste assez pour confirmer qu'il était *sous moi.*

Ma bête intérieure s'agita, me força à chercher un escalier alentour. Tout ce qui pouvait mener à l'être que je chassais.

Il n'y avait rien dans mon champ de vision, et aucun souvenir d'un escalier ne me vint à l'esprit non plus.

Donc il est caché.

Je humai de nouveau, en quête d'une nouvelle odeur, un relent de fauve ou peut-être de renfermé. *Comme un cachot.* Heureusement, c'était un miasme que je connaissais bien, suite à mes cent dernières années de captivité.

Je parcourus le premier étage, flairant comme un animal enragé et cherchant, cherchant, cherchant.

Je vais te trouver, me dis-je. *Et ensuite je vais sûrement te baiser à nouveau.*

Sauf que non. Il y avait toute une armée dehors, leur présence était un battement régulier contre mes sens, ce qui me poussa à bouger plus vite, poursuivant ma quête, flairant chaque pièce.

Tic-tac, chuchotait ma conscience. *Il est presque l'heure du sang.*

Oui, oui, sifflai-je. Je voulais tous les tuer. Me baigner dans leur mort. Couvrir cette plage rocheuse de leurs restes macabres.

Mais j'ai besoin de l'épée d'Auric. De sa présence. De sa…

Je me figeai à nouveau, le parfum que j'avais pisté tourbillonnant autour de moi en un baiser de bienvenue. Je faillis sourire et me remis à trottiner à la poursuite de cette vrille musquée, jusqu'à un mur garni de livres.

Quelle originalité, grognai-je.

Ils avaient un passage souterrain caché dans une bibliothèque. Ç'aurait pu être quelque chose que Sefid aurait fait aussi. Un monde de ténèbres dissimulé derrière un mur luxuriant d'élégance.

Je tirai des livres des étagères, sans me soucier de savoir s'il y avait un rythme ou un schéma à suivre. Je voulais juste Auric. Je voulais ces escaliers. Je voulais descendre.

Un grondement m'envahit en voyant que l'étagère ne bougeait pas, pages et livres s'éparpillant au sol avec des chocs sourds inadéquats.

Furieux, je balançai un coup de poing dans une étagère. Mais ma main traversa le bois et se retrouva dans une pièce froide derrière.

Je fronçai les sourcils et plissai les yeux. Puis je me mis à agrandir le trou, mon côté monstrueux exigeant la destruction de cette barrière entre ma proie et moi.

Meurs. Meurs. Meurs.

Je fis tournoyer mes ailes et les lames de rasoir taillèrent dans le bois avec facilité, tout comme avec les placards de la cuisine. Sauf qu'il n'y avait pas de sang agréable ici. Juste de l'air.

Et l'odeur d'Auric.

Je rugis de triomphe, mes plumes créèrent un trou assez grand pour que je puisse voler à travers, et je descendis en piqué les larges marches devant moi, bâties pour des ailes d'ange. Il y avait sans doute une entrée plus civilisée, mais celle que j'avais pratiquée était plus appropriée. Elle me ressemblait. Ma façon de faire. *Mon règne.*

J'atterris en silence en bas de l'escalier, mes ailes prêtes à tuer tout ce qui se mettrait en travers de mon chemin.

Sauf que je ne vis que des cellules. *Tellement de foutues cellules.*

Et dans certaines se trouvaient plusieurs visages familiers. *Kyril. Gaia.* Et quelques autres Noir qui dégageaient un pouvoir que je pouvais goûter mais pas sentir.

Des barreaux enchantés, me dis-je en examinant le fer. *Mmh.*

Mon nez tressaillit encore, l'odeur d'Auric m'attira vers la cellule de Gaia. Assise près de lui, elle tamponnait la blessure sur son front avec un chiffon, et son sang me fit grogner. Elle sursauta et écarquilla les yeux en me voyant rôder devant sa cage.

— Novak, chuchota-t-elle.

— Novak ? s'étonna Kyril, qui se retourna dans sa

cellule pour me voir. Dieux merci ! (Il se précipita en avant.) Ils ont enchanté…

Je l'interrompis d'un coup d'aile dans l'air, un geste se voulant menaçant. Car je fixais le corps inconscient de mon commandant et le sang qui gouttait sur sa peau.

À moi.

Personne d'autre n'avait le droit de faire saigner cet homme. Seulement moi. Et peut-être Layla, si elle le désirait. Une brève image d'elle jouant avec une lame effleura mon esprit, ce qui me fit penser *certainement Layla.* Mais pas maintenant. Pas avec le palais qui s'écroulait et cette armée en approche.

Auric devait être libéré.

Rabattant mes ailes, je me préparai à m'attaquer à la cellule enchantée, quand Gaia se leva. Ses mouvements gracieux me rappelaient Layla, ce qui me fit hésiter et pencher la tête. *Quoi ?*

Elle plia soigneusement le tissu humide tout en me scrutant, son autorité me donnant l'impression que c'était moi qui étais coincé dans une cellule et non l'inverse. Un troublant renversement que je n'appréciais pas vraiment.

— Les sbires de Sayir vous ont suivi jusqu'à cet avion. Vous avez été terrassés en plein vol par une sorte d'élixir qui vous a assommés.

Elle adressa un signe de tête à Kyril.

Attendez. Non. Pas Kyril. Au petit démon Blaze blotti dans son cou. *Clyde.* Je fronçai les sourcils. *Je ne l'ai pas vu depuis… depuis le vol.*

— Clyde m'a tout raconté, dit Kyril avec tristesse en grattant le nez de la créature. Il n'a pas été affecté par l'élixir, et quand il s'est rendu compte que j'avais une puce implantée dans mon cou, il l'a retirée. Mais j'ai dû jouer le jeu.

Jouer le jeu ? Je grondai et mes ailes se durcirent en

rasoirs. *Tu as* joué le jeu *sans penser à en parler à quelqu'un ? C'est quoi ton problème ?*

J'étais tenté de me tailler un chemin à travers sa cage et de montrer au Noir ce que j'éprouvais quand on me laissait dans le noir. Quand on me manipulait. À l'idée qu'Auric soit enfermé *ici*, son odeur supprimée, son existence potentiellement détruite.

Car une partie de moi a cru qu'il était mort. Une partie que je n'avais pas écoutée, et qui palpitait de soulagement de voir qu'Auric était vivant. *Mon commandant est là.*

— C'était après le départ du Roi Vasilios, je veux dire, rectifia Kyril. C'est là que Clyde m'a extrait la puce. Mais à ce moment-là, il était trop tard. J'ai essayé de le joindre, mais les télécommunications étaient coupées.

Une histoire plausible, me dis-je, plissant les yeux.

— Iston a détruit les téléphones et les autres moyens de communication, ajouta la reine Gaia. Il a fourni des nouvelles quotidiennes – de fausses nouvelles – à mon mari, disant que tout le monde était occupé. C'était son excuse pour que nous ne l'appelions pas. Et vu la singularité de la situation… il semble que mon mari l'ait cru.

Je tournai mon regard vers elle, puis de nouveau sur Auric, content de le voir respirer.

— Iston avait aussi une puce, commenta Kyril, ses paroles parvenant à mes oreilles depuis sa cellule. Mais Netiri été remplacée par un sosie.

Je clignai des yeux, puis lui jetai un regard, haussant un sourcil. *Un sosie ?*

— J'ignore comment c'est arrivé, poursuivit-il. Mais c'est ce que Clyde m'a dit. Netiri n'est pas celle que nous connaissons, et Iston… était pucé.

Je fixai le petit démon Blaze. Il me souffla de la fumée,

le dragon miniature avait l'air fâché que je n'aie encore libéré personne.

Tout ça pourrait être un autre mirage, lui émis-je. *Un tas de mensonges bien pratiques.*

Il siffla un son me disant que j'étais juste têtu. Puis il regarda ostensiblement Auric derrière moi. *Est-ce qu'il a l'air d'un mirage pour toi ?*

Je plissai de nouveau les yeux. *Les apparences peuvent être trompeuses.*

Mais l'odeur... l'odeur était celle d'Auric.

— Leur plan était de garder tout le monde tranquille et d'infiltrer complètement les lieux avant le retour du Roi Vasilios, mais Auric...

Kyril ne poursuivit pas.

Auric n'a pas été affecté, achevai-je à sa place dans mon esprit. *Auric a vu clair dans tout ça. D'où la raison de sa présence ici, le but étant de l'accuser de la mort de Ketos.*

Ketos qu'ils avaient éliminé à cause de son pouvoir. *Il représente une menace. Pas pour nous. Ni pour moi, ni pour Layla, ni pour Auric. Mais pour eux.*

Ce qui expliquait l'assaut précipité au-dehors. Et les coups contre cette barrière invisible – le bouclier énergétique de Layla, celui créé par elle et Ketos. Ou juste elle. Je ne saurais dire.

Mais il était en train de se briser. Je le sentais palpiter, les pouvoirs à l'extérieur augmentant chaque seconde. *Ils sont proches. Il est temps. On doit agir maintenant.*

Et j'espérais sacrément que Ketos était réveillé.

Je réévaluai Kyril, Gaia et Auric en quête d'autres blessures ou faiblesses dont il faudrait tenir compte. Gaia me sourit comme si elle savait exactement ce qui me préoccupait.

— J'ai été amenée ici au milieu de la nuit, m'informa-t-elle. Je me suis réveillée indemne dans cette cellule, mais je n'avais aucune idée de ce qui s'était passé. (Elle désigna Kyril de la tête.) Kyril était là, et ça m'a calmée. Mais je savais que les Nora allaient agir en fonction de la discussion qu'Auric a eue avec Ketos.

Je levai un sourcil à ce sujet.

— Ketos aime à penser qu'il est capable de déjouer nos gardes, mais son arrogance peut parfois mener à sa perte, expliqua-t-elle. J'avais un autre garde déjà posté dans sa cachette favorite. C'est souvent comme ça que je garde un œil sur le garçon.

Je faillis sourire.

Mais on n'avait plus le temps. Les murs tremblaient en signe d'avertissement.

Je devais prendre une décision. Très vite. Et je suivis mon instinct.

Ils disent la vérité. Sinon je les tuerai.

Mais tout ce qu'ils avaient dit était sensé. L'avion. Être assommés par l'élixir – ce que je n'avais même pas réalisé. J'aurais juré être resté éveillé pendant tout le vol.

Cependant, j'avais eu tellement faim après, comme si je n'avais rien mangé depuis des jours.

Avec tous les autres mirages en place ici, il n'était pas exagéré de supposer qu'ils avaient aussi manipulé mes souvenirs de l'avion, d'une façon ou d'une autre.

C'est toute la technologie de Sayir, songeai-je. *Comme au pénitencier, mais en pire.*

Soit il avait orchestré tout ça pour son frère, jouant sur le long terme pour nous amener à ce moment, soit il y avait une autre couche à tout ce jeu. Une couche où Sefid avait manipulé son frère depuis le début.

Un jeu stratégique que je devrais étudier en détail plus tard.

Prenant ma décision, je tranchai d'abord avec mon aile les loquets de la porte de la cellule de Gaia. Puis j'accomplis un demi-cercle et fis de même avec celle de Kyril et Clyde.

Les portes du pénitencier auraient tenu bon contre mes ailes. Peut-être que celui qui avait construit ce cachot aurait dû prendre conseil auprès du Réformateur.

Je longeai le couloir, libérant les autres Noir. Je ne les connaissais pas, mais je sentais leur allégeance à Gaia.

Et peut-être que je désirais aussi un défi. Car s'ils s'avéraient être des enfoirés, je prendrais plaisir à les tuer.

Un gémissement d'Auric m'arrêta, ramenant mon attention mortelle sur l'homme que j'avais admiré toute ma vie. Il s'affaissa, portant la main à sa tête.

Je restai hors de la cellule, conscient que cela pouvait être un piège. Mais quand son regard turquoise croisa le mien, je sus que c'était réel. Et qu'il était vraiment en train de se réveiller.

— Putain, marmonna-t-il. Ma tête me fait un mal de chien.

Je m'appuyai contre les barreaux enchantés, ignorant le bourdonnement qui traversait ma peau. *C'est ce qui arrive quand tu laisses un garde te démolir*, lui dis-je d'un regard.

Il grogna, lisant sans doute cette moquerie dans mes yeux.

Puis il se releva péniblement. Parce que je n'allais pas l'aider, putain. Je l'avais sauvé en venant jusqu'ici. Il pouvait faire ces derniers pas lui-même. De plus, il avait bien mérité de souffrir un peu pour être tombé dans le piège de Netiri et Iston.

Il fit quelques pas vers moi, son expression passant par diverses émotions.

Amusement. Confusion. Terreur soudaine.

Il se figea.

— Je n'ai pas fait ça, Novak. Netiri ment. Je ne ferais jamais...

Je grognai, l'attrapai par la nuque et le tirai hors de la cage. Ses yeux s'arrondirent.

Et je fis taire son inquiétude avec un baiser destiné à punir. À *revendiquer*. À rappeler à ce trou du cul que je le connaissais bien. Que j'avais confiance en lui. Que je ne douterais jamais de lui.

Il m'attrapa à son tour, me rendant l'étreinte, nos dents s'entrechoquant, nos âmes se fondant l'une dans l'autre.

Et seulement quand je sus qu'il avait vraiment compris, je le lâchai.

Il marmonna quelque chose à propos de sang, ce qui me fit me lécher les lèvres.

Puis il regarda Gaia près de nous d'un air indéchiffrable.

Kyril fixait le plafond, sourcils froncés, tandis que Clyde lui pépiait quelque chose.

Ça va barder, traduisis-je, attrapant Auric par une épaule et le propulsant dans le couloir. *Il faut y aller.*

Il grogna et se frotta encore la tête, mais il parvint à avancer en titubant tandis que les autres suivaient. Je l'entraînai dans l'escalier vers le trou béant que j'avais laissé dans cette étagère, puis dans la bibliothèque, puis dans l'immense couloir vers la cuisine, où nous tombâmes sur Layla, Ketos et Zian.

Je haussai les sourcils. *C'est bon de te voir en vie,* émis-je à l'être de puissance. Puis je jetai un coup d'œil à Zian. *Mais où sont Sorin et Raven ?*

Il ouvrit la bouche pour répondre, mais un rugissement provenant des couloirs m'apprit que les gardes Nora n'avaient pas seulement franchi la barrière, ils étaient entrés dans le palais.

On n'avait nulle part où fuir.

Merde.

Des guerriers Nora. *Partout.*

Je sentais leurs ailes dans le vent, leurs plumes étaient une menace pour mes sens, un appel que je connaissais bien mais auquel je ne me sentais plus obligé de répondre.

Car ils venaient pour nous. Pour mes compagnons.

Nombre d'entre eux s'engouffraient par les fenêtres, atterrissaient avec des grognements et couraient dans les couloirs.

Mon estomac se retourna, car je les reconnus. C'était mes hommes… des guerriers que je commandais.

L'un d'eux s'avança et leva une épée rougeoyante, bénie par Sefid lui-même.

— Traître ! gronda-t-il.

Je le connaissais : *Olaf.*

— Si je suis un traître, pourquoi mes ailes sont-elles blanches, Olaf ? répliquai-je, ignorant le martèlement dans ma tête à chaque mot.

Je savais que la Chute était un mensonge, comme tout ce que mon roi m'avait dit — mais je n'allais pas révéler la vérité à mes hommes aussi facilement.

Ils ne sont plus tes hommes, pensai-je sombrement lorsqu'ils chargèrent, ignorant complètement ma tentative de les prendre de haut.

Novak me regarda, ses plumes hérissées de leurs rasoirs mortels. Il pourrait les faucher, mais il attendait que je bouge. C'était une marque de respect que j'appréciais, mais nous devions protéger Layla maintenant. Protéger nos amis.

— *Tue*, lançai-je à Novak l'ordre direct qu'il lui fallait pour agir.

Il devint flou, sa létalité terrifiante maintenant qu'il avait vraiment développé ses pouvoirs.

Le Baiser des Dieux.

C'était ainsi que le roi Vasilios l'avait appelé, la raison de la « Chute » de Novak, le don qui le rendait encore plus mortel qu'il ne l'était déjà sous mon commandement.

Il taillada les guerriers Nora sans pitié, projetant sur le plafond, les murs et le sol du sang qui l'aspergea de la tête aux pieds. Puis il me jeta une épée et une dague, toutes deux arrachées à mes anciens guerriers.

Mon estomac se retourna à cette pensée, laissant Novak se battre encore quelques secondes sans moi. Parce qu'ils avaient été mes hommes, et être forcé de les frapper brisait quelque chose en moi.

Ketos s'avança à mes côtés pour presser son énergie sur deux Nora en approche, les ralentissant et érigeant une barrière entre eux et moi. Mais de la sueur perla aussitôt sur son front, contrairement à l'autre jour où il avait utilisé ce tour sur Novak et moi.

Putain, je ne savais même pas comment Ketos avait survécu.

Sauf que si, je le savais : *Raven.*

Mais d'après ce que je voyais, il n'était pas

complètement remis. Ce qui ne me surprit pas, vu le couteau planté dans son torse.

Malgré tout, son pouvoir était impressionnant, ce qui le rendait indispensable.

L'éclair d'une épée au bord de ma vision me fit me tourner vers Olaf, qui affichait un rictus.

— Tu nous as trahis, me cracha-t-il. T'es une putain de honte.

— Avec des ailes blanches, soulignai-je encore. C'est intéressant de voir comment ça se passe, n'est-ce pas ?

Ses lèvres se retroussèrent, mais ça n'avait rien d'agréable, c'était juste horrible.

— *Mensonges,* grogna-t-il, prenant ma mesure alors que nous commencions à nous tourner autour. Tu n'as jamais été digne de ton rôle.

— Plus digne que toi, Olaf, dis-je d'un ton impassible, conscient de sa jalousie refoulée face à mon succès.

Il voyait là une occasion d'avoir son heure de gloire en éliminant son méchant et traître commandant. *Pauvre idiot.*

Des cris et le chaos éclataient tout autour de nous alors que je tournais lentement autour d'Olaf. Novak s'attaquait à mes guerriers, mais son assaut avait ralenti.

Ils étaient trop nombreux. Sefid avait envoyé toute sa foutue légion à nos trousses cette fois.

Un simple coup d'œil m'apprit que Kyril et la reine Gaia seraient sacrément inutiles, et la moitié des Noir que Novak avait libérés étaient occupés à les protéger. Les pouvoirs de Kyril et de la Reine Gaia avaient trait à la connaissance et à la fertilité, pas vraiment utiles en situation de combat.

Mais Layla tenait bon, utilisant une sorte de bouclier invisible pour repousser les Nora. Je cillai, perplexe, avant que du métal ne brille un peu trop près de ma gorge.

J'esquivai en arrière, me rattrapant avec mes ailes, et

lançai un couteau sur ma gauche. Droit dans la cuisse d'Olaf.

Il trébucha mais ne tomba pas, prouvant sa puissance par cette seule réaction.

— Tu vas le regretter, grogna-t-il.

Puis d'un coup de poignet, il exhiba une sorte de canon. Et une épée laser jaillit de sa main.

C'est quoi ce truc ? me dis-je, en reculant rapidement alors qu'il me poursuivait avec sa nouvelle arme technologique. *Ce n'est pas du niveau Nora.*

Mais là encore, rien dans cette opération ne ressemblait aux Nora.

Tout vient de Sayir. Ou du moins, c'était sa technologie qui les rendait puissants.

Il me fit reculer dans un autre Nora, me forçant à parer un coup par derrière qui me plaça encore plus dans une position délicate.

Son attaque était trop agressive, cependant. Je connaissais bien Olaf, je l'avais formé.

J'avais entraîné tous ces Nora, et si cela me donnait un avantage, cela rendait aussi cette putain de situation impossible.

C'est mal, déplorai-je en forçant mes instincts à prendre le pas sur mes émotions. Ravager mes propres hommes me donnait l'impression d'être le traître qu'Olaf m'avait accusé d'être.

Il se jeta de nouveau sur moi, et je l'esquivai de nouveau. L'élixir que j'avais pris hier me permit de supprimer mes ailes, ce qui fit marquer à Olaf et à l'autre Nora un temps d'arrêt quand elles disparurent.

Puis Olaf rugit : « Traître ! » Sans doute parce qu'il supposait que la magie dans mon dos était la façon dont je cachais mes ailes noires. Ce qui n'était pas du tout le cas, mais je n'avais pas le temps d'expliquer.

Il revint sur moi avec une fureur renouvelée.

Cependant, supprimer mes plumes me faisait bouger plus vite et me tordre d'une manière à laquelle Olaf ne s'était pas entraîné ou préparé.

Un Nora hurla lorsque le laser trancha son épaule, et je profitai de la surprise d'Olaf.

Je m'attendais à moitié à ce que mes ailes virent au noir lorsque je passai mon épée au travers de sa gorge, me forçant à regarder la lumière s'éteindre dans ses yeux tandis que la mort se rapprochait de moi.

Olaf à terre, je repris mon souffle et cherchai aussitôt Layla. Elle grondait après un certain Nora et tenait bon, tandis que Novak la protégeait à proximité. Il tournoya et lacéra le Nora qu'elle retenait avec son bouclier magique invisible.

Puis elle en érigea vite un autre pour tenir un second groupe à l'écart – que Novak élimina presque aussitôt.

Ils travaillent ensemble, réalisai-je. *Quelle putain de belle vue.*

Et fort utile aussi, pensai-je, appréciant sa nouvelle capacité. Nous devrions l'entraîner plus tard, mais elle semblait déjà l'avoir bien en main. Elle s'en servit pour repousser un autre groupe, cette fois plus fort, et les fit tomber à terre sous l'effet de cette force immense.

Stupéfiant, me dis-je, impressionné.

Puis d'un coup d'épée, j'abattis un autre guerrier Nora sans nom que je ne connaissais pas.

La bataille continua, épuisante et sanglante. Novak rugissait comme une bête, tranchant corps et boucliers, mais même lui ne pouvait faire face au nombre et à la férocité de cette légion implacable qui nous accablait.

Les Noir ne mettaient pas autant d'ardeur au combat. Ils n'étaient pas entraînés comme les Nora qui avaient été formés par mes soins. Je les avais entraînés à survivre. Je n'étais pas surpris par leur force, je connaissais ces hommes. Le but de ma vie avait été de m'assurer qu'ils survivent à tous les combats qu'ils engageaient – et maintenant ça me retombait dessus.

Me frayant un chemin jusqu'à Layla, je l'aidai à abattre un autre membre de l'escadron d'Olaf.

Il me fallut un moment pour me rappeler son nom : *Perseus.* Un bon Nora, qui avait le sens de l'humour. Ce que je chassai de mon esprit du mieux que je pus lorsque Layla l'assomma avec son bouclier et que je plantai mon épée dans sa poitrine.

Il me fixa et ses yeux devinrent vitreux quand son esprit quitta son corps, laissant un malaise persistant dans mon estomac.

— Il y a un moyen de s'échapper, me dit Layla en se pressant contre moi.

Elle regarda frénétiquement autour d'elle. Il y avait des Nora partout.

— Où ? demandai-je.

— Les souterrains, chuchota-t-elle.

Je plissai le front. *Les souterrains dont on vient de sortir ? Par le trou pas si subtil de Novak ?* Ça ne me disait rien qui vaille. Même si nous parvenions à les atteindre sans être vus, les Nora les trouveraient en un instant.

Non, ce qu'il leur fallait, c'était une diversion. Quelque chose pour les attirer au-dehors et les éloigner de la sortie potentielle, nous laissant ainsi le temps de fuir.

Pas nous, pensai-je, la prise de conscience me frappant au cœur. *Eux.*

Parce qu'il n'y avait vraiment que deux d'entre nous ici qui pouvaient mener une chasse assez importante dans le ciel pour distraire la légion.

Moi. Ou Novak.

Mais leur fureur envers moi était plus forte que leur désir de massacrer Novak.

Parce que j'étais un Nora. Leur traître de commandant. Celui qu'ils voulaient faire saigner.

Si je m'envolais… ils me poursuivraient. Car ils avaient faim de mon sang.

Novak était peut-être une bête mortelle, mais les Nora connaissaient mon visage ; ils ressentaient la piqûre de la trahison qui, à ce moment même, les faisait converger sur moi. Même si mes ailes n'avaient pas changé, ils me voyaient comme un Déchu. Une honte. Un être qui devait être puni et éliminé pour ce qu'il avait fait.

La colère dans leurs yeux me frappait de toutes parts, surtout que j'avais tué certains d'entre eux.

Olaf. Perseus.

Ils avaient été parmi mes plus proches guerriers de mon escadron, et si j'étais prêt à les tuer, alors personne n'était en sécurité.

Sous la colère se cachait leur douleur de me voir choisir l'autre camp. C'était une émotion que j'utiliserais contre eux.

— Auric… dit Layla sur un ton d'avertissement. Je n'aime pas ce regard.

— Il faut faire une diversion, répondis-je, exprimant mes pensées à voix haute. C'est le seul moyen.

— Auric, non.

Elle tendit la main vers moi mais je fis un pas de côté, cherchant déjà Novak. On n'avait pas le temps d'en débattre. Sa vie comptait par-dessus tout. Et si cela leur permettait de s'échapper, ainsi soit-il.

Ils devaient filer tout de suite, avant qu'il ne soit trop tard. Le palais brûlait déjà, les murs menaçaient de céder, l'étage inférieur était rempli de Nora.

Ils doivent s'attendre à ce qu'on s'envole. Qu'on essaie de s'échapper dans l'air où nos ailes peuvent battre librement.

Si j'y allais le premier, ils supposeraient que mon

groupe suivrait. Ils s'en prendraient à moi de façon préventive, voulant éliminer le chef présumé, pour laisser les miens sans direction.

Car c'était le genre d'attaque que je leur avais appris à mener.

Je volai aux côtés de Novak, croisai son regard et lui dis sans mots ce qui devait être fait. *La garder en sécurité. Et survivre, bordel.*

Son regard s'étrécit, sa mâchoire se contracta. Il ne comprenait pas vraiment ce que j'avais l'intention de faire, mais il y avait assez de substance entre nous pour qu'il capte que j'avais un plan. Un plan qu'il savait par principe qu'il n'aimait pas.

C'est le seul moyen, Novak.

Non, sembla-t-il dire, mais d'après son expression, il n'en était pas si sûr.

— Protège-la, grognai-je. Elle connaît le chemin. (Il fronça les sourcils.) Demande-lui. Et fais vite. Avant qu'ils devinent mes intentions.

Il me saisit le bras, mais je le secouai.

— Prends-la et cours, lançai-je à Novak dans un souffle. *Cours, putain.*

Ce n'était pas la voix d'un compagnon ou d'un ami. C'était l'ordre d'un commandant. Novak accusa réception d'un signe de tête et courut droit vers Layla.

Je croisai son regard une brève seconde à travers la bataille, et mon âme quitta mon être pour aller reposer dans son cœur. *Mon cœur.*

Je t'aime, articulai-je muettement. *Pour toujours.*

Les yeux de Layla s'agrandirent, sa bouche s'ouvrit sur un cri.

Mais c'était trop tard.

Je décollais déjà. Montais en flèche à travers la pièce et fonçais par la fenêtre pour mener ce combat dans le ciel.

Un rugissement retentit derrière moi, celui de l'escadron furieux que je m'échappe. Que je dirige une autre armée. Que je m'envole *loin* d'eux, pas *avec* eux.

Ils voulaient une rétribution au prix de mon sang.

Et j'allais leur donner leur meilleure chance.

— Vous me voulez ? criai-je alors que plus de la moitié de mes anciens hommes me suivaient, me prouvant que les émotions dirigeaient leurs actions plus que leur objectif.

Ce qui me déçut un peu, car je leur avais appris mieux que ça. Mais cette situation était sans précédent. Je les avais blessés. Et maintenant… ils allaient prendre leur revanche.

Pour m'être retourné contre eux. Pour les avoir trahis. Pour avoir choisi un camp qu'ils percevaient comme mauvais.

Je montai de plus en plus haut, tandis que d'autres s'échappaient du palais à ma poursuite.

Et une fois que je fus satisfait de leur nombre… je me retournai.

Fixai dans les yeux certains des plus puissants guerriers Nora.

— Venez me chercher, putain.

AURIC ! criai-je.

Mon cœur s'arracha de ma poitrine pour voler après lui. S'élever très haut. Rejoindre mon compagnon, l'autre partie de mon âme.

Ma gorge se resserra autour de mon appel tandis que la peur envoyait une vague de chaleur dans mon corps.

Des dizaines de Nora le suivirent dans le ciel, une scène qui fit tambouriner mon pouls. Le temps parut ralentir, tout était plus fort qu'avant. J'avais le souffle coupé.

Aucune chance, chuchotai-je. *Il ne peut pas… il ne peut pas survivre à ça.* Alors que presque tous les Nora le poursuivaient dans le ciel.

Les quelques restants furent abattus autour de moi, mais je les vis à peine. Les sentis à peine. J'étais figée dans le temps, scrutant mon compagnon aux ailes blanches, le regardant se battre, tournoyer dans le ciel en une bourrasque de belles plumes.

Striées de sang.

Je m'étouffai quand mon cœur en miettes redescendit du ciel pour atterrir à mes pieds.

Auric.

Il ne pouvait pas… Je ne pouvais pas… Je devais l'aider. Le sauver. *Arranger ça.*

Vole, me dis-je. *Vole. Vole. Vole.*

Ce n'était pas une incantation destinée à Auric, mais à moi. Je devais essayer… Je devais le rejoindre… Je ne pouvais pas le laisser faire ça tout seul.

L'énergie pulsa autour de moi quand mes ailes jaillirent à travers l'élixir. *Vole. Vole. Vole.*

Je m'accroupis, prête à décoller, mais une lourde masse s'écrasa sur moi, me plaqua au sol. Je me retournai sur Ketos et lui grognai après tel un animal sauvage.

— Ne t'avise pas d'employer ton pouvoir sur moi !

Il remplaça le poids de son énergie par ses mains, un contact inattendu et troublant.

Novak m'attrapa par-derrière, me soulevant sans peine. Je glapis, mais la main de Ketos couvrit ma bouche. Les deux hommes me portèrent jusqu'à la bibliothèque, suivis par Zian.

Au-dessus de moi, je percevais des cris. Des grondements. Des bruits meurtriers.

Mais Auric continuait à voler, ses ailes m'évoquant un glorieux soleil vacillant dans le ciel.

Des larmes emplirent mes yeux tandis que je me débattais, au désespoir de le rejoindre, de l'aider, de le ramener. Il était mon compagnon. Mon âme. À quoi pensait-il donc ?

Auric ! criai-je après lui, mon énergie menaçant de s'effilocher, de créer un bouclier entre moi et ceux qui me portaient. Mais une nappe de ténèbres étouffa ma tentative, me désorientant tandis que Novak descendait un vieil escalier.

Mes fenêtres n'étaient plus là. Ma vue du ciel avait disparu.

Les souterrains, réalisai-je, comprenant ce qu'il faisait mais sans l'accepter.

Je mordis la main de Ketos assez fort pour la faire saigner. Mais il ne me lâcha pas.

Comment tu as pu ? lui lançai-je du regard. *Comment tu as pu faire ça ? Comment tu as pu le sacrifier ?*

Novak gronda contre mon dos. Je grondai en retour.

Puis je tentai de les repousser avec mon énergie, mais Ketos m'enveloppa dans son propre filet. Je grognais comme un animal pris au piège, hurlais pour qu'ils me libèrent, pour que j'aille aider Auric. Pour qu'ils l'aident.

Ne faites pas ça ! Ne le laissez pas mourir !

Novak s'envola à travers les couloirs, Ketos dans son sillage.

— Je vous déteste, leur dis-je, furieuse. Je ne vous le pardonnerai jamais !

— Je sais, dit Novak à voix basse.

Ces deux mots me frappèrent en plein cœur. Car en eux, j'entendis son incapacité à se pardonner lui-même.

Parce qu'il *savait.* Il savait ce qui allait se passer. Ce qu'Auric venait de faire. Ce grand sacrifice, cette putain de décision douloureuse de nous faire passer avant lui. De renoncer à sa propre vie pour la nôtre.

Je ne voyais plus rien, mes yeux étaient brouillés par tant de larmes de colère non versées que je me remis à fulminer. Menacer Ketos. Menacer Novak.

Alors qu'à l'intérieur... à l'intérieur je mourais.

J'étais perdue.

J'étais rabaissée au rang de la petite fille naïve que j'avais été. L'adolescente qui se languissait de son gardien. De l'homme qu'elle n'était pas censée aimer. L'homme qu'elle n'avait jamais été *autorisée* à aimer. L'homme que la version adulte d'elle avait choisi malgré tout, contre toute attente, malgré toutes les interdictions.

L'homme qu'elle pouvait maintenant sentir s'échapper de son être.

Auric, murmurai-je, mon âme se brisant au fond de moi. *Ne me quitte pas, Auric. Ne nous quitte pas. Je t'en prie. Dieux, je vous en prie…*

Je peinais à respirer, la poitrine trop serrée. Je me sentais coupée de mon compagnon, comme s'il était déjà mort.

Non, ce n'était pas vrai. Je le sentais encore dans mon cœur.

Il est vivant. Il va survivre. Il… il… il va nous retrouver !

Novak me prit dans ses bras tandis que je me débattais, cherchant à tout prix à repartir par où nous étions venus. Il continuait à courir tandis que je lui martelais la poitrine.

— Reviens en arrière ! le suppliai-je. *Je t'en prie !*

Il serra les dents, et je sus que c'était précisément ce qu'il voulait faire. Mais il ne le fit pas. Il me choisissait moi plutôt que le combat.

Et une partie de moi le méprisait pour ça.

— Novak, chuchotai-je. Tu as…

Nos corps heurtèrent la rugueuse paroi rocheuse quand une explosion secoua le domaine au-dessus de nos têtes. Novak encaissa le choc avec ses ailes et enroula son corps autour du mien pour le protéger.

Je levai les yeux vers lui à travers mes larmes, puis constatai la destruction autour de nous. Et réalisai dans un sursaut que c'était trop tard. Qu'il… qu'il n'y avait plus de retour en arrière possible.

Parce que des rochers étaient tombés dans le souterrain derrière nous, scellant l'entrée, rendant impossible tout retour en arrière.

Non… Ça… Non. Je…

Je ne savais plus quoi ressentir. Ni parler. Ni penser.

Je regardais simplement par-dessus l'épaule de Novak qui se relevait et reprenait son chemin.

Je me sentais faible. Brisée. Seule.

La douleur me déchirait, l'angoisse dans ma poitrine me coupait tout espoir de respirer.

Auric…

Je m'agrippai à l'air. À Novak. À l'espoir, mais l'effroi m'accabla.

Il s'est passé quelque chose. Quelque chose de trop horrible pour être vrai.

Mon âme criait à l'agonie.

Le lien s'effilochait, et mes yeux s'écarquillèrent.

Il est en train de mourir, réalisai-je, le ventre en capilotade. *Auric…*

Ma vision clignota. S'estompa. *Je n'arrive plus à respirer. Mon esprit… c'est… c'est…* Tout vira au noir. Mon monde se dissout dans le néant. *Auric…*

Mon compagnon…

Je ne peux pas le sentir. Je ne peux pas le ressentir. Je… je ne peux plus rien ressentir.

Il est… il est parti…

Je faisais les cent pas dans la cour de ma maison, passant mes doigts dans mes cheveux. Comme la résidence était similaire à celle que j'avais en Italie, nous étions au bord de l'eau, entourés de verdure de tous côtés. J'avais également une myriade de quartiers pour les invités, mais pas autant que chez Vasilios et Gaia.

Novak et Layla avaient pris une des chambres de mon aile, bien qu'aucun d'eux n'ait dormi. Ils avaient tous deux refusé de manger, aussi. Vu ce que nous avions traversé, je comprenais. Mais nous avions besoin de nos forces.

La maison aurait dû être un refuge. Elle ne l'était pas.

Les odeurs herbacées de mon domaine de Dublin n'offraient pas ce mélange réconfortant qu'elles dégageaient d'habitude, même ici, dans la cour ouverte où je préférais réfléchir.

Rien ne semblait capable de débarrasser mon estomac de ce poids de plomb qui me rendait léthargique et malade.

Même mes pouvoirs étaient éteints. L'énergie de mon domaine me redynamisait souvent. Toutes les plantes et les animaux furtifs contribuaient à un écosystème florissant qui me nourrissait d'une vitalité constante. Sans parler du réseau profond de fils électriques qui couraient dans le sol en émettant une subtile fréquence électronique qui favorisait la croissance du jardin et m'aidait souvent à me recharger et me remettre à neuf. Trop d'électricité pouvait s'avérer accablant, mais une faible quantité était revigorante.

Parfois, je venais ici pour me concentrer sur le bourdonnement, mais mes ailes repoussaient les vibrations en ce moment. Chaque plume était devenue dure et rigide, et je ne pouvais que rejeter l'énergie que j'aurais dû absorber.

Je me sentais comme un diapason courbé dans le mauvais sens.

Peut-être que mon expérience de mort imminente m'avait affaibli. Ou peut-être était-ce la souffrance de Layla qui me retenait captif. Je ne savais pas trop. Cela ne m'était jamais arrivé auparavant.

Je me rappelai le conseil de la Reine Gaia, ce matin, alors que respirer m'était devenu particulièrement difficile : « *Ne soyez pas si dur avec vous-même, cher Prince, ou nous serons tous perdus.* » Elle avait l'air de penser que ce n'était pas l'expérience de mort imminente qui m'écrasait, mais ma propre culpabilité.

Elle avait peut-être raison.

Je n'avais pas l'habitude de me sentir si... *impuissant*.

C'était un mot que je n'avais jamais compris, pas vraiment. Jusqu'à maintenant.

Ma fiancée souffrait. Ma famille souffrait. Et maintenant, au lieu de pouvoir y faire quoi que ce soit, je contemplais le ciel, engourdi, en m'efforçant de digérer les dernières vingt-quatre heures de mon existence.

Nous nous étions échappés, au moins, mais à quel prix ?

Rien ne s'était passé comme ç'aurait dû.

J'aurais dû écouter Auric, me morigénais-je, une affirmation que je m'étais répétée toute la journée et toute la nuit.

Car je n'avais pas dormi. Bien sûr, personne n'avait vraiment trouvé le sommeil.

Et Layla n'avait pas prononcé un seul mot.

Je lui jetai un coup d'œil, la trouvai affalée contre le banc. Elle ne voulait même pas s'y installer. Elle était assise au sol, où elle continuait machinalement à gratter la terre. Ses doigts gracieux étaient maculés de terre, ses ongles autrefois polis étaient abîmés, méconnaissables. Comme si elle souhaitait que son corps reflète l'état de son âme.

Endommagée. Brisée. Distante.

Elle se détériorait d'heure en heure. Toute tentative de lui parler ne faisait que la faire rentrer dans sa coquille, alors, impuissant, je laissais mon âme se fracturer avec la sienne en la regardant s'adonner à son comportement destructeur.

Rien de tout cela n'était juste.

Mais qu'est-ce que je peux faire ? Il y a sûrement quelque chose à faire. Je suis un dieu, bon sang ! Vrai ou faux ?

Ma mâchoire se serra et je me détestai un peu plus.

Layla ne semblait pas du tout consciente de mon combat intérieur. Elle interrompit un moment son grattage comme si un spasme douloureux avait pris possession de son corps. Ses ailes se contractèrent dans son dos tandis qu'elle tremblait. Sa poitrine se figea si longtemps que je craignis qu'elle ait perdu la volonté de respirer. Mais ses lèvres exhalèrent un souffle une seconde plus tard. Puis elle se remit à creuser, bien que je remarquasse du sang perlant autour de ses ongles.

Je n'osai pas tenter de l'arrêter. Si je parvenais à ce qu'elle me regarde, je n'étais pas certain de pouvoir supporter ses yeux morts fixant mon âme, me brisant encore plus à l'intérieur.

Mon regard se porta sur Novak, son compagnon actuel, qui avait peut-être plus de chances que moi de l'aider. Layla ne me connaissait pas, ne me faisait pas confiance. Elle n'allait pas me laisser l'aborder. Elle m'en voulait aussi d'avoir cloué son vol au sol. Même si je savais que ça lui avait sauvé la vie. J'étais la dernière personne à qui elle voulait parler.

Malheureusement, Novak semblait tout aussi brisé, à sa manière, mais l'éclat de ses ailes mortelles suggérait qu'il n'allait pas abandonner sans se battre.

Il continuait à marmonner « survivant » dans sa barbe, comme s'il refusait de croire qu'Auric était vraiment mort.

Je… je ne savais pas quoi croire.

Les spéculations ne nous aideraient pas, c'est pourquoi j'attendais le rapport des Noir du palais. Il nous dirait ce que nous devions savoir. Si quelqu'un avait survécu.

Et demain, Vasilios serait enfin là.

Tout ce qu'on pouvait faire pour l'instant, c'était attendre et récupérer.

Raven avait employé son don à nous examiner tous, malgré son épuisement. Et c'était sur Layla qu'elle avait passé le plus de temps.

Cependant, on ne peut pas réparer un cœur brisé. Ni une âme brisée.

— Je vais le tuer, putain, grommela Novak qui faisait les cent pas, m'arrachant à mes pensées avec ses mots inattendus.

Par *lui*, je supposais qu'il parlait de Sayir. Ou peut-être du roi Sefid.

En tout cas, je lui prêterais volontiers main forte. Ils

méritaient tous deux la mort après tout ce qu'ils avaient fait. Entendre Layla pleurer… était l'expérience la plus déchirante de ma vie.

Je brûlerais ce putain de monde pour elle. À commencer par Sayir et le roi Sefid.

Il nous fallait juste un plan. Qui nécessitait des informations. Des réponses importantes. *Une voie à suivre.*

Je soupirai, les yeux au ciel. Puis je retournai sur la terrasse qui menait à mon bureau pour vérifier à nouveau mes messages.

Rien.

Je serrai les dents. *Quelqu'un doit avoir survécu.* Mais il y avait eu des tonnes de guerriers.

Putain, fulminai-je en agrippant mon bureau. *Putain !*

Les gardes auraient dû chercher les puces quand Layla et les autres étaient arrivés. Tout ce putain de bordel aurait pu être évité.

— Clyde ?

La voix surprise de Novak me parvint, me tirant de mon bureau et me ramenant sur le patio qui donnait sur la cour.

Un petit démon Blaze y gambadait, pépiant comme une souris devant Novak, ce qui lui fit froncer les sourcils.

— Je vois, murmura-t-il.

Il s'accroupit et tendit la main pour que le petit demidieu saute sur sa paume. Il continua de gazouiller, faisant hocher la tête à Novak, dont les yeux s'animèrent en un éclair. Ce que le petit démon avait à lui dire l'intriguait fort, et cela lui inspira également de la violence, car les bords de ses ailes devinrent tranchants comme des rasoirs avant de revenir à leur état de plumes douces.

Je n'avais jamais eu le don de parler aux animaux, mais j'aurais aimé l'avoir en ce moment. Car Novak comprenait clairement chaque mot.

Quand il eut terminé, je retournai dans la cour et lui demandai :

— Qu'est-ce qu'il a dit ?

Les iris glacés de Novak scintillèrent lorsqu'il croisa mon regard, et sa mâchoire se contracta. Je m'attendais presque à ce qu'il me dise d'aller me faire foutre d'une chiquenaude de ses ailes.

Mais à la place, il répondit :

— Auric est vivant.

ÉPILOGUE

AURIC

L'ÉCLAT du soleil embrassa mon visage quand j'ouvris les yeux.

Lumière. Brillance. Pureté.

Toutes les choses que j'avais toujours aimées remplissaient mon âme, me faisant me demander où j'avais été ces derniers jours.

Non, aucune importance. Qu'est-ce que le temps quand on a un but ?

Et le mien me consumait comme les feux de la rédemption.

Je m'assis, passai mes jambes par-dessus le bord du lit et pris ma lame sur la table de nuit.

Ce n'était pas mes quartiers de commandant, mais j'étais dans le palais Nora, là où était ma place.

Tout était normal ici. Mes muscles étaient réchauffés par un frais rajeunissement et mes ailes s'étiraient paresseusement, prêtes à voler. Mon cœur palpitait d'excitation dans ma poitrine, mon désir d'écarter ces rideaux et de décoller du balcon me fit presque avancer.

Mais un lointain souvenir chatouilla mes sens et me poussa à me demander si je sentirais le sel d'une mer étrangère. Je fronçai les sourcils, rejetant cette étrange inclination.

En quoi une odeur m'importait-elle alors que j'avais un but si important ? *Me battre pour mon roi.*

Je devais faire les choses bien. Faire amende honorable. Pour être le guerrier Nora que tout le monde voulait que je sois.

Je caressai la poignée de mon épée en la fixant à ma taille, puis sortis sur le balcon qui surplombait le royaume Nora. Mes yeux s'adaptèrent sans mal à l'éclat doré de la lumière, un éclat d'espoir, de tout ce qui était pur et bon.

Un ciel bleu cristallin s'étendait au-dessus de la ville, faisant ressembler tout l'ensemble à un dôme de verre et de métaux précieux.

J'aimais cet endroit. Je l'avais toujours aimé.

Pourquoi suis-je parti ?

L'évasion me vint à l'esprit, mais pour échapper à quoi ? Je fronçai les sourcils. *Quelle pensée bizarre.*

Le bruit d'un mâle se raclant la gorge me fit détourner les yeux du spectacle de la capitale Nora à l'aube – un spectacle toujours magnifique.

Mais pas autant que le Nora qui me fixait maintenant, arborant une couronne de lumière qui me captivait.

— Roi Sefid, dis-je, m'inclinant bien bas pour le remercier de m'honorer de sa présence.

Je ne me rappelais pas qu'il possédait une telle couronne, mais j'étais resté au loin trop longtemps pendant que sa fille était condamnée au pénitencier.

Penser à cet endroit réchauffait mes veines de pure méchanceté, les souvenirs de mon séjour là-bas étouffant presque mon esprit.

Et la trahison qui avait mis fin à tout ça. *Son évasion.*

Mais au lieu de me punir, le roi Sefid m'avait offert une seconde chance.

La capturer. La soigner. La réformer.

J'avais déjà échoué dans cette tâche, mais je ne

laisserais pas tomber mon roi une nouvelle fois. Et Layla non plus. Elle n'avait plus toute sa jugeote, les péchés Noir obscurcissant son esprit et son jugement. Mais derrière tout ça, je savais qu'elle était une bonne Nora. Elle avait juste besoin d'aide pour remonter la pente, c'est tout.

— Comment te sens-tu, Auric ? demanda le roi Sefid.

J'inspirai longuement et pris soin de me recueillir avant de me redresser. Je ne portais qu'un simple pantalon et pas de chemise, mais mon roi aimait que les choses restent décontractées entre les membres de sa haute autorité.

— En colère, avouai-je, ma main serrée sur de la poignée de mon épée. Et frustré.

— Mmh. (Le roi Sefid s'approcha de moi jusqu'à poser une lourde main sur mon épaule.) C'est compréhensible. Après tout ce que tu as traversé, toutes ces manipulations, ça peut être déroutant.

Je ne pouvais qu'être d'accord.

— Je ne suis plus dérouté.

Je savais quel était mon objectif maintenant. Et je n'échouerai pas cette fois.

— Bien. (Il ôta sa main, puis gagna le balcon d'où je surplombais la ville.) Parce que tu es important dans mes plans pour les Nora, Auric. Très important.

— Je vais sauver Layla, jurai-je.

Il me dévisagea.

— Tu l'amèneras ici, tu veux dire ?

— Bien sûr, répliquai-je. Comment mieux la sauver qu'en la ramenant au foyer ?

Le pénitencier avait été un traitement trop dur. Le roi Sefid me l'avait déjà expliqué. C'est pourquoi elle s'était sentie forcée de s'échapper.

Ses épaules se détendirent et il acquiesça.

— Je ne peux qu'être d'accord. (Il ramassa l'une de

mes lames sur une table et en tâta pensivement le fil.) Il est impératif que Layla soit sauvée, quel qu'en soit le prix.

Le prix.

L'impact de ces mots fit naître en moi un étrange malaise que je ne compris pas.

— Faites-vous référence à Novak, mon roi ? demandai-je, l'estomac serré.

Novak et moi avions partagé un lit et un passé, mais il n'était pas le bon compagnon pour Layla. C'était lui le problème. Le roi Sefid l'avait aussi expliqué.

Sauf que... ça n'avait pas de sens, n'est-ce pas ? *Pourquoi...*

— Novak doit mourir, insista le roi Sefid.

Sa couronne brillait d'une lumière éclatante qui me mettait dans un état de relaxation exquise. *Mon roi. Mon chef. Celui qui sait tout.*

— Novak doit mourir, répétai-je en souriant.

Car c'était la solution la plus logique. Je devais écouter mon corps. En ce moment, les paroles de mon roi me calmaient et me guidaient, alors que j'avais manifestement été aveugle et perdu.

Tout allait bien dans mon monde. Parfait. Heureux. Une harmonie béate.

Je n'échouerai pas à nouveau.

Pour mon roi. Pour Layla.

Quel qu'en soit le prix.

— Pour Layla, ajouta-t-il.

— Pour Layla, opinai-je en inclinant ma tête.

Pour Layla.

Pour toi, ma compagne.

Je te ramènerai à la maison...

Je te soignerai.

Et puis nous pourrons oublier tout ça.

LES ANGES DÉCHUS : LIVRE 5

Auric est en vie.
Pour l'instant.

Son esprit a été brisé. Il n'est plus le même mâle qui était
prêt à se sacrifier pour moi.
Il a… changé.
Et maintenant il veut me *soigner*.

Mais je n'ai pas besoin d'être soignée. Je n'ai pas besoin
d'être *réformée*. Une déesse mérite d'être vénérée, adorée,
obéie, et j'ai bien l'intention de rappeler à Auric où est sa
place.
Dans mon lit, dans mon cœur, et loin de ce maniaque qui
se fait appeler mon père.

Le roi Sefid paiera pour ce qu'il a fait à mon compagnon.
Je me fiche du genre de technologie qu'il a inventé ou du
genre de magie qu'il a utilisé sur celui que j'aime.

Il n'a pas le droit de garder Auric. Il n'a pas le droit de
gagner.

En supposant que je puisse capturer mon compagnon
avant qu'il ne me capture… et que Sefid ne m'entraîne
une fois de plus dans cette interminable partie d'échecs.

Une partie où je suis censée être une reine – mais aux échecs, la reine est parfois la première à mourir.

Note : Les Anges déchus – livre 4 est une romance paranormale de type « pourquoi choisir » dont l'intrigue s'étend sur six volumes. Il y aura des cliffhangers, des situations adultes, de la violence et du contenu MM/MF/MMF/MMFM.

Ordre de lecture suggéré :

L'auteure à succès d'*USA Today* Lexi C. Foss est une écrivaine perdue dans le monde de l'informatique. Elle vit à Chapel Hill, en Caroline du Nord, avec son mari et leurs enfants à fourrure. Quand elle n'écrit pas, elle est occupée à cocher des cases sur sa liste de voyages à faire. On peut retrouver beaucoup des endroits qu'elle a visités dans ses écrits, notamment le monde mythique d'Hydria, inspiré d'Hydra, dans les îles grecques. Elle est excentrique, boit beaucoup trop de café et adore nager. Tchao !

https://www.lexicfoss.com/Français

Pour être au courant des dernières nouvelles et connaître les dates de publication, abonnez-vous à ma newsletter: https://www.lexicfoss.com/la-newsletter-de-lexi

LIVRES DE L'AUTEURE LEXI C. FOSS

Alliance de Sang

L'Esclave du Vampire

Le Vampire Royal

La Triade de l'Alpha

Le Vampire Rebelle

Le Roi Vampire

Le Vampire Cruel

Le Vampire Éternel

Dans l'univers de L'Alliance de Sang

Désire-moi - Nyx/Vesperus

Le Jour du Sang

Faë de Lucifer

La Captive des Faë de Lucifer

Le Directeur des Faë de Lucifer

Le Commandant des Faë de Lucifer

La Malédiction des Immortels

Les Lois du Sang

Des Liens Interdits

Cœur de Sang

Les Liens du Sang

Les Liens des Anges

Chercheur de Sang

Le Poids du Sang

Des Liens Dangereux

Le Roi de Sang

La Reine des Éléments

Livre Un

Livre Deux

Livre Trois

la Nouvelle Génération

La Reine des Faë de l'Hiver

La Reine des Faë de l'Hiver

La Reine des Faë de Minuit

Livre Un

Livre Deux

Livre Trois

Livre Quatre

Le Conte de Faë d'Ella - Un préquel

Les Anges Déchus

Le Commencement

La Princesse Bannie

Le Roi de la Prison

Le prince Noir

Les Loups du X-Clan

X-Clan : Origines

La Promise de l'Alpha

La Compagne de l'Alpha

Le Trône de l'Alpha

La Revanche de l'Alpha

Les Loups du V-Clan

Le Secteur Sanglant

Le Secteur de la Nuit

Le Secteur de l'Éclipse

Hors série

L'île du Massacre

J.R. Thorn

Romance paranormale du genre Harem inversé — pas de choix à faire.

J.R. Thorn est une auteure de romance paranormale de genre harem inversé, qui adore le café, le temps orageux et les discussions animées avec sa muse intérieure. On la trouve souvent en train de coucher ses histoires torrides dans son atelier d'écriture, loin des regards indiscrets de son enfant en bas âge, de son mari et de ses deux chats bruyants.

Pour être informé des nouvelles parutions, n'oubliez pas de suivre J.R. Thorn sur Amazon.fr.

LIVRES DE L'AUTEURE J.R. THORN

Tous les livres appartiennent à des séries indépendantes les unes des autres, listées dans l'ordre des événements qu'ellesprésentent.

Liste de lecture de l'univers Elemental Fae

L'Académie des Faës Élémentaires (Co-écrit)

La Reine des Faë de Minuit (Lexi C. Foss)

l'Académie des Faë du Destin (J.R. Thorn)

Candela (J.R. Thorn) - Anglais

La Reine des Faë de l'Hiver (Co-écrit)

La Captive des Faë de Lucifer (Co-écrit)

A.J. Flowers est le nom de plume de J.R. Thorn

L'Académie des dragonniers

J.R. Thorn

Liste de lecture de l'univers de la série Blood Stone - Anglais

Tome 1 : Succubus Sins

Tome 2 : Siren Sins

Tome 3 : Vampire Sins

La Malédiction des vampires : Congrégations royales

Tome 1

Tome 2

Tome 3

Fortune Academy (Partie I)

Autres thèmes que celui du harem inversé (J.R. Thorn sous le pseudonyme de Jennifer Thorn)

Liste de lecture de l'univers Noir Reformatory - Anglais

Noir Reformatory : The Beginning

Noir Reformatory : First Offense

Noir Reformatory : Second Offense

Noir Reformatory : Third Offense

Liste de lecture de l'univers Sins of the Fae King - Anglais

(tome 1) Captured by the Fae King

(tome 2) Betrayed by the Fae King

Pour en savoir plus : Amazon.fr